La Maison hantée

Du même auteur
chez le même éditeur

Nous avons toujours vécu au château
La loterie

Shirley Jackson

La Maison hantée

Traduit de l'anglais (États-Unis)
par Dominique Mols
et révisé par Fabienne Duvigneau

Collection fondée par
François Guérif

Rivages/noir

Retrouvez l'ensemble des parutions
des Éditions Payot & Rivages sur

payot-rivages.fr

Ouvrage publié sous la direction
de François Guérif

Titre original : *The Haunting of Hill House*

pour Leonard Brown

1

Aucun organisme vivant ne peut demeurer sain dans un état de réalité absolue. Même les alouettes et les sauterelles rêvent, semble-t-il. Mais Hill House, seule et maladive, se dressait depuis quatre-vingts ans à flanc de colline, abritant en son sein des ténèbres éternelles. Les murs de brique et les planchers restaient droits à tout jamais, un profond silence régnait entre les portes soigneusement closes. Ce qui déambulait ici, scellé dans le bois et la pierre, errait en solitaire.

Après des études de philosophie, le docteur John Montague s'était tourné vers l'anthropologie afin de mieux poursuivre sa véritable vocation : l'analyse des manifestations surnaturelles. Il tenait particulièrement à se faire appeler par son titre universitaire, espérant ainsi conférer un air de respectabilité à ses travaux jugés non scientifiques. La location de Hill House pour trois mois lui avait coûté cher – autant en argent qu'en fierté personnelle, car il n'aimait pas demander –, mais il comptait bien être largement récompensé lorsqu'on ne manquerait pas de saluer la publication de son ouvrage sur les causes et les effets des perturbations parapsychologiques dans une maison que beaucoup déclaraient « hantée ». En entendant parler de Hill House, il avait d'abord douté, puis espéré, et maintenant qu'il avait enfin déniché ce qu'il cherchait depuis si longtemps, il déployait une énergie considérable pour mener son étude à terme.

Le plan du Dr Montague s'inspirait des méthodes utilisées par les intrépides chasseurs de fantômes du XIXe siècle : il irait vivre à Hill House afin d'examiner la situation. Il avait d'abord pensé suivre l'exemple de cette femme de la haute société, qui s'installa le temps d'un été dans le célèbre manoir de Ballechin et convia un groupe de sceptiques et de convaincus auquel elle proposa, en guise de divertissement, d'alterner parties de croquet et observation des fantômes. Mais les sceptiques, les convaincus et les bons joueurs de croquet sont choses rares de nos jours, et le Dr Montague fut donc obligé d'engager des assistants. Sans doute les mœurs oisives de l'époque victorienne se prêtaient-elles plus aisément aux caprices de la recherche parapsychologique ; ou peut-être considère-t-on à présent qu'il est démodé de chercher à établir les faits au moyen d'un recensement minutieux des phénomènes. Toujours est-il que le Dr Montague ne dut pas seulement recruter des assistants, il se donna aussi beaucoup de mal pour les trouver.

Fidèle à l'idée du savant consciencieux qu'il se faisait de lui-même, il passa au peigne fin les archives des associations de médiums, les fichiers secrets des journaux à scandale, les rapports des parapsychologues, et dressa une liste de personnes qui, d'une façon ou d'une autre, à un moment de leur vie, avaient été impliquées dans des événements surnaturels de nature et de durée diverses. Il commença par rayer celles qui étaient mortes. Après avoir ensuite écarté les charlatans, les imbéciles, et les assoiffés de gloire, il lui resta une douzaine de noms. Chacun reçut une lettre par laquelle le Dr Montague l'invitait à passer l'été dans une agréable maison de campagne, ancienne, certes, mais dotée de tout le confort – plomberie, électricité, chauffage central – et d'une literie en parfait état. Le but du séjour était exposé sans ambages : il s'agissait d'observer et de vérifier les rumeurs peu engageantes qui entouraient cet endroit depuis quatre-vingts ans. Le Dr Montague ne parlait pas ouvertement de maison hantée. En digne homme de science, il ne croirait à sa chance que lorsqu'il aurait réellement assisté à une manifestation paranormale entre les murs de Hill House. Mais ses lettres, empreintes d'équivoque, ne pouvaient que frapper l'imagination d'un genre de lecteur bien particulier. Il obtint quatre réponses. Les huit autres candidats avaient sans doute déménagé sans laisser d'adresse, à moins qu'ils ne se soient tout simplement lassés des phénomènes supranormaux – ou encore qu'ils n'aient jamais existé.

Le Dr Montague informa ses quatre assistants potentiels de la date à laquelle il serait en mesure de les accueillir. Il leur expliqua en détail comment se rendre à Hill House, précisant que nul habitant de la région ne se montrerait enclin à les renseigner.

La veille de son départ, les propriétaires de la maison le persuadèrent d'accepter un membre de leur famille parmi son choix d'invités. Parallèlement, il reçut un télégramme de l'un des candidats qui se rétractait sous un prétexte manifestement fabriqué de toutes pièces. Un autre, empêché par une difficulté personnelle, peut-être, ne vint pas et n'offrit aucun mot d'excuse. Les deux derniers se présentèrent à l'heure convenue.

*

Eleanor Vance avait trente-deux ans lorsqu'elle arriva à Hill House. Depuis le décès de sa mère, sa sœur restait la seule personne au monde pour qui elle éprouvât véritablement de la haine. Elle n'aimait pas non plus son beau-frère, ni sa nièce, âgée de cinq ans. Elle n'avait pas d'amis. Tout cela à cause des onze années qu'elle avait passées à soigner une mère invalide. Outre qu'elle était ainsi devenue infirmière autodidacte, elle souffrait désormais d'une sensibilité extrême à la lumière. Elle ne se souvenait pas d'avoir jamais été vraiment heureuse au cours de sa vie d'adulte. Son existence aux côtés de sa mère s'était religieusement ourdie autour de petites culpabilités, de reproches mesquins, noyés dans une lassitude permanente et un désespoir sans fin. Alors qu'elle n'était pourtant pas d'un naturel timide, elle avait vécu si seule, sans personne à aimer, qu'elle était gênée lorsqu'elle devait soutenir une conversation, même banale, et peinait à trouver ses mots. Son nom était apparu sur la liste du Dr Montague parce qu'un jour, alors qu'elle avait douze ans et sa sœur dix-huit – leur père venait de mourir moins d'un mois auparavant –, une pluie de pierres s'était abattue sur leur maison, aussi brutale qu'absurde, se déversant par les plafonds et le long des murs, brisant les vitres, tambourinant follement sur le toit. Le phénomène avait continué par intermittence pendant trois jours – trois jours durant lesquels les nerfs d'Eleanor et de sa sœur avaient été mis à rude épreuve, moins par les pierres, toutefois, que par les voisins et les curieux massés devant la maison. Et par leur mère, hystérique, accusant aveuglément les gens du quartier qui lui en avaient toujours voulu depuis son arrivée. Au bout de trois jours, on avait emmené Eleanor et sa sœur chez des amis et le ruissellement de pierres avait cessé. Il n'avait jamais recommencé, même lorsque Eleanor, sa sœur et sa mère étaient revenues habiter dans la maison, et bien que le conflit avec le voisinage ne se fût jamais apaisé. Tout le monde avait fini par oublier l'épisode, à l'exception des gens que le Dr Montague avait consultés. Eleanor et sa sœur elles-mêmes, qui s'en étaient mutuellement attribué la responsabilité à l'époque, l'avaient chassé de leur mémoire.

Depuis toujours – aussi loin qu'elle s'en souvienne –, Eleanor attendait secrètement quelque chose comme Hill House. Tandis qu'elle s'occupait de sa mère, qu'elle portait cette vieille femme revêche de son fauteuil jusqu'à son lit, qu'elle lui préparait ses éternels plateaux – potage et porridge – et que, surmontant sa répugnance, elle lavait son linge souillé, elle s'était toujours raccrochée à l'espoir qu'un jour surviendrait un événement. Elle avait donc répondu par retour du courrier à l'invitation du Dr Montague, sans tenir compte des avis de son beau-frère qui insistait pour s'assurer auprès de plusieurs personnes que ce prétendu docteur ne cherchait pas à entraîner Eleanor dans des rites sauvages, des pratiques dont une jeune femme ne devrait pas avoir connaissance, selon la sœur d'Eleanor, avant d'être mariée. Peut-être ce Dr Montague – à supposer que ce fût réellement son nom, chuchotait la sœur d'Eleanor dans l'intimité de la chambre conjugale – utilisait-il ces jeunes femmes pour se livrer à des... *expériences*. Et elle se délectait à décrire les fameuses expériences que menaient ces docteurs-là... Eleanor, elle, ne pensait à rien de tel. Ou plutôt, si elle y pensait, elle n'en concevait aucune peur. En bref, Eleanor était prête à tout.

Theodora – c'était le seul nom qu'elle utilisait : sur ses dessins (bien que signés « Theo »), à la porte de son appartement, sur la vitrine de sa boutique, dans l'annuaire téléphonique, sur son papier à en-tête et au bas de la jolie photographie qui trônait sur la cheminée, partout elle n'était que Theodora –, Theodora, donc, ne ressemblait nullement à Eleanor. Pour Theodora, les concepts de devoir et de conscience appartenaient aux adeptes du scoutisme. L'univers de Theodora, à l'image de son parfum délicieusement fleuri, ne se composait que de plaisirs et de couleurs douces. Elle était arrivée sur la liste du Dr Montague parce qu'un jour, alors qu'elle se prêtait en riant à une expérience, elle avait réussi à deviner dix-huit cartes sur les vingt tirées par un assistant qu'elle ne pouvait ni voir ni entendre. Theodora s'était extasiée de se découvrir un talent aussi exceptionnel, et son nom, qui figurait en bonne place dans les archives de l'expérimentation, avait inévitablement attiré l'attention du Dr Montague. Amusée à la lecture de sa première lettre, elle lui avait répondu par simple curiosité, bien qu'avec la ferme intention de décliner l'invitation. Mais, poussée peut-être vers Hill House à son insu par ce don qui s'était éveillé en elle et lui avait soufflé le nom des cartes invisibles, elle se sentit tentée lorsqu'elle reçut la deuxième lettre. Sans raison apparente, elle se lança aveuglément dans une violente querelle avec l'amie qui partageait son appartement. Des paroles furent prononcées de part et d'autre, que seul le temps parviendrait à effacer. Délibérément, froidement, Theodora brisa la jolie statuette que son amie avait sculptée pour elle. À son tour, l'amie déchira le recueil de poèmes d'Alfred de Musset que Theodora lui avait offert pour son anniversaire, en s'acharnant plus particulièrement sur la page qui portait une tendre dédicace. De tels actes, bien sûr, ne s'oublieraient pas de sitôt, et il faudrait que beaucoup d'eau ait coulé sous les ponts avant qu'elles ne puissent en rire ensemble. Le soir même, Theodora écrivit au Dr Montague pour accepter sa proposition, et elle partit dès le lendemain, dans un silence glacial.

Luke Sanderson était un menteur. Et un voleur. Sa tante, la propriétaire de Hill House, aimait à faire remarquer que son neveu avait reçu la meilleure éducation, avait les meilleurs vêtements, et le meilleur goût – mais les pires fréquentations. Elle aurait sauté sur n'importe quelle occasion pour s'en débarrasser. Par le biais de son avocat, elle argua auprès du Dr Montague qu'il était impossible, considérant la nature de son projet, de lui louer la maison sans qu'un membre de la famille ne surveille les opérations. Sans doute le docteur avait-il pressenti une force étrange chez Luke lors de leur première rencontre, un instinct de conservation quasiment félin. Il souhaitait tout autant que Mrs. Sanderson sa présence à Hill House. En fin de compte, l'idée amusait Luke, soulageait sa tante et satisfaisait pleinement le Dr Montague. De toute façon, avait expliqué Mrs. Sanderson à l'avocat, il n'y avait rien que son neveu risque de voler dans la maison. Quelques vieilles pièces d'argenterie, non dénuées de valeur, mais qui présenteraient pour lui une difficulté insurmontable : il n'aurait jamais l'énergie nécessaire pour les dérober et les convertir en espèces sonnantes et trébuchantes.

Mrs. Sanderson voyait juste sur ce point : Luke ne risquait pas de disparaître avec l'argenterie familiale, la montre du Dr Montague ou le bracelet de Theodora, sa malhonnêteté se limitant essentiellement à prélever de menues sommes dans le portefeuille de sa tante, à tricher aux cartes, ou à vendre les montres et les étuis à cigarettes que les amies de Mrs. Sanderson lui offraient avec des mines rougissantes. Un jour, Luke hériterait de Hill House. Mais jamais il n'avait imaginé y habiter.

*

« Je pense qu'elle ne devrait pas prendre la voiture, c'est tout, déclara le beau-frère d'Eleanor.

– Elle est à moi aussi, répliqua Eleanor. Je l'ai payée en partie.

– Je ne suis pas d'accord. » Le beau-frère d'Eleanor se tourna vers sa femme pour chercher du renfort. « Si elle part avec, nous en serons privés tout l'été. Ce n'est pas juste.

– Carrie l'utilise presque chaque jour, alors que, moi, je ne la sors jamais du garage, dit Eleanor. En plus, vous serez à la montagne tout l'été. Carrie, tu sais bien que vous ne vous en servirez pas là-bas.

– Et si jamais notre petite Linnie tombait malade, et qu'on doive la conduire chez le médecin ?

– C'est ma voiture aussi. J'en ai besoin.

– Et si *Carrie* tombait malade ? Imagine qu'on soit obligés de l'emmener à l'hôpital ?

– Je veux la voiture. Et je la prendrai.

– Sûrement pas, lâcha Carrie avec autorité. Nous ne savons même pas où tu vas. Tu n'as pas jugé utile de nous parler de tes projets, n'est-ce pas ? Dans ces conditions, comment pourrais-je te laisser emprunter ma voiture ?

– C'est la mienne aussi.

– Tu ne l'auras pas, un point c'est tout.

– Carrie a raison, renchérit le beau-frère. Nous ne pouvons pas nous en passer. »

Carrie esquissa un sourire. « Si je te la prêtais et qu'il t'arrive quoi que ce soit, Eleanor, je ne me le pardonnerais jamais. Qu'est-ce qui nous garantit que tu ne tomberas pas entre les mains d'un escroc ? Tu es encore très jeune, et cette voiture vaut de l'argent.

– Mais enfin, Carrie, j'ai appelé l'université. Ce docteur jouit d'une très bonne réputation...

– Bien sûr, reprit Carrie, sans cesser de sourire. Il y a tout lieu de croire qu'il s'agit d'un homme convenable. Mais *mademoiselle* Eleanor a choisi de ne pas nous dire où elle va ni comment la contacter si nous voulons récupérer la voiture. Elle pourrait avoir un accident et nous n'en serions jamais avertis. Même si *mademoiselle* Eleanor, poursuivit-elle en s'adressant ostensiblement à sa tasse de thé, est prête à courir à l'autre bout du monde pour répondre à l'invitation du premier venu, je ne vois pas pourquoi je devrais l'autoriser à prendre ma voiture.

– Elle m'appartient aussi.

– Et si notre pauvre petite Linnie était malade, là-haut, dans la montagne ? répéta le beau-frère. Sans personne pour la soigner ?

– Maman aurait réagi comme moi, Eleanor. Elle me faisait confiance et n'aurait certainement pas approuvé que je te laisse filer à la sauvette pour Dieu sait où, avec ma voiture.

– Et si c'était *moi* qui tombais malade, dit encore le beau-frère, là-haut, dans la...

– Je suis sûre que maman aurait été de mon avis, Eleanor.

– En plus, dit le beau-frère d'Eleanor, pris d'une idée subite, comment savons-nous qu'elle la ramènera en bon état ? »

Il y a un début à tout, se dit Eleanor. En descendant du taxi, tôt le matin, elle trembla à la pensée qu'en ce moment même, sa sœur et son beau-frère éprouvaient déjà des soupçons. Elle se hâta de sortir sa valise du coffre et donna un pourboire royal au chauffeur lorsqu'il eut déchargé le carton qu'elle avait posé sur le siège avant. Sa sœur et son beau-frère l'avaient-ils suivie ? se demanda-t-elle soudain. Dans quelques secondes, peut-être, ils apparaîtraient au coin de la rue et lanceraient : « La voilà ! Nous avions bien raison de nous méfier. La voilà, cette voleuse ! » Elle tourna précipitamment les talons pour se diriger vers l'entrée de l'immense parking municipal où ils garaient toujours leur voiture, tout en jetant des regards inquiets d'un côté à l'autre de la rue. C'est alors qu'elle bouscula une minuscule vieille dame. Ses bagages volèrent en tous sens et elle vit avec horreur un sac en papier qui tombait sur le trottoir et se déchirait, laissant échapper un morceau de cheesecake ainsi que des tranches de tomate et un petit pain.

« Imbécile ! hurla la vieille dame en levant son visage pointu vers Eleanor. Je voulais rapporter ça chez moi ! Vous n'êtes qu'une abrutie !

– Pardon », dit Eleanor.

Elle se pencha, mais s'aperçut qu'il ne serait pas possible de ramasser les morceaux de tomate et de gâteau et les poussa tant bien que mal dans le sac déchiré.

La vieille dame la tança d'un œil furibond puis rassembla vivement ses autres paquets.

Eleanor se releva. « Je suis vraiment désolée, dit-elle en souriant nerveusement.

– Quelle abrutie, répéta la vieille dame, plus calme à présent. J'emportais ça chez moi pour mon déjeuner. Et maintenant, à cause de vous...

– Puis-je vous rembourser ? » proposa Eleanor, sortant déjà son portefeuille.

La vieille dame se figea, muette et pensive.

« Je ne peux pas accepter d'argent, finit-elle par répondre. Vous comprenez, je n'ai pas acheté ces choses. Ce sont des restes. » Elle pinça les lèvres avec colère. « Si vous aviez vu le jambon... Mais lui, quelqu'un d'autre l'a eu *avant* moi. Et le gâteau au chocolat. Et la salade de pommes de terre. Et les petits bonbons sur des petites assiettes en carton... Je suis arrivée trop tard pour *tout*. Et maintenant... »

Elles contemplèrent toutes deux le gâchis sur le trottoir, et la vieille dame reprit :

« Mais vous demander de l'argent, pour des restes... Non, je ne peux pas.

– Alors, laissez-moi vous offrir quelque chose à la place. Je suis très pressée, mais si nous trouvons un magasin ouvert... »

La vieille dame sourit d'un air diabolique. « J'ai encore *ça*, dit-elle en serrant contre elle un de ses paquets. Vous n'avez qu'à me payer un taxi pour rentrer chez moi. Ainsi, je ne risquerai pas d'être bousculée par *quelqu'un d'autre*.

– Avec plaisir. » Eleanor interrogea le chauffeur de taxi qui, intrigué, observait la scène. « Pouvez-vous ramener cette dame chez elle ?

– Deux dollars devraient suffire, déclara la vieille dame. Sans compter le pourboire de monsieur, bien entendu. C'est vraiment très dangereux, vous savez, d'être aussi menue, ajouta-t-elle avec coquetterie. Je suis si souvent bousculée. Mais quel plaisir de rencontrer quelqu'un comme vous qui essaie de se faire pardonner. Parfois, les gens me renversent et ne se retournent même pas. »

Eleanor l'aida à grimper dans le taxi avec ses paquets, puis prit deux dollars et une pièce de cinquante cents dans son porte-monnaie et les lui tendit. La vieille dame serra l'argent dans sa toute petite main.

« Alors, la belle, dit le chauffeur. On va où ? »

La vieille dame gloussa. « Je vous le dirai quand nous aurons démarré. » Elle se tourna ensuite vers Eleanor. « Bonne chance, très chère. Et faites attention à ne plus bousculer les gens.

– Au revoir, dit Eleanor. Encore une fois, toutes mes excuses.

– Vous êtes pardonnée, répondit la vieille dame en agitant la main tandis que le taxi s'écartait du trottoir. Je prierai pour vous. »

Eleanor suivit des yeux le taxi qui s'éloignait. Il y aura au moins *une* personne qui priera pour moi, se dit-elle.

*

C'était la première journée vraiment radieuse de l'été. Dans ces moments-là, Eleanor songeait toujours avec nostalgie à sa petite enfance, quand il lui semblait que l'été durait toute l'année. Elle ne se rappelait pas un seul hiver, avant cet après-midi froid et humide où son père était mort. Où étaient donc passés ces beaux jours ? se demandait-elle parfois. Et comment pouvait-elle les avoir vécus avec tant d'insouciance ? Ne sois pas stupide, se réprimandait-elle alors. Maintenant que tu es adulte, tu connais la valeur des choses. Rien n'est jamais vraiment perdu, pas même notre enfance. Pourtant, chaque début d'été, lorsqu'elle marchait dans la rue et percevait le souffle tiède de la brise, la même pensée glacée l'étreignait à nouveau : j'ai laissé filer tout ce temps.

Ce matin, cependant, au volant de la petite voiture qu'elle avait achetée avec sa sœur, redoutant encore que Carrie et son mari ne s'aperçoivent de son geste, elle roulait en se pliant sagement aux règles de la circulation, s'arrêtant quand il le fallait, tournant lorsque la voie était libre, et elle souriait aux rayons du soleil levant. Je m'en vais, se disait-elle, je pars. Enfin, je suis en route.

Auparavant, chaque fois que Carrie l'autorisait à prendre la voiture, elle conduisait toujours avec une extrême prudence, sachant que la moindre égratignure lui attirerait les foudres de sa sœur. Mais aujourd'hui, avec son carton sur le siège arrière, sa valise sur le plancher, et, posés sur le siège à côté d'elle, ses gants, son sac et son léger manteau, elle se sentait comme dans un petit monde clos qui n'appartenait qu'à elle seule. Je pars pour de bon, se répétait-elle.

À la sortie de la ville, tandis qu'elle attendait au feu rouge qui marquait l'intersection avec la route principale, elle tira de son sac la lettre du Dr Montague. Je n'aurai même pas besoin d'une carte, se dit-elle. Les indications de cet homme seront sûrement très précises. « … Suivez la nationale 39 jusqu'à Ashton, écrivait-il, puis tournez à gauche sur la 5 en direction de l'ouest.

Après un peu moins de quarante kilomètres, vous parviendrez au village de Hillsdale. Traversez-le et continuez jusqu'à un croisement où vous verrez une station-service d'un côté et une église en face. Là, prenez à gauche, une étroite route de campagne qui grimpe dans les collines – la chaussée est en très mauvais état. Au bout de cette route – à huit kilomètres environ –, vous arriverez devant les grilles de Hill House. Je vous fournis cet itinéraire détaillé parce qu'il n'est guère conseillé de s'arrêter à Hillsdale pour demander son chemin. Les villageois sont grossiers envers les étrangers, et ouvertement désagréables avec toute personne qui s'enquiert de Hill House.

« Je suis heureux de vous accueillir parmi nous à Hill House et me réjouis de faire votre connaissance le jeudi 21 juin… »

Le feu passa au vert. Elle s'engagea sur la grand-route. Maintenant, songea-t-elle, plus personne ne peut me rattraper. Ils ne savent même pas dans quelle direction je suis partie.

Elle n'avait encore jamais fait de long trajet seule. L'idée que l'on pût diviser ce merveilleux voyage en kilomètres et en heures lui paraissait ridicule. Tout en filant sur la chaussée bordée d'arbres, elle le voyait plutôt comme une succession de moments tous plus neufs les uns que les autres, qui l'entraînaient dans un mouvement fluide vers un endroit encore à découvrir. L'important, c'était le voyage lui-même. Sa destination, vague et lointaine, n'existait pas. Elle était déterminée à jouir de chaque aspect de son périple, la route, les arbres, les maisons, les petites bourgades ternes et grises, et elle s'amusait à penser que, si l'envie la prenait, elle pourrait s'arrêter n'importe où et ne plus jamais repartir. Elle se rangerait sur le bas-côté – bien qu'en réalité ce soit interdit et qu'elle risque une amende –, puis s'aventurerait à pied derrière le rideau des arbres et s'enfoncerait dans la campagne verdoyante. Elle marcherait peut-être jusqu'à l'épuisement, en chassant les papillons ou en suivant un ruisseau, et enfin, à la tombée du jour, elle parviendrait à la cabane d'un pauvre bûcheron qui lui offrirait l'hospitalité. Elle s'établirait pour toujours à East Barrington, ou à Desmond, ou dans la petite localité de Berk. Ou bien elle roulerait sans répit, jusqu'à ce que les pneus de sa voiture soient complètement usés et qu'elle ait atteint le bout du monde.

Ou encore, se disait-elle, je peux me rendre à Hill House, où je suis attendue, et où l'on m'offrira le gîte, le couvert, ainsi qu'un petit salaire qui me dédommagera d'avoir abandonné mes activités citadines et pris la fuite pour explorer le monde. À quoi ressemble donc ce Dr Montague ? Et Hill House ? Qui d'autre y aura-t-il là-bas ?

Elle était loin de la ville, à présent, et attendait impatiemment de bifurquer sur la nationale 39, ce fil magique que le Dr Montague avait choisi de lui faire emprunter, une route bien précise parmi toutes les routes du monde, la seule qui pouvait la mener jusqu'à lui, jusqu'à Hill House. Lorsqu'elle parvint à l'embranchement, le Dr Montague lui apparut comme un être infaillible, incarné dans le panneau qui indiquait : Ashton, 183 km.

La route, son amie intime désormais, décrivait de souples virages au détour desquels des surprises parfois l'attendaient – une vache qui la regardait fixement pardessus une clôture, un chien se prélassant dans l'herbe au soleil – ou plongeait au creux de vallons parsemés de petits bourgs, de champs et de vergers. En traversant un village, elle vit une grande maison avec des murs épais et des colonnes, des fenêtres dissimulées par des volets, et deux lions de pierre qui montaient la garde en haut des marches. Elle songea qu'elle pourrait vivre ici ; le matin, elle épousseterait les lions, et le soir, avant d'aller dormir, elle leur caresserait la tête. Le temps commence aujourd'hui, se dit-elle, par cette belle matinée de juin. Mais c'est un temps étrange et tout à fait unique. En l'espace de quelques secondes, j'ai vécu une vie entière dans une maison protégée par deux lions. Tous les matins, je balayais le porche et j'essuyais les lions, et chaque soir je leur caressais la tête avant de me coucher. Une fois par semaine, je lavais leurs visages, leurs crinières et leurs pattes à l'eau chaude additionnée de soude, et je nettoyais les espaces entre leurs dents avec un petit goupillon. À l'intérieur de la maison, les pièces étaient vastes et claires, les parquets cirés, les vitres étincelantes. Une adorable vieille dame s'occupait de moi. Munie d'un plateau, elle m'apportait le thé dans un service en argent, et, le soir, un verre de vin de sureau qui est bon pour la santé. Je prenais mon dîner toute seule dans la longue salle à manger silencieuse, assise à la table au bois lustré ; entre les hautes fenêtres, les lambris blancs luisaient doucement à la lumière des bougies. Je mangeais de la volaille, des radis du jardin et de la confiture de prunes maison. La nuit, je dormais sous un baldaquin d'organdi blanc, avec une lampe tamisée dans le couloir pour veiller sur mon sommeil. Les gens s'inclinaient sur mon passage dans la rue, car tout le monde était très fier de mes lions. Quand je suis morte…

Le village était loin derrière elle maintenant. Elle dépassa une rangée de stands fermés. Une kermesse s'était tenue ici, il y avait longtemps, avec des courses de motos. On lisait encore des fragments de mots sur les banderoles sales et déchirées. CASSE. Et, un plus loin : OU. Elle se mit à rire. Eleanor, tu vois des présages partout ! CASSE-COU... Elle ralentit, d'autant plus qu'elle roulait trop vite et risquait d'arriver avant l'heure à Hill House.

Elle s'arrêta bientôt sur l'accotement, stupéfaite, n'en croyant pas ses yeux. Sur près de cinq cents mètres la route était bordée de superbes lauriers roses, en pleine floraison, et dans cette haie éclatante de fleurs roses et blanches s'ouvrait à présent une sorte de porte, deux piliers de pierre presque en ruine entre lesquels partait un chemin. Depuis la route, on voyait que ce chemin traversait un immense carré lui aussi bordé de lauriers roses, apparemment délimité par un ruisseau au fond. Il n'y avait rien du tout dans le carré, pas de maison, pas la moindre construction. Seulement le chemin, filant tout droit jusqu'au ruisseau. Qu'y avait-il ici autrefois, se demanda-t-elle, aujourd'hui disparu ? Ou bien quel projet avait-on conçu et jamais réalisé ? Une maison ? Un jardin ? Un verger ? Avaient-ils été chassés pour toujours, ou reviendraient-ils ? Elle songea soudain que le laurier rose était une plante toxique. Ces arbustes protégeaient-ils quelque chose ? Vais-je sortir de la voiture, pensa-t-elle, franchir la porte en ruine, puis, une fois dans le carré magique, m'apercevoir que j'ai pénétré au cœur d'un pays magique, dissimulé aux regards par cette haie empoisonnée ? Lorsque j'aurai dépassé les deux piliers enchantés, la barrière protectrice s'ouvrira devant moi, car le charme sera rompu. J'entrerai dans un jardin exquis, rempli de fontaines, de petits bancs et de rosiers grimpant sur des tonnelles. Il y aura un sentier – pavé de rubis et d'émeraudes, peut-être, digne d'accueillir le pas léger d'une fille de roi –, et ce sentier me conduira tout droit au palais endormi par la malédiction. Je gravirai un large escalier gardé par des lions de pierre et je m'avancerai dans une cour intérieure au milieu de laquelle gazouillera une fontaine. J'y rencontrerai la reine, en pleurs, attendant le retour de la princesse. En me voyant, elle laissera choir sa broderie et appellera les serviteurs du palais qui, tirés enfin d'un si long sommeil, prépareront une grande fête, car le sortilège sera vaincu et le palais redeviendra ce qu'il était. Et nous vivrons heureux pour toujours.

Non, non, se dit-elle en remettant le moteur en marche. Une fois que le château apparaîtra, c'est le charme *tout entier* qui sera rompu. La campagne reprendra sa forme véritable. Routes, villes, vaches... tout s'effacera et je découvrirai un paysage verdoyant de conte de fées. Alors, du haut des collines, je verrai approcher un prince charmant sur son destrier, tout vêtu de vert et d'argent, suivi d'une centaine d'archers chevauchant derrière lui, les étendards claquant au vent, les chevaux secouant leurs harnais, les bijoux brillant de mille feux...

Elle rit, puis adressa un sourire d'adieu aux lauriers roses enchantés. Une autre fois, leur dit-elle, je reviendrai rompre le maléfice.

Elle s'arrêta pour déjeuner après avoir parcouru cent soixante et un kilomètres. Ayant déniché une auberge installée dans un ancien moulin, elle se retrouva bientôt assise, émerveillée, sur un balcon qui surplombait une rivière bondissante. Une fine écume montait des rochers où l'eau se déversait en cascade. Sur la table devant elle étaient posés un bol en cristal taillé rempli de fromage blanc et des petits pains de maïs enveloppés d'une serviette.

C'était décidément un jour où les enchantements se succédaient d'une manière tout à fait imprévisible. Elle décida donc de prendre son temps pour profiter de celui-ci. De toute façon, on ne l'attendait pas à Hill House avant le début de la soirée. Il n'y avait pas d'autres clients hormis une famille : un père, une mère, un petit garçon et une fillette qui se parlaient doucement. Tout à coup, la fillette se retourna, l'observa avec une curiosité non dissimulée, puis lui sourit. Les rayons de soleil reflétés par la rivière jouaient au plafond, sur le bois lustré des tables, et dansaient dans les boucles de la fillette.

« Elle veut sa tasse aux étoiles », dit la mère.

Eleanor leva les yeux avec étonnement. La fillette, recroquevillée au fond de sa chaise, refusait obstinément de boire son lait. Son père fronçait les sourcils et son frère riait tout bas.

« Elle veut sa tasse aux étoiles », répéta calmement la mère.

Eleanor attendit la suite sans rien dire.

« C'est sa petite tasse à elle », expliqua la mère, gênée, en souriant à la serveuse. Cette dernière semblait scandalisée à la pensée que le bon lait de ferme qu'elle servait ne plaisait pas à la fillette. « Il y a des étoiles dans le fond, et c'est toujours dans cette tasse-là qu'elle prend son lait, à la maison. Elle l'appelle sa tasse aux étoiles parce qu'en buvant elle voit les étoiles au fond. »

La serveuse hocha la tête sans conviction et la mère se tourna à nouveau vers la petite fille en lui présentant le verre. « Tu boiras ton lait dans ta tasse aux étoiles ce soir, quand nous serons rentrés à la maison. Mais pour l'instant, sois gentille et bois un peu dans ce verre-là, d'accord ? »

Refuse, dit silencieusement Eleanor à la fillette. Exige ta tasse aux étoiles. Une fois qu'ils auront réussi à te rendre pareille à tout le monde, tu ne la verras plus jamais, ta tasse aux étoiles. Refuse !

La fillette lui glissa un regard en coin, esquissa un sourire entendu qui creusa deux fossettes dans ses joues, et secoua la tête d'un air buté en fixant le verre. Bravo, pensa Eleanor. Quelle courageuse petite fille.

« Tu es trop faible avec elle, dit le père. On ne devrait pas lui permettre ce genre de caprices.

– Juste cette fois… » dit la mère. Elle posa le verre de lait sur la table et caressa la main de la fillette. « Tant pis. Mange ta glace. »

Lorsqu'ils partirent, la fillette agita la main pour dire au revoir à Eleanor. Celle-ci répondit à son signe et termina son café, seule, heureuse d'écouter le joyeux babil du ruisseau à ses pieds. Je n'ai plus très loin à aller, songea-t-elle. J'ai déjà parcouru plus de la moitié du chemin, le voyage tire à sa fin. Et soudain, les bribes d'une chanson surgirent du fond de son esprit et se mirent à danser dans sa tête en se mêlant au bruit de l'eau. « À s'attarder jamais rien on ne gagne[1]… »

À peine était-elle sortie d'Ashton qu'elle tomba sur un minuscule cottage, enfoui au cœur d'un jardin, et faillit bien s'arrêter pour toujours. Je pourrais vivre ici, seule, se dit-elle en contemplant la porte bleue de la maisonnette au bout de l'allée. C'était une vision parfaite, que complétait le chat blanc installé sur le seuil. Personne

1. Ritournelle chantée par le personnage du bouffon dans *La Nuit des rois* de Shakespeare à l'acte II, scène 3. *(N.d.T.)*

ne me retrouverait jamais, derrière toutes ces roses, et je planterais en plus une rangée de lauriers roses le long de la route… Quand les soirées seront fraîches, j'allumerai un feu pour y faire rôtir des pommes. J'élèverai des chats blancs, je coudrai des rideaux blancs pour les fenêtres, et de temps à autre, j'irai acheter de la cannelle, du thé et du fil. Les gens viendront me demander de leur tirer les cartes, et je préparerai des philtres d'amour pour les jeunes filles désespérées. J'aurai un rouge-gorge, et… Mais le cottage était déjà loin, et l'embranchement indiqué par le Dr Montague approchait.

« Tournez à gauche sur la 5 en direction de l'ouest », disait la lettre. Ce fut bientôt chose faite, comme si le Dr Montague l'avait guidée à distance, à croire même qu'il conduisait la voiture avec les mains d'Eleanor. Mais, se dit-elle, malgré ses recommandations, je vais m'arrêter une minute à Hillsdale. Juste le temps de boire un café, et parce que je ne supporte pas de toucher déjà au terme de mon grand voyage… Ce n'était pas vraiment désobéir. Dans sa lettre, il déconseillait de s'arrêter à Hillsdale pour demander son chemin ; il *n'interdisait* pas d'y boire un café. Si je ne parle pas de Hill House, je ne ferai rien de mal. C'est ma dernière chance.

Elle arriva à Hillsdale plus vite qu'elle ne s'y attendait. Le village, petit et informe, entassait ses maisons sales autour de rues tortueuses. On apercevait le croisement à l'autre bout de la rue principale, avec la station-service et l'église. Il n'y avait qu'un seul endroit où boire un café, et c'était un établissement fort peu attirant. Mais le destin voulait qu'Eleanor s'arrête à Hillsdale : elle se rangea donc le long du trottoir et descendit de voiture. Après réflexion, inquiète pour sa valise et son carton, elle verrouilla les portières. Je ne m'attarderai pas longtemps ici, se dit-elle en promenant son regard dans la rue, qui, malgré le soleil, semblait sombre et malpropre. Couché au pied d'un mur, un chien dormait d'un sommeil étrangement agité. Une femme l'observait, debout sur le pas de sa porte de l'autre côté de la rue, et deux jeunes garçons la fixaient aussi, silencieux, appuyés nonchalamment contre une clôture. Eleanor, qui avait peur des chiens fous, des mégères et des jeunes voyous, se hâta d'entrer dans le café en se cramponnant à son sac et à ses clés. À l'intérieur, une fille aux traits lourds et fatigués se tenait derrière un comptoir, à l'extrémité duquel un homme mangeait, assis sur un tabouret. Eleanor pensa qu'il devait avoir vraiment faim pour entrer dans un endroit pareil, puis elle comprit ce qu'il était venu consommer en apercevant l'assiette de doughnuts qui trônait un peu plus loin sur le bar, protégée par un couvercle maculé de taches.

« Un café », dit-elle à la fille derrière le comptoir.

La serveuse se tourna avec lassitude et attrapa une tasse sur une des piles qui garnissaient les étagères. Je vais boire ce café parce que j'ai décidé de le boire, se dit fermement Eleanor, mais la prochaine fois, j'écouterai le Dr Montague.

Il y avait une troublante complicité entre l'homme et la serveuse. Quand celle-ci posa le café devant Eleanor, elle lança un regard à son client en esquissant un sourire. Il haussa les épaules, et elle rit. Eleanor les observa plus attentivement. La serveuse examinait à présent ses ongles, tandis que l'homme essuyait son assiette avec un morceau de pain. Peut-être le café était-il empoisonné. Il n'était guère engageant, en tout cas. Mais Eleanor était déterminée à sonder le village de Hillsdale jusqu'à ses tréfonds.

« Je voudrais un doughnut aussi, s'il vous plaît », dit-elle.

La serveuse, après un coup d'œil à l'homme, déposa un des doughnuts sur une assiette qu'elle poussa devant Eleanor. Puis elle croisa à nouveau le regard de son client et s'esclaffa.

« Votre village est très joli, reprit Eleanor. Comment s'appelle-t-il ? »

La serveuse la dévisagea, interloquée. Sans doute était-ce la première fois que quelqu'un osait qualifier Hillsdale de joli village. Au bout d'un moment, elle se tourna vers l'homme, comme pour quêter son approbation, puis répondit : « Hillsdale.

– Il y a longtemps que vous habitez ici ? » demanda Eleanor.

(Ne craignez rien, ajouta-t-elle silencieusement à l'intention du Dr Montague, je ne mentionnerai pas Hill House. J'essaie simplement de prendre mon temps.)

« Oui, marmonna la serveuse.

– Ce doit être charmant de vivre dans un petit village. Moi, je viens d'une grande ville.

– Ah ?

– Vous vous plaisez ici ?

– Ça va… », répliqua la serveuse. À nouveau, elle regarda l'homme. Il écoutait la conversation. « On s'ennuie un peu.

– Combien y a-t-il d'habitants ?

– Pas beaucoup. Je vous ressers du café ? »

La question s'adressait à l'homme, qui faisait sonner sa tasse contre la soucoupe. Eleanor se risqua à boire une petite gorgée et réprima une grimace. Comment pouvait-il apprécier cet infâme breuvage ?

« Il y a des gens qui passent, de temps en temps ? » demanda-t-elle encore. La serveuse, après avoir rempli la tasse de l'homme, était revenue s'appuyer contre les étagères. « Des touristes, je veux dire ? »

L'espace d'une seconde, le regard de la serveuse refléta un vide immense, comme Eleanor n'en avait jamais vu. « Des touristes ? Ici ? » Puis, se tournant vers l'homme, elle ajouta d'une voix morne : « Il n'y a même pas de cinéma.

– Mais les collines sont tellement jolies. Autour des villages un peu isolés comme celui-ci, il y a souvent des citadins qui se construisent des villas, dans les collines. Pour être au calme. »

La fille lâcha un rire bref. « Non. *Pas ici.*

– Ou qui restaurent de vieilles maisons…

– Pour être au calme. » La serveuse rit encore.

« C'est tout de même étonnant, dit Eleanor qui sentait le regard de l'homme posé sur elle.

– Et même avec un cinéma…, marmonna la serveuse.

– J'aurais presque envie d'en chercher une, d'ailleurs, continua prudemment Eleanor. Ça ne coûte pas très cher, une vieille maison, et c'est tellement amusant à retaper.

– Pas ici, répéta la serveuse.

– Il n'y a pas de vieilles maisons aux alentours ? Dans les collines ?

– Non. »

L'homme se leva. Plongeant la main dans sa poche pour sortir de la monnaie, il parla pour la première fois. « Ici, les gens *partent*. Ce n'est pas un endroit où on *vient*. »

Quand la porte se fut refermée sur lui, la serveuse posa sur Eleanor ses yeux éteints dans lesquels se lisait une sorte de reproche, comme si Eleanor, par son bavardage, avait fait fuir son client.

« C'est vrai, dit-elle enfin. Ils s'en vont, ceux qui ont de la chance.

– Et *vous*, pourquoi ne partez-vous pas ? » demanda Eleanor.

La serveuse haussa les épaules. « Qu'est-ce que ça changerait ? »

Elle prit l'argent d'Eleanor d'un air parfaitement indifférent et lui rendit la monnaie. Son regard glissa vers la tasse vide de l'homme au bout du comptoir.

« Il vient tous les jours », dit-elle en souriant presque.

Eleanor sourit à son tour. Elle s'apprêtait à répondre lorsque la serveuse lui tourna brusquement le dos pour s'affairer devant les étagères. Ainsi congédiée, elle abandonna son café avec soulagement et se leva après avoir ramassé les clés de sa voiture et son sac sur le comptoir.

« Au revoir, dit-elle.

– Bonne chance, répondit la serveuse sans se retourner. J'espère que vous la trouverez, votre maison. »

*

La route qui partait de la station-service, en face de l'église, était en effet mauvaise et creusée de profondes ornières. La petite voiture d'Eleanor avançait en cahotant, comme si elle rechignait à s'enfoncer dans ces collines rébarbatives où le jour, englouti sous la végétation oppressante, semblait déjà tirer à sa fin. Il n'y a vraiment pas beaucoup de passage par ici, songea Eleanor en évitant une pierre particulièrement dangereuse d'un brusque coup de volant. À ce régime-là, et pendant neuf kilomètres, la voiture va souffrir. Elle pensa à sa sœur et à son beau-frère et se mit à rire. À l'heure qu'il était, ils savaient certainement qu'elle avait filé, mais ils ne connaissaient pas sa destination. Sans doute n'en croyaient-ils pas leurs yeux, se répétant l'un à l'autre que jamais ils ne se seraient attendus à une chose pareille de la part d'Eleanor. Moi non plus, se dit-elle, riant toujours, je ne m'en imaginais pas capable. Tout est différent maintenant, je suis une autre personne, très loin de chez moi. « À s'attarder jamais rien on ne gagne… À joie d'aujourd'hui, rire d'aujourd'hui… » Elle heurta soudain un gros caillou. Un craquement sinistre se produisit quelque part sous le plancher, la voiture fit une embardée, mais se ressaisit aussitôt et repartit vaillamment à l'assaut de la pente. Les branches des arbres frottaient contre le pare-brise. Il faisait de plus en plus sombre. Hill House soigne son entrée, pensa-t-elle. Je me demande si le soleil arrive quelquefois à percer, par ici. Enfin, dans un dernier effort, après avoir franchi un amoncellement de brindilles et de feuilles mortes qui barraient la chaussée, la voiture déboucha dans une clairière devant le portail de Hill House.

Qu'est-ce que je viens faire ici ? se demanda Eleanor, désemparée. Le portail était énorme, lourd et menaçant, scellé dans un mur de pierres qui disparaissait entre les arbres. Elle voyait le cadenas et la chaîne enroulée plusieurs fois autour des barreaux. La route continuait au-delà, sinueuse, puis se perdait dans les ombres de la forêt.

Puisque le portail était fermé (verrouillé à triple tour, au moins, outre la chaîne et le cadenas – mais qui tenait donc tant à pénétrer ici ?), il était inutile de descendre de la voiture. Eleanor appuya sur le klaxon. Les arbres tout autour semblèrent frissonner en se renvoyant l'écho de branche en branche. Une minute plus tard, elle klaxonna de nouveau, et c'est alors qu'elle vit approcher un homme de l'autre côté des barreaux, sombre et hostile, aussi peu accueillant que le cadenas.

« Qu'est-ce que vous voulez ? » Sa voix était dure, méchante.

« J'aimerais entrer... Ouvrez-moi, s'il vous plaît.

– Sur l'ordre de qui ?

– Mais... » Eleanor hésita. « On m'a dit d'entrer, reprit-elle faiblement.

– Pour quoi faire ?

– Je suis attendue. »

Le suis-je vraiment ? se demanda-t-elle soudain. Ou vais-je devoir m'arrêter ici ?

« Par qui ? »

Elle savait, bien sûr, qu'il prenait plaisir à abuser de son autorité, comme si, en déverrouillant le portail, il perdrait la supériorité provisoire dont il se croyait investi. Et *moi*, pensa-t-elle, ai-je un quelconque pouvoir sur lui ? C'est moi qui suis *dehors*, après tout. Elle voyait déjà que si elle se mettait en colère – ce qu'elle se permettait rarement, ayant trop peur d'être ridicule –, il se contenterait de tourner les talons en la laissant s'égosiller inutilement. D'avance, elle imaginait l'air innocent qu'il arborerait, si, par la suite, on lui reprochait son arrogance : son sourire niais, ses yeux écarquillés, sa voix geignarde qui protesterait qu'il *allait* lui ouvrir, qu'il s'était approché dans cette intention, mais qu'il avait été pris d'un doute. On lui donnait des consignes, pas vrai ? Ne devait-il pas obéir ? S'il laissait entrer une personne indésirable, c'est sur *lui* que ça retomberait, non ? Il hausserait les épaules... En se représentant la scène, elle éclata de rire. Ce qui était sans doute la pire chose à faire.

Il recula, sans la quitter des yeux.

« Revenez plus tard, dit-il, puis il lui tourna le dos, triomphant et outragé à la fois.

– Écoutez-moi ! s'écria-t-elle en maîtrisant sa voix afin de ne pas paraître en colère. Je suis invitée par le Dr Montague, il m'attend… Je vous en prie, *écoutez-moi* ! »

Il revint vers elle avec un sourire grimaçant. « Je ne vois pas comment on pourrait vous *attendre*, vu qu'il n'y a *personne*.

– Vous voulez dire que les autres ne sont pas encore arrivés ?

– À ma connaissance, non. Il n'y a que ma femme, qui est là pour tout préparer. Alors, vous voyez bien qu'on ne vous *attend* pas ! »

Eleanor s'appuya au dossier de son siège et ferma les yeux. Hill House, pensa-t-elle, tu es aussi difficile à atteindre que le paradis.

« Vous savez ce que vous *risquez* ici ? On vous a raconté, en ville ? Vous avez entendu parler de cette maison ?

– Tout ce que je sais, c'est que j'ai été invitée par le Dr Montague. Et que j'entrerai quand vous m'aurez ouvert ce portail.

– Oh, je vais vous ouvrir. Ne vous inquiétez pas. Je veux simplement m'assurer que vous êtes au courant de ce que vous allez trouver là-dedans. Vous connaissez les lieux ? Vous êtes un membre de la famille ? »

Il s'approcha pour la dévisager. Son visage aux traits tordus semblait barrer l'accès aussi, comme le cadenas et la chaîne.

« Je ne peux pas vous laisser entrer tant que je ne serai pas *absolument* sûr, reprit-il. C'est comment, votre nom, déjà ? »

Elle soupira.

« Eleanor Vance.

– Donc, vous n'êtes pas de la famille. Vous avez une idée de ce qui se passe ici ? »

On me donne une dernière chance, pensa-t-elle. C'est à moi de choisir. Je peux encore faire demi-tour et partir. Personne ne m'en voudra. Tout le monde a le droit de fuir.

« Je m'appelle Eleanor Vance ! lança-t-elle avec véhémence. On m'attend à Hill House. Ouvrez ce portail immédiatement.

– Bon, bon, d'accord. »

Avec des gestes dont il exagérait ostensiblement l'effet dramatique, il introduisit la clé dans la serrure et la tourna, actionna le mécanisme du cadenas, détacha la chaîne et ouvrit les vantaux juste assez pour laisser passer la voiture. Eleanor avança, sans se précipiter, mais l'homme dut deviner l'idée qui lui avait traversé l'esprit car il fit un bond de côté. Elle rit, et s'arrêta à nouveau en voyant qu'il revenait se placer devant la voiture.

« Ça ne vous plaira pas, dit-il. Vous allez regretter que je vous aie ouvert ce portail.

« Écartez-vous, s'il vous plaît. Vous m'avez fait perdre assez de temps.

– Vous vous imaginez peut-être qu'ils trouveraient quelqu'un d'autre pour me remplacer, hein ? Qui d'autre tiendrait le coup ici, à part ma femme et moi ? Vous croyez que nous, on n'a pas notre mot à dire, mais qu'on est juste bons à entretenir la maison et à ouvrir à tous les gens comme vous qui faites les malins parce que vous venez de la ville ?

– Reculez. »

Eleanor ne voulait pas admettre que cet homme l'effrayait, de peur qu'il ne s'en rende compte. Il s'appuyait maintenant contre l'aile de la voiture et, vu de près, il était affreux. Sa violente hargne l'étonnait. De quel droit lui adressait-il ces reproches ? Se considérait-il comme le propriétaire de la maison et des jardins ? Un nom que le Dr Montague avait mentionné dans sa lettre lui revint alors en mémoire.

« Vous êtes Dudley, le concierge ? demanda-t-elle.

– Oui, je suis Dudley, le concierge, répondit-il en la singeant. Qui d'autre vous attendiez-vous à voir ici ? »

Le type même du vieux et fidèle domestique, songea-t-elle. Honnête, orgueilleux, et parfaitement désagréable.

« Vous êtes seuls à vous occuper de la maison, votre femme et vous ?

– Qui d'autre ? » répéta-t-il.

C'était son éternel refrain, son titre de gloire, sa malédiction.

Elle joua avec l'embrayage, en faisant mine d'accélérer pour l'obliger à reculer.

« Je suis certaine que vous réussirez, votre femme et vous, à rendre notre séjour des plus agréables, dit-elle d'un ton qui voulait marquer un point final à l'entretien. En attendant, j'ai hâte de poser mes valises.

– Oh, *moi*, ricana-t-il, je ne traîne pas dans les parages après la tombée de la nuit. »

Satisfait, il s'écarta de la voiture, au grand soulagement d'Eleanor. Elle se sentit gênée cependant de démarrer sous ses yeux. Et s'il n'arrêtait pas de surgir devant moi tout le long du chemin, songea-t-elle, comme le chat du Cheshire dans *Alice au pays des merveilles*, avec son sourire grimaçant, en me criant chaque fois que je ne trouverai personne qui s'attarde ici jusqu'à la nuit. Afin de se prouver qu'elle n'était aucunement troublée à l'idée de voir apparaître entre les arbres la face de Dudley le concierge, elle se mit à siffloter, un peu agacée par la chanson qui lui trottait dans la tête. « À joie d'aujourd'hui, rire d'aujourd'hui… » Tu dois vraiment essayer de penser à autre chose, se dit-elle. La suite des paroles n'était sûrement pas convenable, à en juger par l'obstination avec laquelle sa mémoire refusait de les restituer. En outre, elle ne pouvait décemment pas arriver à Hill House en chantant.

Elle apercevait parfois, entre les arbres, ce qui devait être les toits de la maison. Quelle curieuse architecture, se dit-elle. À l'époque, on construisait partout des tours et des tourelles, des contreforts garnis de bois finement sculpté, parfois même des flèches et des gargouilles. Jamais rien qui demeurât sans ornement. Peut-être y a-t-il un donjon, ou une chambre secrète, ou même un passage souterrain qui débouchait dans les collines, utilisé autrefois par les contrebandiers (mais quel produit de contrebande dénicherait-on dans ces collines désertes ?) Peut-être vais-je rencontrer un beau contrebandier, et…

La route décrivait un dernier virage, puis, brusquement, elle se retrouva devant Hill House. Sans réfléchir, elle appuya sur la pédale du frein. Le moteur cala.

Un spectacle abominable s'offrait à ses yeux. Elle fut parcourue d'un grand frisson, tandis que le mot s'imposait à son esprit : abominable. Cette maison est malsaine. Pars d'ici tout de suite.

2

Aucun œil humain n'est capable d'isoler l'élément précis, qui, dans la composition malheureuse des lignes et des espaces, donne une allure diabolique à une maison. Il y avait là cependant un je-ne-sais-quoi – une juxtaposition insensée, un angle mal conçu, une rencontre hasardeuse entre ciel et toiture –, par lequel Hill House respirait le désespoir. Vision d'autant plus terrifiante que la façade semblait en éveil, avec ses fenêtres sombres évoquant les yeux d'un vigile, surmontées de temps à autre par le sourcil inquiétant d'une corniche. Presque n'importe quelle maison, saisie dans une perspective inhabituelle, peut revêtir un air éloquent. Une malicieuse petite cheminée, une lucarne pareille à une fossette, et le visiteur se sentira happé dans une sorte de connivence. Mais une maison qui exhale l'arrogance et la haine, qui jamais ne baisse la garde, ne peut être que mauvaise. Hill House paraissait s'être construite toute seule, s'érigeant selon ses propres plans entre les mains de ses bâtisseurs. Elle avait surgi par sa propre volonté et dressait sa gigantesque tête contre le ciel, sans rien concéder à l'humanité. C'était une maison dénuée de bienveillance, qui n'était pas destinée à être habitée, ne pouvait accueillir ni amour ni espoir. Les exorcismes sont impuissants à modifier l'expression d'une maison. Hill House resterait telle qu'elle était jusqu'au jour de sa destruction.

J'aurais dû faire demi-tour, se dit Eleanor, l'estomac tordu par une nausée ancestrale. Elle fouilla des yeux la ligne des toits, cherchant en vain à localiser cette chose méchante qui occupait les lieux. Les mains glacées, elle sortit en tremblant une cigarette de son sac. Par-dessus tout, elle avait peur. La voix terrifiée au fond d'elle-même répétait : *Sauve-toi. Va-t'en vite !*

Mais c'est pour venir ici que j'ai roulé si longtemps, pensa-t-elle. Je ne peux pas m'en aller. D'ailleurs, le concierge se moquerait de moi si je voulais repasser le portail en sens inverse.

Elle s'efforça de ne plus regarder la maison – elle n'aurait même pas pu dire quels étaient sa couleur, son style, sa taille, mais seulement qu'elle était énorme, sombre et menaçante. Rallumant le moteur, elle s'avança jusqu'aux marches qui montaient tout droit, sans échappatoire possible, vers la galerie et la porte d'entrée. L'allée se divisait en deux branches pour contourner la maison. Plus tard, elle amènerait la voiture à l'arrière et trouverait sans doute un abri où la garer, mais en cet instant précis, elle n'avait guère envie de s'en éloigner – c'était son unique moyen de fuite. Elle se gara à quelques mètres de la porte afin de ne pas gêner l'arrivée de ceux qui viendraient après elle. Eux, au moins, ils verraient quelque chose de rassurant – une trace humaine – devant Hill House... Puis elle sortit et prit sa valise et son manteau. Ça y est, se dit-elle pour s'encourager. J'y suis.

Elle dut mobiliser toute sa force morale pour lever le pied et le poser sur la première marche. Cette intime répugnance à faire connaissance avec Hill House surgissait de l'impression très forte qui la tenaillait : la maison l'attendait, maléfique et patiente. Les voyages s'achèvent lorsque les amants se rencontrent... Voilà que la suite de la chanson lui revenait enfin en mémoire ! Elle se mit alors à rire, debout sur les marches, puis grimpa hardiment. Hill House l'enveloppa d'un seul coup. Une ombre se referma sur elle et le bruit de ses pas sur le plancher de la galerie outragea le silence, comme s'il y avait très longtemps que personne ne s'était approché de la porte. Elle tendit la main vers le lourd marteau, un visage d'enfant sculpté dans le métal, et s'apprêtait à faire encore plus de bruit pour avertir Hill House de sa présence, lorsque le battant s'ouvrit inopinément. Elle se retrouva en face d'une créature qui ne pouvait être que la femme de l'individu qui lui avait ouvert la grille – tant il est vrai que qui se ressemble s'assemble.

« Mrs. Dudley ? demanda-t-elle en reprenant son souffle. Je m'appelle Eleanor Vance. Je suis attendue. »

Sans un mot, la femme s'effaça pour la laisser entrer. Malgré son tablier propre et ses cheveux bien coiffés, elle dégageait une indéfinissable impression de saleté qui s'accordait parfaitement avec l'allure de son mari ; sa figure maussade et méfiante était le reflet de la méchanceté qui se lisait sur les traits du concierge. Non, se dit Eleanor. C'est juste que tout paraît tellement sombre, ici, et aussi parce que je me suis imaginé que cette femme serait laide. Porterais-je le même jugement sur ces gens, si je n'avais pas vu Hill House ? Après tout, ils ne font que l'entretenir.

Le vestibule dans lequel elles se trouvaient, surchargé de boiseries et de sculptures massives, semblait écrasé par l'imposante présence d'un escalier monumental.

À l'étage, on apercevait un vaste palier et un couloir qui courait sur toute la largeur, bordé d'une série de portes. De part et d'autre du vestibule se dressaient deux hautes portes à doubles battants, ornées de fruits, d'épis de blé et de diverses créatures. Toutes les portes qu'elle voyait dans cette maison étaient fermées.

Elle essaya de parler, mais sa voix se noya dans le silence des lieux et elle dut s'y reprendre à deux fois pour parvenir à émettre un son.

« Pouvez-vous me montrer ma chambre ? » articula-t-elle enfin en désignant sa valise posée par terre. Elle surprit le reflet tremblant de sa main qui s'enfonçait dans les profondeurs du parquet ciré. « Je présume que je suis la première arrivée. Vous… vous êtes bien Mrs. Dudley, n'est-ce pas ? »

Je sens que je vais pleurer, se dit-elle. Pleurer comme une gamine : *je n'aime pas être ici…*

Mrs. Dudley pivota et se dirigea vers l'escalier. Empoignant sa valise, Eleanor la suivit, prête à emboîter le pas à n'importe quel être vivant. Non, se répétait-elle, je n'aime pas cette maison. Parvenue en haut de l'escalier, Mrs. Dudley tourna à droite. Eleanor sut alors, avec une absolue certitude, que les constructeurs de la maison avaient abandonné tout effort de style – sans doute après avoir compris ce que la maison allait devenir, quoi qu'ils décident. Au premier étage, ils s'étaient limités à tracer un couloir rectiligne sur lequel s'ouvraient les chambres à coucher. Elle imagina un instant les ouvriers, terminant avec hâte le premier et le deuxième étage, sans plus se soucier d'embellir les lieux mais désireux seulement d'en finir au plus tôt pour pouvoir partir. Au fond du couloir, à gauche, un autre escalier desservait les quartiers des domestiques au-dessus et probablement la cuisine au rez-de-chaussée. De l'autre côté, le couloir était prolongé par une chambre que l'on avait sans doute placée là, au bout de la bâtisse, pour qu'elle jouisse d'un maximum de soleil et de lumière. Hormis des gravures de piètre qualité accrochées aux lambris avec une vilaine asymétrie, rien ne venait briser la rectitude de ce long corridor sinon les portes, qui étaient toutes fermées.

Mrs. Dudley en ouvrit une, peut-être au hasard.

« Voici la chambre bleue », dit-elle.

D'après l'angle de l'escalier, Eleanor calcula que la chambre devait se trouver à l'avant de la maison. Anne, ma sœur Anne..., songea-t-elle en s'avançant avec soulagement vers la lumière qui émanait de la pièce.

« Comme elle est jolie », dit-elle en marquant une pause sur le seuil, mue par le sentiment qu'elle devait offrir un commentaire. En réalité, la chambre était horrible. À peine supportable. Aussi disharmonieuse que le reste de Hill House.

Mrs. Dudley se détourna pour laisser passer Eleanor et parla comme si elle s'adressait au mur.

« Je pose le dîner sur la desserte de la salle à manger à six heures précises, dit-elle. Vous vous servez toute seule. Je débarrasse le matin. Le petit déjeuner est prêt pour neuf heures. C'est ce qui a été convenu. Je ne peux pas maintenir les chambres aussi propres que vous le souhaiteriez, d'autant plus qu'on ne trouve aucune aide. Je ne fais pas le service. D'après ce qui a été convenu, je ne suis pas là pour ça. »

Eleanor acquiesça, hésitant à entrer.

« Je ne reste pas, une fois que j'ai préparé le dîner, continua Mrs. Dudley. Je m'en vais avant la nuit.

– Je sais, dit Eleanor.

– Nous habitons au village, à neuf kilomètres d'ici.

– Oui… » Eleanor revit Hillsdale en pensée.

« Donc il n'y aura personne, si vous avez besoin d'aide.

– Je comprends.

– Nous ne vous entendrons pas, pendant la nuit.

– J'imagine que…

– Personne ne vous entendra. Il n'y a aucune maison entre ici et le village. Personne ne voudrait habiter plus près que cela.

– Je sais », répéta Eleanor avec lassitude.

Mrs. Dudley se fendit d'un large sourire. « Pendant la nuit, dit-elle. Quand il fait noir. » Et elle ferma la porte derrière elle.

Eleanor eut presque envie de rire. Aurait-elle dû lui crier : « Oh, Mrs. Dudley, ne me laissez pas. J'aurai tellement besoin de vous, dans le noir ! » Puis elle frissonna.

*

Eleanor était maintenant seule, debout à côté de sa valise, son manteau sur le bras. Seule et désemparée. Elle éprouvait une folle envie de rentrer chez elle et ne pouvait que se répéter : les voyages s'achèvent lorsque les amants se rencontrent. Derrière la porte, il y avait l'obscure cage d'escalier, le vestibule ciré, la lourde porte d'entrée, Mrs. Dudley, et son mari qui se moquait d'elle au portail, la chaîne et le cadenas, Hillsdale, le cottage fleuri, la famille à l'auberge, le jardin entouré de lauriers roses, la maison avec les lions de pierre, et tout cela l'avait amenée ici, grâce aux indications infaillibles du Dr Montague, jusqu'à la chambre bleue de Hill House. C'est affreux, se dit-elle, pétrifiée, car le moindre geste pouvait indiquer qu'elle donnait son consentement, qu'elle acceptait de s'installer dans cette chambre. C'est affreux, je ne veux pas rester... Mais elle n'avait nulle part où aller. La lettre du Dr Montague l'avait conduite jusque-là et ne pouvait pas l'emmener plus loin. Au bout d'un moment, elle poussa un soupir et, secouant la tête, s'avança pour poser sa valise sur le lit.

Je suis dans la chambre bleue de Hill House, murmura-t-elle. Déclaration fort inutile puisque tout était bien réel, et la chambre indubitablement bleue. Les deux fenêtres, qui donnaient sur le toit de la galerie et la pelouse, étaient pourvues de rideaux de damas bleu. Par terre, un tapis aux motifs bleus. Sur le lit, un édredon bleu et un couvre-pied bleu. Aux murs, au-dessus des lambris sombres qui s'élevaient à hauteur d'épaules, un papier peint bleu, orné de minuscules fleurs bleues délicatement assemblées en couronnes et en guirlandes. Un jour, peut-être, quelqu'un avait tenté d'alléger l'atmosphère de la chambre bleue de Hill House en y apposant ce coquet papier peint, oubliant sans doute qu'un tel espoir serait vite évaporé ici et qu'il n'en subsisterait bientôt plus qu'un faible souvenir, pareil à l'écho presque inaudible d'un sanglot dans le lointain...

Eleanor se ressaisit et tournoya sur elle-même pour contempler la chambre tout entière. Par un incroyable défaut de conception, les dimensions de la pièce paraissaient atrocement faussées : chacun des murs, qui pourtant se croisaient à angle droit, semblait soit trop court soit d'une longueur démesurée. Ils veulent que je dorme *ici* ? se dit-elle, incrédule. Quels cauchemars attendent de m'assaillir, tapis au coin de ces hauts plafonds, prêts à souffler la terreur sur mes lèvres… Elle se reprit de nouveau. Enfin, Eleanor !

Ouvrant sa valise sur le lit, elle ôta avec soulagement ses chaussures de ville à talons et entreprit de déballer ses affaires. Comme toute femme, elle était intimement persuadée qu'on apaise toujours un esprit troublé en enfilant des chaussures confortables. La veille, elle avait choisi des vêtements qu'elle jugeait appropriés à un séjour dans une maison de campagne isolée, sortant même à la dernière minute pour s'acheter (et avec quelle excitation !) deux pantalons, chose qu'elle n'avait pas portée depuis des temps immémoriaux. Maman serait *furieuse*, avait-elle songé en les déposant tout au fond de la valise, pour ne pas être tentée de se raviser. Elle rangea ses habits à la va-vite, accrochant ses robes tout de travers sur les cintres, jetant les pantalons dans le dernier tiroir de la commode recouverte d'un plateau de marbre, lançant ses souliers dans un coin de l'armoire. Les livres qu'elle avait pris l'ennuyaient déjà. Je ne resterai sans doute pas, se dit-elle en fermant sa valise vide et en la plaçant aussi dans l'armoire. Il me faudra moins de cinq minutes pour tout remballer. Soudain, elle s'aperçut qu'elle marchait pieds nus et essayait de ne pas faire de bruit, comme si le silence était une chose vitale à Hill House. Mrs. Dudley aussi se déplaçait sans bruit. Elle s'immobilisa, debout au milieu de sa chambre, et le silence oppressant se referma sur elle. Je suis comme une petite créature qu'un monstre a avalée en une bouchée, pensa-t-elle, et il sent chacun de mes mouvements dans son ventre.

« Non », dit-elle tout haut, et l'écho de sa voix roula dans la chambre.

Elle alla ouvrir les rideaux de damas bleu, mais la lumière filtrait à peine par les vitres crasseuses et, de toute façon, la vue qu'elle avait se limitait au toit de la galerie et à une portion de la pelouse. En bas, quelque part, se trouvait sa petite voiture, avec laquelle elle pouvait s'enfuir. Les voyages s'achèvent lorsque les amants se rencontrent. C'est moi qui ai voulu venir ici, se dit-elle. Brusquement, elle prit conscience qu'elle avait peur de retraverser la chambre.

Dos à la fenêtre, elle regarda tour à tour la porte, l'armoire, la commode, le lit, tout en se répétant qu'elle n'avait *absolument* pas peur. Elle entendit alors le claquement lointain d'une portière de voiture, suivi d'un bruit de pas rapides, presque légers, qui montaient les marches du perron, et enfin, un vacarme retentissant : le lourd marteau de fer s'abattait sur la porte d'entrée. Mais oui, bien sûr ! pensa-t-elle. D'autres personnes vont arriver. Je ne serai pas toute seule. Riant presque, elle sortit vivement dans le couloir et se pencha pardessus la rambarde.

« Dieu soit loué, vous êtes là, dit-elle en scrutant la pénombre du vestibule. Dieu soit loué, il y a quelqu'un. » Elle s'aperçut qu'elle avait totalement oublié Mrs. Dudley en la découvrant debout dans le vestibule, pâle et raide.

« Montez ! dit-elle. Il faut porter sa valise soi-même. » Elle parlait à toute vitesse, hors d'haleine, surmontant sa timidité naturelle tant elle était soulagée. « Je m'appelle Eleanor Vance, et je suis tellement contente que vous soyez là...

– Moi, c'est Theodora. Theodora, tout court. Bon sang, quelle *baraque*...

– C'est tout aussi horrible en haut. Venez. Demandez qu'on vous donne la chambre voisine de la mienne. »

En grimpant l'escalier derrière Mrs. Dudley, Theodora contempla d'un air incrédule le vitrail de la fenêtre du palier, l'urne de marbre dans sa niche, le tapis chamarré. Eleanor s'avança pour l'aider à porter sa valise, beaucoup plus grosse – et beaucoup plus luxueuse – que la sienne.

« Attendez d'avoir vu les chambres à coucher, dit-elle. La mienne a dû servir de chambre funéraire.

– C'est exactement la maison de mes rêves, ironisa Theodora. Un petit havre de paix où me retrouver seule avec mes pensées. Surtout si j'ai des idées de meurtre ou de suicide, ou...

– La chambre verte », annonça froidement Mrs. Dudley.

Prise d'une brusque inquiétude, Eleanor sentit que Mrs. Dudley n'aimait pas qu'on se moque de Hill House ni qu'on la critique. Peut-être croit-elle que la maison nous entend... Elle regretta aussitôt d'avoir eu cette pensée et dut frissonner, car Theodora se tourna vers elle avec un bref sourire et lui toucha légèrement l'épaule, comme pour la rassurer. Quelle fille charmante, se dit Eleanor en lui rendant son sourire. Pas du tout le genre de personne qui va avec une maison aussi lugubre. Moi aussi, j'imagine que je détonne – mais, à vrai dire, je ne vois pas à qui Hill House pourrait correspondre... Elle se mit à rire en remarquant l'expression de Theodora, debout sur le seuil de la chambre verte.

Theodora lui lança un regard de biais. « Mon Dieu ! Quelle chambre adorable ! Un berceau de verdure.

– Je pose le dîner sur la desserte de la salle à manger à six heures précises, dit Mrs. Dudley. Vous vous servez toute seule. Je débarrasse le matin. Le petit déjeuner est prêt pour neuf heures. C'est ce qui a été convenu. »

Theodora observait Eleanor. « Vous semblez avoir peur.

– Je ne peux pas maintenir les chambres aussi propres que vous le souhaiteriez, d'autant plus qu'on ne trouve aucune aide. Je ne fais pas le service. D'après ce qui a été convenu, je ne suis pas là pour ça.

– Parce que je croyais être toute seule, expliqua Eleanor.

– Je ne reste pas, une fois que j'ai préparé le dîner.

– Je suis là maintenant, dit Theodora. Tout va bien.

– Nos chambres communiquent par la salle de bains, ajouta Eleanor sans réfléchir. Elles sont exactement pareilles. »

Sauf que tout était vert chez Theodora : les rideaux de damas, le papier peint orné de guirlandes, le couvre-pied et l'édredon. On trouvait la même commode recouverte d'un plateau de marbre, la même énorme armoire.

« De ma vie entière, je n'ai jamais vu des chambres aussi *hideuses* ! s'écria Eleanor.

– On se croirait dans un hôtel de luxe, déclara Theodora. Ou dans une colonie de vacances.

– Je m'en vais avant la nuit, continua Mrs. Dudley.

– Personne ne peut vous entendre, si vous criez pendant la nuit. » Réalisant qu'elle était cramponnée à la poignée de la porte, Eleanor desserra les doigts sous l'œil ironique de Theodora et traversa la pièce d'un pas ferme. « Il faudra que nous trouvions un moyen d'ouvrir ces fenêtres.

– Donc il n'y aura personne, si vous avez besoin d'aide, dit encore Mrs. Dudley. Nous ne vous entendrons pas, pendant la nuit. Personne ne vous entendra.

– Ça va mieux ? demanda Theodora, et Eleanor acquiesça.

– Il n'y a aucune maison entre ici et le village. Personne ne voudrait habiter plus près que cela.

– Vous avez sans doute faim, dit Theodora. Moi, en tout cas, je suis affamée. » Elle posa sa valise sur le lit et ôta ses chaussures. « Rien ne me met de plus mauvaise humeur que d'avoir l'estomac dans les talons. Je suis irritable, je grogne, et j'éclate en sanglots. » Elle sortit un élégant pantalon de sa valise.

« Pendant la nuit. » Mrs. Dudley sourit. « Dans le noir. » Et elle ferma la porte derrière elle.

Au bout d'un moment, Eleanor dit : « En plus, elle ne fait aucun bruit quand elle marche.

– Quelle créature exquise. » Theodora jeta un regard autour d'elle. « Finalement, non, on ne dirait pas du tout un hôtel de luxe. Ça me rappelle un pensionnat où j'ai passé quelques années. »

Eleanor ouvrit la porte de la salle de bains et entraîna Theodora vers sa propre chambre. « Venez voir la mienne… Je venais de déballer mes affaires et j'envisageais de tout remettre dans ma valise quand vous êtes arrivée.

– Pauvre petite, vous devez être morte de faim. *Moi*, la seule pensée qui m'est venue à l'esprit lorsque j'ai découvert la maison, de l'extérieur, c'est que j'adorerais la regarder brûler. Peut-être qu'avant de partir…

– C'était atroce, d'être ici toute seule.

– Si vous aviez vu mon pensionnat pendant les vacances », dit Theodora en retournant dans sa chambre.

À présent qu'elle percevait le bruit et les activités de sa voisine par les portes ouvertes entre les deux pièces,

Eleanor se sentait un peu rassérénée. Elle remit ses robes d'aplomb dans l'armoire et empila soigneusement ses livres sur la table de nuit.

« Ça me fait *vraiment* penser au pensionnat, lança Theodora de sa chambre. Le premier jour, tout est moche et bizarre, on ne connaît personne, on a peur que les autres se moquent de ses vêtements. »

Eleanor venait justement d'ouvrir le tiroir de sa commode pour y prendre un pantalon. Elle s'immobilisa, puis éclata de rire et jeta le pantalon sur son lit.

« Ai-je bien compris ? poursuivait Theodora. Mrs. Dudley ne viendra pas si nous crions pendant la nuit ?

– C'est ce qui a été convenu. Avez-vous rencontré le charmant concierge, au portail ?

– Nous avons eu un entretien des plus agréables. Il m'a dit que je ne pouvais pas entrer, je lui ai répondu que j'entrerais quand même et j'ai essayé de le renverser avec ma voiture, mais il a sauté sur le côté. Vous croyez qu'on est censées rester là à attendre dans nos chambres ? J'ai envie de me changer et de mettre des vêtements plus confortables. À moins qu'il ne faille s'habiller pour le dîner, qu'en pensez-vous ?

– Je ne m'habille pas si vous ne vous habillez pas.

– Moi non plus. Ils ne pourront rien contre nous deux. En tout cas, j'ai envie de sortir et d'explorer les environs. Je serais ravie de ne plus avoir ce toit au-dessus de ma tête.

– La nuit tombe si vite dans les collines, avec tous ces arbres… » Eleanor s'approcha de la fenêtre, mais la pelouse recevait encore les rayons obliques du soleil.

« Il ne fera pas vraiment sombre avant une heure. Je veux me rouler dans l'herbe dehors. »

Eleanor choisit un pull rouge, tout en songeant que dans cette maison – et dans cette chambre –, il jurerait sûrement avec les sandales, rouges aussi, qu'elle avait achetées pour l'accompagner. Alors qu'ils étaient plutôt bien assortis, la veille. Ce sera bien fait pour moi, se dit-elle, ça m'apprendra à vouloir porter ce genre de choses. Avant, je ne m'y risquais pas. Mais quand elle se regarda dans la grande glace de l'armoire, elle se trouva belle allure et se sentit presque à l'aise.

« Vous savez qui d'autre doit venir ? demanda-t-elle. Et quand ?

– Le Dr Montague, répondit Theodora. Je pensais qu'il serait arrivé avant tout le monde.

– Vous le connaissez depuis longtemps ?

– Je ne l'ai jamais rencontré. Et vous ?

– Moi non plus. Vous êtes bientôt prête ?

– Je suis fin prête. »

Traversant la salle de bains, Theodora entra dans la chambre. Elle est ravissante, se dit Eleanor en se tournant vers elle. Si seulement je pouvais être aussi jolie ! Elle considéra le chemisier jaune vif de Theodora et se mit à rire.

« Vous mettez plus de lumière ici qu'il n'en entre par la fenêtre. »

Theodora vint se tenir à ses côtés devant la glace et examina son reflet avec une satisfaction évidente.

« Je pense que dans un endroit aussi sinistre que celui-ci, dit-elle, il est de notre devoir d'être le plus éclatantes possible. J'aime beaucoup votre pull rouge. On nous verra toutes les deux d'un bout à l'autre de Hill House. » Puis, sans cesser de se contempler dans le miroir, elle demanda : « Le Dr Montague vous a écrit, je suppose ?

– Oui, répondit Eleanor, embarrassée. Au début, je ne savais pas si c'était une plaisanterie ou non. Mais mon beau-frère s'est renseigné sur lui.

– Jusqu'à la toute dernière minute…, dit Theodora d'un air rêveur, jusqu'à ce que j'arrive devant le portail, en fait, je ne croyais pas vraiment à l'existence de Hill House. Ce ne sont pas des choses qui arrivent souvent, dans la vie.

– Même si certains les espèrent… »

Theodora rit, exécuta une pirouette devant la glace et prit la main d'Eleanor.

« Allons explorer !

– Il ne faut pas trop s'éloigner de la maison…

– Je promets de ne pas faire un pas de plus que ce que vous me permettrez. Vous pensez que nous devons prévenir Mrs. Dudley de nos déplacements ?

– De toute façon, elle surveille probablement le moindre de nos mouvements. Cela fait sans doute partie de ce qui a été convenu.

– Convenu avec qui, je me demande ? Avec le comte Dracula ?

– C'est *lui* qui habite à Hill House ?

– À mon avis, il y passe tous ses week-ends. Je jurerais avoir vu des chauves-souris sculptées dans les lambris du rez-de-chaussée. Allons-y, vite. »

Leurs pas résonnèrent lorsqu'elles descendirent l'escalier à toute vitesse, telles deux flammes de vie et de couleur dansant dans la lumière grise. En bas, Mrs. Dudley les observait en silence.

« Nous sortons explorer les environs, Mrs. Dudley, lança Theodora.

– Mais nous serons bientôt de retour, ajouta Eleanor.

– Je pose le dîner sur la desserte à six heures », répondit Mrs. Dudley.

Eleanor dut tirer de toutes ses forces sur l'imposante porte d'entrée, qui était véritablement aussi lourde qu'elle en avait l'air. Il nous faudra trouver un moyen plus facile de rentrer dans la maison, pensa-t-elle.

« Allez chercher un de ces gros vases, dit-elle à Theodora. Nous nous en servirons pour maintenir la porte ouverte. »

Theodora fit rouler un des vases de pierre disposés aux coins du vestibule et elles le placèrent devant le battant. Contrastant avec la pénombre de la maison, les derniers rayons du soleil semblaient éclatants. L'air était doux et frais. Elles avaient à peine tourné le dos que Mrs. Dudley retira le vase. La grande porte se referma avec fracas.

« Quelle adorable créature », maugréa Theodora en fixant la porte d'un œil noir. J'espère qu'elle ne me regardera jamais de cette façon-là, se dit Eleanor. Elle qui était toujours intimidée et mal à l'aise avec les gens qu'elle ne connaissait pas, elle s'étonna de se sentir si proche de Theodora, en une demi-heure à peine. Elle la considérait déjà comme une amie précieuse qu'elle redoutait de mettre en colère.

« Je crois que… » Elle hésita. Comme Theodora se tournait vers elle en souriant, elle se détendit. « Je crois que je vais me trouver une occupation très prenante pendant qu'il fait jour et que Mrs. Dudley est dans les parages. Je pourrais passer le rouleau sur le court de tennis, par exemple. Ou bien veiller à l'entretien de la vigne, dans la serre.

– Ou seconder Dudley au portail.

– Ou chercher des tombes anonymes dans le champ d'orties. »

De l'endroit où elles se tenaient accoudées à la balustrade de la galerie, elles voyaient l'allée qui s'enfonçait entre les arbres, disparaissait après un virage, et tout au fond, invisible derrière la colline, rejoignait le mince trait de la grand-route par laquelle on retournait aux villages et aux villes. Sans les fils électriques connectés à la maison, mystérieusement surgis de la forêt, on se serait cru coupé du monde. Eleanor fit quelques pas sur la galerie, qui, apparemment, flanquait Hill House sur tous ses côtés.

« Oh ! Regardez ! » s'écria-t-elle en tournant le coin.

Derrière la bâtisse, les collines se pressaient les unes contre les autres en un amas compact, baignant dans la verdure luxuriante et paisible de l'été.

« C'est pour cette raison qu'ils l'ont appelée Hill House, dit Eleanor, consciente de l'inutilité de son commentaire. La maison des collines...

– Typiquement victorien, dit Theodora. Ils venaient se vautrer ici, dans des plis et des replis de velours, des draperies et des monceaux de pourpre. Avant eux ou après eux, n'importe qui aurait bâti cette maison au sommet d'une colline, là où elle *devrait* être, au lieu de l'enterrer en bas.

– Au sommet d'une colline, tout le monde la verrait. Personnellement, je suis d'avis de la laisser dans sa cachette.

– Je vais être terrifiée pendant toute la durée du séjour, à l'idée que l'une de ces collines nous tombe dessus.

– Les collines ne tombent pas. Elles glissent doucement, sans bruit, et elles vous engloutissent quand il est trop tard pour vous enfuir.

– Merci, fit Theodora d'une voix apeurée. Après Mrs. Dudley, vous avez réussi. Je monte immédiatement faire mes bagages et je rentre chez moi. »

L'espace d'une seconde, Eleanor la crut. Puis, voyant l'expression amusée sur son visage, elle songea : Elle est bien plus courageuse que moi. C'est alors que Theodora, lisant dans ses pensées, lui fit une réponse inattendue – mais qui deviendrait par la suite une note familière, la phrase qui reviendrait fréquemment à l'esprit d'Eleanor lorsqu'elle évoquerait le nom de sa compagne.

« Ne soyez pas si craintive, dit-elle en tendant la main pour lui effleurer délicatement la joue. On ne sait jamais où on puise son courage. »

Puis, prestement, elle dévala les marches et s'élança sur la pelouse que dominaient des arbres immenses.

« Dépêchez-vous, s'écria-t-elle. Je veux voir s'il y a un ruisseau quelque part.

– Ne nous éloignons pas trop », dit Eleanor en lui emboîtant le pas.

Pareilles à deux enfants, elles partirent en courant, heureuses de l'espace libre qui s'ouvrait à elles, et, alors même qu'elles n'avaient guère passé de temps à Hill House, ravies de sentir l'herbe douce sous leurs pieds après les planchers de bois raide. Obéissant à un instinct quasi animal, elles suivirent le son et l'odeur de l'eau.

« Par ici, dit Theodora, un petit sentier… »

Peu à peu, le sentier les conduisit toujours plus près du bruit de l'eau, serpentant entre les arbres, leur offrant çà et là un aperçu de l'allée, les entraînant toujours plus loin de la maison qui, bientôt, disparut. Elles traversèrent une prairie semée de pierres, et le sentier descendait toujours. La végétation était moins touffue, ici, de sorte que le soleil parvenait encore à percer, mais Eleanor vit qu'il commençait à frôler dangereusement la crête des collines. Elle appela Theodora, qui se borna à crier : « Venez ! Par ici ! » sans cesser de courir.

Brusquement, Theodora s'arrêta net et manqua de chanceler. Elle était parvenue tout au bord du ruisseau, lequel avait surgi devant elle sans crier gare. Eleanor, arrivant à son tour, la retint par la main et elles se laissèrent tomber, riant et hors d'haleine, assises sur le talus abrupt qui surplombait le cours d'eau.

« Décidément, ils vous réservent des surprises par ici, dit Theodora en reprenant son souffle.

– Vous auriez bien mérité d'y plonger tête la première, répliqua Eleanor. Quelle idée de courir comme ça !

– C'est joli, non ? »

De légères petites rides se formaient à la surface de l'eau. L'autre rive était tapissée de fleurs jaunes et bleues qui inclinaient leurs têtes vers le courant. Au-dessus, une verte prairie se déployait autour d'un monticule rond et doux, derrière lequel se dressaient les plus hautes collines, éclairées par les derniers rayons du soleil.

« Oui, c'est joli, conclut Theodora d'un ton péremptoire.

– Je suis sûre d'être déjà venue ici, dit Eleanor. Dans un livre de contes de fées, sans doute.

– Certainement. Vous savez faire des ricochets ?

– C'est ici que la princesse vient retrouver le poisson enchanté, qui n'est autre qu'un prince déguisé...

– Il devait manquer d'eau, ce pauvre poisson. Ce n'est pas très profond.

– On traverse sur un gué de pierres plates… Tiens, il y a des poissons. Minuscules. Des vairons, peut-être ?

– Tous des princes déguisés. » Theodora bâilla et s'étira au soleil. « Ce ne serait pas plutôt des têtards ?

– Mais non, ce n'est pas l'époque des têtards. En revanche, je parie qu'on pourrait trouver des œufs de grenouilles. Quand j'étais petite, je m'amusais à attraper des vairons et je les laissais filer entre mes doigts.

– Une vraie fille de la campagne.

– C'est l'endroit idéal pour pique-niquer. Au bord de l'eau, avec des œufs durs.

– Une salade de poulet et un gâteau au chocolat, ajouta Theodora en riant.

– De la limonade dans un thermos. Et du sel, contre les fourmis. »

Theodora s'allongea voluptueusement sur le dos.

« C'est faux, cette histoire de fourmis. Il n'y a pratiquement jamais de fourmis quand on mange dehors. Des vaches, peut-être, mais je n'ai jamais vu de fourmis pendant un pique-nique.

– Et le taureau dans un pré, c'est vrai ? Avec quelqu'un qui dit : on ne peut pas passer par là, il y a un taureau. »

Theodora ouvrit un œil. « Vous aussi, vous aviez un oncle qui était très drôle ? Et tout le monde éclatait de rire dès qu'il ouvrait la bouche ? Il racontait qu'il ne fallait pas avoir peur du taureau : si vous étiez poursuivi, il suffisait de le saisir par l'anneau qu'il avait dans le nez et de le faire tournoyer au-dessus de votre tête. »

Eleanor jeta un petit caillou dans le ruisseau et le regarda tomber au fond de l'eau claire. « Vous aviez beaucoup d'oncles ?

– Des milliers. Et vous ?

– Oh, oui, répondit Eleanor après un silence. Des grands et des petits, des gros, des maigres…

– Et une tante Edna ?

– Tante Muriel.

– Assez mince ? Avec des lunettes sans monture ?

– Et une broche en grenat, dit Eleanor.

– Elle porte une espèce de robe rouge sombre lors des réunions de famille ?

– Avec des poignets de dentelle.

– Alors, nous sommes sûrement parentes, dit Theodora. Vous aviez un appareil dentaire ?

– Non. Des taches de rousseur.

– Moi, je fréquentais une école privée où on m'apprenait à me conduire comme une jeune fille bien élevée.

– Moi, j'étais toujours enrhumée pendant l'hiver. Ma mère m'obligeait à mettre des bas de laine.

– La mienne exigeait que mon frère m'emmène dans des bals, où je faisais des révérences à n'en plus finir. D'ailleurs mon frère me déteste encore.

– Je suis tombée pendant la cérémonie de remise des diplômes.

– Je ne me rappelais plus mon texte quand on a joué la pièce de théâtre.

– J'écrivais des poèmes.

– Oui, conclut Theodora. J'en suis sûre : nous sommes cousines. »

Elle se redressa en riant, quand soudain Eleanor dit : « Chut ! Il y a quelque chose qui bouge, là-bas. »

Figées, épaule contre épaule, elles fixèrent le versant opposé où l'herbe s'agitait. Une créature invisible se déplaçait lentement dans le vert brillant de la colline. Le soleil lui-même, et le joyeux petit ruisseau, en semblaient glacés d'effroi.

« Qu'est-ce que c'est ? » souffla Eleanor.

Theodora lui prit le poignet d'une main ferme. « Il est parti », dit-elle d'une voix forte. La chaleur du soleil revint aussitôt. « C'était un lapin.

– Je ne l'ai pas vu.

– Moi si, au moment où vous avez remarqué que l'herbe bougeait, répondit Theodora avec autorité. C'était un lapin. Il est passé de l'autre côté de la colline.

– Nous sommes parties trop longtemps », dit Eleanor en jetant un regard anxieux vers le soleil qui touchait à présent les crêtes. Elle se mit debout, les jambes engourdies à force d'être restée assise dans l'herbe humide.

« Imaginez un peu, dit Theodora. Deux vieilles habituées du pique-nique comme nous, qui ont peur d'un lapin… »

Eleanor se pencha et lui tendit la main pour l'aider à se relever. « Vite, dépêchons-nous de rentrer. » Puis, ne comprenant pas elle-même l'anxiété qui l'étreignait, elle se hâta d'ajouter : « Les autres sont peut-être arrivés, maintenant.

– Il faudra qu'on revienne ici pour pique-niquer, dit Theodora en remontant le petit sentier à sa suite. Un bon vieux pique-nique à l'ancienne, au bord du ruisseau.

– Nous demanderons à Mrs. Dudley de nous préparer des œufs durs. » Soudain, Eleanor s'immobilisa sur le sentier. « Theodora, je ne pourrai pas. Je n'y arriverai pas…

– Eleanor, dit Theodora en lui passant un bras sur les épaules. Comment pourrait-on nous séparer, à présent ? Depuis que nous avons découvert que nous sommes cousines ? »

3

Le soleil descendait doucement derrière les collines semblables à des oreillers dans lesquels il avait hâte de s'enfoncer. Les ombres s'allongeaient déjà sur la pelouse quand Eleanor et Theodora, débouchant de leur petit sentier, remontèrent vers la galerie sur le côté de Hill House. Par bonheur, l'obscurité croissante dissimulait le visage dément de la maison.

« Il y a quelqu'un qui attend, là-bas », dit Eleanor en pressant le pas. Et c'est alors qu'elle vit Luke pour la première fois. Les voyages s'achèvent quand les amants se rencontrent, songea-t-elle.

« Vous nous cherchez ? » demanda-t-elle, ne trouvant rien de mieux à dire.

Il s'était avancé jusqu'à la balustrade et les regardait approcher dans la pénombre. Puis, après s'être s'incliné cérémonieusement, il écarta les bras avec grandiloquence. « Puisque tout est mort ici, alors je dois être mort moi aussi. Mesdames, si vous êtes les fantômes qui habitent cette demeure, je suis votre serviteur jusqu'à la fin des temps. »

Il joue les imbéciles, pensa Eleanor en le jaugeant d'un air sévère.

« Désolées de ne pas avoir été là pour vous accueillir, dit Theodora. Nous étions parties en exploration.

– Nous avons été très bien reçus, merci, répondit-il. Par une vieille mégère au visage pâle comme du lait caillé qui m'a joyeusement salué. Elle m'a dit qu'elle espérait me retrouver vivant à son retour, demain matin, et que mon dîner m'attendait sur la desserte. Ensuite, elle est partie dans un vieux modèle de décapotable, en compagnie de deux individus à la mine patibulaire.

– Mrs. Dudley, dit Theodora. Et sire Dudley du Portail. Je présume que l'autre était le comte Dracula. Une charmante famille.

– Puisque nous en sommes à énumérer les personnages de la pièce, je me présente : Luke Sanderson. »

Eleanor sentit sa langue se délier sous l'effet de la surprise. « Mais alors, vous êtes un des membres de la famille ? Celle à qui appartient Hill House ? Vous n'êtes pas un invité du Dr Montague ?

– Je fais effectivement partie de la famille. Un jour, cette noble bicoque m'appartiendra. Mais en attendant, je ne suis ici que sur l'invitation du Dr Montague.

– Quant à *nous*, dit Theodora en riant sous cape, nous sommes Eleanor et Theodora, deux gamines qui projetaient de pique-niquer au bord du ruisseau et qui ont été effrayées par un lapin.

– Personnellement, j'ai une peur mortelle des lapins, répondit poliment Luke. Pourrai-je vous accompagner, si je porte le panier du pique-nique ?

– Vous pourrez même apporter votre ukulélé et nous jouer une sérénade pendant que nous mangerons nos sandwiches au poulet. Vous êtes venu avec le Dr Montague ?

– Oui. Il est en train de visiter sa maison hantée, et il jubile. »

Ils se turent, pris d'une soudaine envie de se rapprocher les uns des autres. Theodora lâcha enfin d'une petite voix : « Ce n'est plus aussi drôle, maintenant qu'il commence à faire sombre, vous ne trouvez pas ?

– Mesdames, soyez les bienvenues. » La porte s'ouvrit. « Entrez. Je suis le Dr Montague. »

*

Ils se retrouvèrent enfin tous les quatre dans la pénombre du grand vestibule. Hill House absorbait cette présence en son sein. Tout autour, les collines veillaient. Des déplacements impalpables de l'air, des bruits infimes, de légers tressaillements attendaient en chuchotant, tandis que le centre de cette conscience se tenait au milieu d'eux. Quatre personnes distinctes, qui échangeaient des regards confiants.

« Je suis très heureux que vous soyez tous arrivés sains et saufs, et à l'heure, dit le Dr Montague. Bienvenue à Hill House. Ce serait plutôt à vous de prononcer de telles paroles, n'est-ce pas, mon garçon ? Quoi qu'il en soit, bienvenue, bienvenue. Luke, mon garçon, savez-vous préparer un martini ? »

*

Le Dr Montague leva son verre et, plein d'espoir, but une petite gorgée.

« Passable, soupira-t-il. Seulement passable, mon garçon. À notre succès, malgré tout.

– Comment définiriez-vous le succès, dans une entreprise comme celle-ci ? » demanda Luke avec curiosité.

Le docteur se mit à rire.

« Eh bien, j'espère que Hill House nous offrira un séjour très excitant, et qu'ensuite mes collègues tomberont à la renverse lorsqu'ils liront mon livre, dit-il. Je ne considère pas que vous soyez ici en vacances – bien que certains puissent ne pas partager cette opinion –, car j'attends un travail de votre part. Pour ce faire, il faut évidemment qu'un *ouvrage* se présente, n'est-ce pas ? Des notes, déclara-t-il avec emphase, comme soulagé de se raccrocher enfin à une notion claire et solide au milieu de la brume. Nous prendrons des notes... Ce qui ne me paraît pas relever d'une tâche insoutenable.

– Du moment que personne ne se lance dans de mauvais jeux de mots à propos d'esprits et de spiritueux, dit Theodora en tendant son verre pour que Luke le remplisse.

– D'esprits et de spiritueux ? » Le docteur se tourna vers elle, les sourcils froncés. « Non, bien sûr. Personne ici... » Il hésita, puis conclut : « Il n'est pas question d'esprits. » Et il avala nerveusement trois gorgées de son cocktail.

« Tout est tellement étrange, dit Eleanor. Ce matin, je me demandais à quoi ressemblerait Hill House, et maintenant que nous sommes là, dans la maison... je n'arrive toujours pas à y croire. »

Ils étaient installés dans une petite salle choisie par le docteur. C'est lui qui les avait conduits ici, après quelques hésitations, cherchant son chemin au long de plusieurs couloirs. La pièce n'avait rien de chaleureux, avec son plafond trop haut et l'étroite cheminée en carreaux de céramique qui semblait glaciale en dépit du feu aussitôt allumé par Luke. Ils avaient pris place sur des fauteuils durs et peu stables, et les abat-jour des lampes, alourdis par des franges de perles, projetaient des ombres jusque dans les coins. C'était un décor oppressant, tout de violets et de pourpres. À leurs pieds, un tapis déroulait ses sombres arabesques, les murs s'effaçaient sous un papier peint chargé de dorures, et un cupidon de marbre souriait béatement sur la cheminée. Ils se taisaient, éprouvant le poids de la maison tout autour comme une chape de silence. Eleanor se demandait si elle était vraiment là, ou si elle ne se trouvait pas en réalité très loin, dans un lieu sûr, en train de rêver de Hill House. Pour se convaincre, elle promena lentement son regard autour de la pièce, en se répétant que toutes ces choses existaient *vraiment*, depuis les carreaux de la cheminée jusqu'au cupidon de marbre. Et que ces gens allaient devenir ses amis. Le docteur était rond, rose et barbu ; on l'imaginait plutôt installé devant un bon feu dans un agréable petit salon, avec un chat sur les genoux, et une petite femme, toute rose elle aussi, qui lui apporterait des brioches et de la confiture. Et pourtant, il était indéniablement ce Dr Montague qui l'avait guidée jusqu'ici : un petit homme savant et obstiné.

De l'autre côté du feu, face au Dr Montague, il y avait Theodora. Elle s'était dirigée sans hésitation vers le fauteuil qui semblait le moins inconfortable et s'y lovait dans une position plutôt acrobatique, les jambes en travers de l'accoudoir, la tête appuyée contre le dossier. Comme un chat, pensa Eleanor. Et, manifestement, un chat qui attendait son dîner.

Quant à Luke, il ne tenait pas en place. Il allait et venait parmi les ombres, remplissait les verres, attisait le feu, caressait le cupidon de marbre. Son visage luisait à la lueur des flammes.

Ils ne parlaient pas, fatigués par leurs voyages respectifs, perdus dans la contemplation du feu. Je suis la quatrième personne, dans cette pièce, songeait Eleanor. Je suis avec eux. Je ne suis pas *différente*.

« Puisque nous sommes tous là, déclara abruptement Luke comme s'il poursuivait une conversation en cours, si nous nous présentions un peu les uns aux autres ? Jusqu'à présent, nous ne connaissons que nos noms. Je sais que c'est Eleanor, ici, avec un chandail rouge, et j'en déduis que vous êtes Theodora, en jaune…

– Le Dr Montague a une barbe, interrompit Theodora, donc vous devez être Luke.

– Et vous, vous ne pouvez être que Theodora, plaisanta Eleanor, puisque *moi* je suis Eleanor. »

Une Eleanor qui n'est pas différente, se dit-elle triomphalement. Qui s'exprime avec aisance, et qui est assise au coin du feu avec ses amis.

« Donc, c'est *vous* qui portez un chandail rouge, reprit Theodora.

– Puisque je n'ai pas de barbe, ajouta Luke, je ne *peux pas* être le Dr Montague.

– *Moi*, j'ai une barbe, conclut le Dr Montague en les regardant tour à tour avec un sourire ravi. Ma femme *préfère* les hommes barbus, continua-t-il. Il y a beaucoup de femmes, par ailleurs, qui trouvent les barbes disgracieuses. Mais, d'après ma femme – vous m'excuserez, mon garçon –, un homme glabre n'a jamais l'air tout à fait habillé. »

Il tendit son verre pour que Luke le resserve.

« Maintenant que je sais lequel de nous deux je suis, dit Luke, permettez-moi de me présenter un peu plus à fond. Dans la vie privée – nous supposerons que, ceci étant la vie publique, tout le reste du monde est par conséquent *privé* –, dans la vie privée, donc, je suis… voyons… boxeur. Oui. Boxeur.

– J'aime mon amour avec un B[1], dit Eleanor sur une impulsion, parce qu'il est barbu.

– Très juste, dit Luke en la gratifiant d'un hochement de tête. Donc, je suis le Dr Montague. Je vis à Bangkok et mon hobby consiste à blaguer avec les femmes.

– Pas du tout, protesta le Dr Montague, amusé. J'habite à Belmont. »

Theodora rit et décocha à Luke un bref regard de connivence, pareil à celui qu'elle avait lancé à Eleanor un peu plus tôt. Celle-ci, qui l'observait, songea avec un sentiment mitigé qu'il devait être parfois oppressant de côtoyer longtemps une personne aussi perspicace, aussi intuitive que Theodora.

« Moi, mon métier est de servir de modèle aux artistes-peintres, dit-elle très vite, pour faire taire ses propres réflexions. Je vis une vie folle et solitaire, en passant de mansarde en mansarde, éternellement drapée dans un châle.

– Êtes-vous libertine et dévergondée ? demanda Luke. Ou bien êtes-vous de ces frêles créatures qui tombent amoureuses de fils de lords et meurent de langueur ?

– En toussant affreusement pendant que votre beauté s'étiole ? ajouta Theodora.

– Je crois que j'ai plutôt un cœur d'or, répondit Eleanor, les yeux dans le vague. En tout cas, on ne parle que de mes amours dans les cafés. »

Mon Dieu, pensa-t-elle, mon Dieu.

---

1. Jeu traditionnel d'enfants dans lequel le premier joueur déclare : « J'aime mon amour avec un A parce qu'il est... » Il doit ensuite trouver un adjectif, un nom de lieu, de jeu ou de plat favori, de couleur, etc. commençant par un A. Le deuxième joueur poursuit : « J'aime mon amour avec un B parce qu'il est... » Et ainsi de suite, en parcourant toutes les lettres de l'alphabet. *(N.d.T.)*

« Hélas, dit Theodora, *moi,* je suis la fille d'un lord. Je suis d'ordinaire vêtue de soie, de dentelle et de brocart, mais pour me présenter parmi vous, j'ai emprunté les atours de ma femme de chambre. Bien sûr, il est possible que je tombe amoureuse de la vie que mène le commun des mortels et que je ne veuille plus repartir, auquel cas la pauvre fille devra s'acheter de nouveaux vêtements. Et vous, Dr Montague ? »

Il sourit à la lueur du feu. « Un pèlerin. Un errant.

– Nous sommes tous faits pour nous entendre, conclut Luke. Condamnés à devenir des amis inséparables. Une courtisane, un pèlerin, une princesse et un boxeur. Je suis sûr que Hill House n'a jamais rien vu de semblable.

– À tout seigneur tout honneur ! s'écria Theodora. Je n'ai jamais rien vu non plus qui ressemble à Hill House. » Elle se leva, son verre à la main, et alla examiner un vase garni de fleurs de verre. « À votre avis, comment appelait-on cette pièce ?

– Un petit salon, sans doute, répondit le Dr Montague. Un boudoir, peut-être. J'ai pensé que nous serions mieux ici. D'ailleurs, je pense que nous ferions bien de le considérer comme notre centre d'opérations – une sorte de salle commune. Il n'est peut-être pas très gai,...

– Il est *extrêmement* gai, au contraire ! s'écria Theodora avec conviction. Il n'y a rien de plus réjouissant que des lambris de chêne et des fauteuils tendus de velours violet. Et qu'est-ce que je vois dans ce coin, là-bas ? Une chaise à porteurs ?

– Demain, vous découvrirez les *autres* pièces, lui dit le docteur.

– Si nous décidons d'en faire notre salle de réunion, déclara Luke, je suggère qu'on y apporte de quoi s'asseoir décemment. Je ne pourrai pas rester perché très longtemps comme je le suis en ce moment. Je glisse, ajouta-t-il plus bas à l'intention d'Eleanor.

– Demain, promit le docteur. Demain, nous explorerons toute la maison et nous l'arrangerons à notre convenance. À présent, si vous avez terminé votre verre, je vous propose d'aller voir ce que Mrs. Dudley a prévu pour le dîner. »

Theodora se figea brusquement. « Quelqu'un va devoir me ramener, dit-elle. Je ne sais absolument pas de quel côté se trouve la salle à manger. » Elle pointa du doigt. « Cette *porte-là* donne dans le long couloir qui rejoint le vestibule. »

Le docteur pouffa. « Pas du tout, ma chère. Elle mène au jardin d'hiver. » Il se leva pour montrer le chemin. « J'ai étudié le plan de la maison, dit-il avec suffisance, et je pense qu'il nous suffira de sortir par cette porte-ci, de tourner dans le couloir, de traverser le vestibule et la salle de billard pour trouver la salle à manger. C'est facile, une fois qu'on a l'habitude.

– Pourquoi se compliquaient-ils autant la vie ? demanda Theodora. Pourquoi y a-t-il tant de petites pièces biscornues ?

– Peut-être qu'ils aimaient se cacher les uns des autres, dit Luke.

– Je ne comprends pas qu'ils aient voulu vivre dans un endroit si sombre », reprit Theodora.

Elle emboîta le pas au Dr Montague, à côté d'Eleanor. Luke fermait la marche, s'attardant à inspecter le tiroir d'une table étroite, s'étonnant à voix haute du lambrequin qui ornait une tête de cupidon ou des flots de rubans qui couronnaient les lambris du vestibule.

« Certaines pièces sont entièrement dépourvues de fenêtres, dit le Dr Montague, qui guidait la procession. Sans la moindre ouverture sur l'extérieur. Mais il faut dire que cela n'a rien de très surprenant dans une demeure de cette époque. N'oubliez pas que les fenêtres, *quand* il y en avait, étaient toujours masquées par de lourdes tentures et des draperies, à l'intérieur, et par des bosquets dehors. Ah... » Il ouvrit la porte du couloir et ils débouchèrent dans le vestibule. « À présent... » Ils se trouvaient devant une grande porte à double battant, flanquée de deux portes plus petites, dont il choisit la plus proche. « Il est vrai que la maison comporte un certain nombre de bizarreries », poursuivit-il en ouvrant la porte. De l'autre côté, tout était plongé dans l'obscurité. « Luke, venez donc tenir cette porte, pour que je me repère. »

Prudemment, il s'avança dans le noir et ouvrit une autre porte. Ils entrèrent alors à sa suite dans ce qui leur apparut comme la pièce la plus agréable de toutes. D'autant plus agréable qu'il y avait de la lumière et un repas offert à la vue, dégageant une odeur alléchante.

« Je suis fier de moi, dit le docteur en se frottant les mains d'un air heureux. Je vous ai fait traverser sans encombre les terres inexplorées de Hill House et je vous ai menés jusqu'à la civilisation.

– Nous devrions laisser toutes les portes ouvertes, dit Theodora en regardant nerveusement par-dessus son épaule. J'ai horreur de me promener comme ça dans l'obscurité.

– Il faudrait les caler d'une façon quelconque, dit Eleanor. Elles se referment d'elles-mêmes dès qu'on les lâche.

– Demain, dit le Dr Montague. Je le note : bloquer les portes. »

Il se dirigea joyeusement vers la desserte sur laquelle Mrs. Dudley avait posé un petit four d'appoint et une rangée impressionnante de plats couverts. La table était mise pour quatre, avec une nappe de damas, des couverts scintillants et des bougies à profusion.

« On ne lésine pas, ici, dit Luke en empoignant une fourchette d'un geste qui eût confirmé les pires soupçons de sa tante. Ils ont sorti l'argenterie d'apparat.

– Je crois que Mrs. Dudley est fière de la maison, dit Eleanor.

– En tout cas, elle ne nous a pas préparé qu'un simple brouet, dit le docteur en jetant un coup d'œil dans le four. Cette solution est excellente, à mon avis. Elle permet à Mrs. Dudley de partir bien avant la nuit, et à nous, de dîner sans devoir subir sa compagnie fort peu amène.

– Après tout, dit Luke en regardant l'assiette qu'il était en train de remplir généreusement, j'ai peut-être été injuste envers cette bonne Mrs. Dudley – mais pourquoi mon esprit pervers s'obstine-t-il à l'appeler *la bonne* Mrs. Dudley ? Elle m'a dit qu'elle espérait me retrouver vivant demain matin et que notre dîner était posé sur la desserte. Je la soupçonne maintenant d'avoir voulu me tuer avec un excès de nourriture.

– Qu'est-ce qui la retient ici ? demanda Eleanor au Dr Montague. Pourquoi reste-t-elle dans cette maison, seule avec son mari ?

– À ma connaissance, les Dudley se sont toujours occupés de Hill House. Les Sanderson ont tout intérêt à les garder. Mais demain… »

Theodora eut un petit rire. « Mrs. Dudley est sans doute la seule authentique survivante de la famille à laquelle Hill House appartient *vraiment.* D'après moi, elle attend simplement que les derniers héritiers des Sanderson – en l'occurrence, vous, Luke – périssent de toutes sortes de morts atroces. Alors, la maison lui reviendra, ainsi que le trésor qui est enterré dans une cave. À moins que son mari et elle n'aient caché un magot dans la chambre secrète. Ou peut-être y a-t-il du pétrole sous la maison.

– Il n'y a pas de chambre secrète à Hill House, décréta le docteur sur un ton qui n'admettait pas de réplique. Ce n'est évidemment pas la première fois que la chose est évoquée, et je crois pouvoir affirmer qu'il n'existe rien d'aussi romantique dans la maison. Mais demain…

– Le pétrole, c'est démodé, dit Luke à Theodora. Pas du tout ce qu'on espère découvrir sous sa maison, de nos jours. Si Mrs. Dudley doit m'assassiner de sang-froid, il faudrait au moins que ce soit pour de l'uranium.

– Ou bien pour le plaisir, enchaîna Theodora.

– Oui, dit Eleanor. Mais pourquoi sommes-nous ici ? »

Les trois autres la dévisagèrent un long moment – Theodora et Luke, perplexes ; le docteur, avec gravité.

« J'allais *justement* poser la question, dit enfin Theodora. *Pourquoi* sommes-nous ici ? Qu'y a-t-il d'anormal à Hill House ? Que va-t-il se passer ?

– Demain…

– Non, interrompit vivement Theodora. Nous sommes tous les trois des gens intelligents, des adultes. Nous avons fait un long voyage pour venir vous retrouver à

Hill House, Dr Montague. Eleanor veut savoir pourquoi, et moi aussi.

– Moi aussi, dit Luke.

– Pourquoi nous avez-vous conviés, docteur ? Et vous-même, que cherchez-vous ici ? Comment avez-vous entendu parler de Hill House, pourquoi cette maison a-t-elle pareille réputation, que s'y passe-t-il réellement ? Que va-t-il *arriver* ? »

Troublé, le docteur fronça les sourcils. « Je l'ignore. » Puis, voyant la réaction agacée de Theodora, il poursuivit : « Je ne sais pas grand-chose de plus que vous sur la maison, et bien évidemment, j'ai l'intention de tout vous raconter. Quant à ce qui va *arriver*, je le découvrirai en même temps que vous. Mais il sera bien temps de parler de tout cela demain matin. Pendant la journée…

– Moi, je préfère en parler tout de suite, coupa Theodora.

– Je vous assure, reprit le docteur, que Hill House sera très calme cette nuit. Ces choses-là se produisent dans un certain ordre, comme si les phénomènes surnaturels obéissaient à des lois bien particulières.

– Je crois vraiment que nous devrions en discuter ce soir même, dit Luke.

– Nous n'avons pas peur », ajouta Eleanor.

Le docteur soupira. Puis, lentement, il répondit : « Et si, après avoir entendu l'histoire de Hill House, vous décidiez de ne pas rester ? Comment feriez-vous pour partir, ce soir ? » Il les regarda tour à tour. « Le portail est fermé. Hill House est réputée pour sa conception parfois un peu "autoritaire" de l'hospitalité. Elle semble répugner à laisser partir ses invités. Le dernier qui a cherché à quitter les lieux dans l'obscurité – cela remonte à dix-huit ans, je vous l'accorde – a été tué au tournant de l'allée : son cheval s'est cabré et l'a projeté contre un arbre. Supposez que je vous parle de Hill House et que l'un d'entre vous souhaite s'en aller ? Demain, au moins, nous pourrions faire en sorte qu'il regagne le village sain et sauf.

– Mais nous n'allons pas nous enfuir, dit Theodora. Ni moi, ni Eleanor, ni Luke.

– Sus aux remparts ! lança Luke.

– Vous faites un groupe d'assistants bien rebelles… Alors, après le dîner. Nous nous retirerons dans notre petit boudoir pour prendre le café et boire un peu de cet excellent brandy que Luke a apporté dans sa valise, et je vous raconterai tout ce que je sais sur Hill House. Mais d'ici là, parlons plutôt de musique, de peinture, ou même de politique. »

*

Le Dr Montague fit tourner son brandy dans son verre.

« Je ne savais pas comment vous préparer pour Hill House, dit-il. Je ne pouvais certainement pas détailler les faits par écrit. Et si je vous raconte tout maintenant, je crains de vous influencer avant que vous ne puissiez vous former une opinion par vous-mêmes. »

Ils étaient de retour dans le petit salon, réchauffés par leur dîner et presque somnolents. Renonçant à trouver un siège confortable, Theodora s'était installée sur le tapis devant la cheminée et, les jambes croisées en tailleur, semblait sur le point de s'assoupir. Eleanor aurait aimé s'asseoir par terre à côté d'elle, mais elle n'y avait pas pensé à temps et, à présent qu'elle avait pris place dans un fauteuil, ne voulait pas attirer l'attention en revenant sur sa décision. Le bon repas de Mrs. Dudley et une heure de paisible conversation avaient dissipé tout sentiment d'irréalité ou de gêne. Ils commençaient à s'habituer les uns aux autres, à connaître leurs voix et leurs manières respectives, leurs visages et leurs rires. Pourtant, songea Eleanor en contemplant rêveusement le feu, elle n'était à Hill House que depuis quatre ou cinq heures. Elle sentait le mince pied de son verre entre ses doigts, le dossier du fauteuil trop droit contre son dos, et elle avait conscience de légers souffles d'air dans la pièce, que l'on ne percevait qu'à d'infimes frémissements de glands ou de perles. Les ombres se tapissaient dans les coins et le cupidon de marbre les gratifiait de son inaltérable sourire joufflu.

« Le moment est bien choisi pour raconter des histoires de fantômes, dit Theodora.

– Je vous en prie, dit le docteur avec raideur. Nous ne sommes pas des enfants qui cherchent à se faire peur. »

Theodora lui sourit. « Excusez-moi. J'essaie seulement de m'acclimater à tout ça.

– Tâchons d'employer des mots très précis, reprit le docteur. Les idées préconçues que nous pouvons avoir sur les fantômes et les apparitions…

– La main désincarnée qu'on retrouve dans la soupe, compléta Luke.

– *S'il vous plaît*, mon garçon. Je tentais justement de vous expliquer que, compte tenu de la nature scientifique et analytique de notre objectif, nos recherches ne doivent pas être affectées, voire faussées, par de vagues souvenirs d'histoires macabres que l'on échange, disons… entre scouts autour d'un feu de camp. » Satisfait, le Dr Montague regarda autour de lui pour s'assurer qu'il avait amusé son auditoire.

« Les travaux que j'ai effectués ces dernières années sur les phénomènes parapsychiques, continua-t-il, m'ont permis d'élaborer certaines théories que je vais avoir l'occasion de vérifier pour la première fois. Idéalement, bien entendu, vous ne devriez rien savoir du tout sur Hill House. Vous devriez être ignorants, et seulement réceptifs.

– Et prendre des notes, murmura Theodora.

– Exactement. Des notes. Cependant, je me rends compte qu'il sera impossible de vous priver d'informations, en premier lieu parce que vous n'êtes pas habitués à faire face à des situations auxquelles vous n'avez pas été préparés. » Il les observa avec un sourire malicieux. « Vous êtes trois enfants gâtés et têtus, et vous me harcèlerez jusqu'à ce que je vous raconte une histoire pour vous endormir. »

Theodora étouffa un petit rire. Le docteur lui sourit en hochant la tête, puis se leva et alla se placer devant le feu dans une attitude typiquement professorale. Il semblait même regretter l'absence de tableau noir, car à une ou deux reprises il se tourna à demi, la main levée, comme cherchant un morceau de craie afin d'illustrer un point de son exposé.

« Commençons par l'histoire de Hill House », dit-il.

Si seulement j'avais un cahier et un stylo, songea Eleanor, pour le mettre plus à l'aise. D'un coup d'œil à ses compagnons, elle vit qu'ils avaient pris l'air absorbé de bons élèves. L'heure est grave, se dit-elle. Nous abordons une nouvelle étape de notre aventure.

« Vous vous souvenez, dit le docteur, des maisons "lépreuses" décrites dans le Lévitique, touchées par la *tzaraat*. Ou encore de l'expression utilisée par Homère pour parler du monde inférieur : *aidao domos*, la maison d'Hadès. Je n'ai pas besoin de vous rappeler que l'esprit humain, depuis l'aube des temps, proclame certaines maisons impures ou interdites – voire sacrées. Il ne fait aucun doute que certains lieux s'entourent d'une atmosphère de sainteté et de bonté. De même, on peut raisonnablement affirmer que des maisons sont nées mauvaises. Quelle qu'en soit la raison, il y a plus de vingt ans qu'aucun être humain ne peut habiter Hill House. Comment était-elle auparavant ? Sa personnalité a-t-elle été forgée par les gens qui y ont vécu ou par les actes qu'ils ont perpétrés ? Était-elle malsaine dès le début ? Voilà autant de questions dont j'ignore les réponses. Naturellement, j'espère que nous en aurons beaucoup appris sur elle quand nous partirons. On ne sait même pas pourquoi il y a des maisons que l'on dit hantées.

– Quel *autre* adjectif utiliseriez-vous pour caractériser Hill House ? demanda Luke.

– Eh bien… dérangée, peut-être. Lépreuse. Malade. Tous les euphémismes courants que l'on emploie pour parler de la folie. Une maison détraquée, voilà un joli concept. Évidemment, il existe certaines théories qui rejettent la part de mystère, d'inexpliqué : on vous soutiendra que les phénomènes que j'appelle parapsychiques sont en réalité provoqués par des eaux souterraines, des courants électriques, des hallucinations dues à la pollution de l'air. La pression atmosphérique, les taches solaires, les mouvements sismiques font beaucoup d'adeptes parmi les sceptiques. Les gens, ajouta le docteur avec tristesse, sont toujours tellement désireux de nommer les choses, même avec un nom qui ne veut rien dire, du moment qu'il a une consonance scientifique. »

Il soupira, se détendit et leur adressa un petit sourire moqueur. « Une maison hantée, cela fait rire tout le monde. J'ai dû raconter à mes collègues de l'université que je partais en camping cet été.

– Moi, j'ai dit que je participais à une expérience scientifique, dit Theodora, sans préciser de quoi il s'agissait, évidemment.

– Vos amis ont sans doute des idées moins arrêtées que les miens à propos de ce qui constitue une expérience scientifique. » Le docteur soupira encore. « En camping ! À mon âge ! Et pourtant, *ça,* ils l'ont cru. Enfin… »

Le Dr Montague se redressa et sembla chercher quelque chose à côté de lui – peut-être sa baguette de professeur. « Il y a un an que j'ai entendu parler de Hill House pour la première fois, reprit-il. Par un ancien locataire. Il a commencé par m'expliquer qu'il avait dû quitter Hill House parce que sa famille n'aimait pas habiter aussi loin de la ville, et, finalement, il m'a confié qu'à son avis cette maison devrait être brûlée et rasée, et son emplacement saupoudré de sel. En contactant d'autres personnes qui avaient occupé Hill House, j'ai découvert qu'aucune n'y était restée plus de quelques jours – en tout cas, jamais la durée totale de la location. Une foule de raisons ont été avancées, depuis l'humidité de la maison – ce qui, soit dit en passant, est absolument faux : il n'y a aucune trace de moisissure nulle part – jusqu'à la nécessité de déménager pour des motifs professionnels. En bref, tous les locataires qui ont quitté précipitamment Hill House ont tenté de fournir un prétexte rationnel pour justifier leur départ – mais tous sont partis. J'ai bien sûr essayé d'en apprendre davantage de la bouche de ces anciens locataires, mais je n'ai pas pu les amener à me parler de la maison. Ils ne voulaient me donner aucun renseignement et répugnaient, au fond, à se remémorer les détails de leur séjour ici. Sur un point, cependant, ils se sont montrés unanimes : sans aucune exception, tous ceux qui ont passé un peu de temps dans cette demeure m'ont conseillé d'en rester aussi éloigné que possible. Pas un seul n'a été jusqu'à admettre que Hill House était hantée, mais lorsque je suis venu à Hillsdale et que j'ai fouillé les archives des journaux...

– Des journaux ? interrompit Theodora. Y aurait-il eu un scandale ?

– Et comment ! Un parfait scandale, avec suicide, folie et poursuites en justice. J'ai compris alors que les gens de la région n'avaient *aucun* doute au sujet de la maison. Bien sûr, j'ai entendu une douzaine d'histoires différentes. Il est *incroyablement* difficile de réunir des faits cohérents à propos d'une maison hantée. Si vous saviez combien je me suis démené pour obtenir le peu d'informations que je détiens, vous seriez étonnés. En fin de compte, je suis allé trouver Mrs. Sanderson, la tante de Luke. Elle ne m'a pas caché que Hill House n'offrait guère d'attraits...

– Mettre le feu à une maison n'est pas chose aisée..., dit Luke.

– Mais elle a accepté de me la louer, à la condition qu'un membre de la famille participe à l'expérience.

– Ils espèrent que je vais vous dissuader de déterrer les charmants scandales du passé, déclara solennellement Luke.

– Voilà. Vous savez à présent comment j'ai abouti ici et pourquoi Luke m'accompagne. En ce qui vous concerne, mesdames, vous êtes là parce que je vous ai écrit et que vous avez accepté mon invitation. J'espère que l'une comme l'autre, à votre façon, vous pourrez intensifier les forces qui sont à l'œuvre dans cette maison. Theodora possède un don de télépathie, et Eleanor a été intimement liée à des phénomènes de poltergeist.

– *Moi ?*

– Bien sûr. » Le docteur l'examina avec attention. « Il y a de nombreuses années, lorsque vous étiez enfant. Les pierres… »

Troublée, Eleanor secoua la tête. Sa main qui tenait le verre trembla. « C'étaient les voisins, dit-elle. Ma mère a dit que les voisins avaient fait ça. Parce que les gens sont jaloux…

– C'est possible, répondit calmement le docteur en lui souriant. L'incident est oublié depuis longtemps, évidemment. Si j'en parle c'est uniquement parce que c'est la raison pour laquelle je vous ai demandé de venir à Hill House.

– Moi, quand j'étais enfant, dit paresseusement Theodora, "il y a de nombreuses années", docteur, pour reprendre votre expression si pleine de tact, j'ai été fouettée pour avoir jeté une brique dans le toit d'une serre. Je me souviens que j'y ai pensé pendant longtemps, ensuite. Je me rappelais la fessée, mais je me rappelais surtout le joli fracas de la vitre brisée. Et, après mûre réflexion, j'ai recommencé.

– Je n'en ai pas de souvenirs très précis, dit Eleanor au docteur, avec hésitation.

– Mais *pourquoi* ? demanda Theodora. Je comprends que Hill House passe pour être hantée et que vous souhaitiez notre présence ici, Dr Montague, afin de vous aider à observer les différentes manifestations. En outre, je parie que vous n'aimeriez pas particulièrement vous retrouver ici tout seul. C'est une abominable

vieille maison, et si je l'avais louée, j'exigerais qu'on me rembourse dès le premier coup d'œil au vestibule. Mais qu'y a-t-il, *ici* ? Qu'est-ce qui fait tellement peur aux gens ?

– Je ne veux pas donner de nom à ce qui n'en a pas, dit le docteur. Je ne sais pas.

– On ne m'a jamais vraiment raconté ce qui s'était passé…, dit Eleanor au docteur. Ma mère a accusé les voisins. Ils étaient désagréables avec nous parce qu'elle ne les fréquentait pas et… »

Luke l'interrompit. Il parla lentement, d'une voix mesurée. « Je crois que nous demandons tous la même chose. Des faits. Quelque chose que nous puissions comprendre et analyser.

– Avant tout, dit le Dr Montague, j'aimerais vous poser à tous une question : voulez-vous partir ? Estimez-vous que nous devrions faire nos valises immédiatement, quitter Hill House, et ne plus jamais nous en soucier ? »

Il se tourna vers Eleanor. Elle pressa très fort ses mains l'une contre l'autre. Je peux encore m'enfuir, pensa-t-elle, c'est ma deuxième chance. Mais elle répondit : « Non. » Avec un regard embarrassé vers Theodora, elle ajouta : « Je me suis comportée comme un bébé cet après-midi. Je n'aurais pas dû avoir si peur.

– La vérité, admit Theodora, c'est que nous nous sommes fait peur toutes les deux à cause d'un lapin.

– Les lapins sont d'abominables créatures », déclara Luke.

Le docteur rit. « J'imagine que nous étions tous assez nerveux, cet après-midi. Il faut dire que c'est un choc de découvrir Hill House au détour de l'allée.

– J'ai cru que vous alliez foncer dans un arbre, dit Luke.

– Mais je me sens très courageuse à présent, reprit Theodora. Au chaud, devant un bon feu, et bien entourée.

– Je ne pense pas que nous pourrions partir, maintenant. » Eleanor avait parlé avant même de savoir ce qu'elle allait dire, sans prévoir l'effet que sa déclaration produirait sur les autres. Voyant qu'ils la regardaient fixement, elle rit et s'empressa d'ajouter : « Mrs. Dudley ne nous le pardonnerait jamais. »

Croiraient-ils vraiment à son explication ? se demanda-t-elle. En réalité, elle pensait : Maintenant que la maison nous tient, elle ne nous lâchera peut-être pas.

« Versons-nous encore un peu de brandy, et je vous raconterai l'histoire de Hill House », dit le docteur.

Reprenant sa position de maître d'école, il commença son récit, lentement, comme s'il s'apprêtait à évoquer une époque très ancienne, des rois morts depuis longtemps et des conflits résolus. Il veillait à ne laisser paraître aucune émotion dans sa voix.

« Hill House a été construite il y a environ quatre-vingts ans, par un homme nommé Hugh Crain. Il souhaitait y installer sa famille, et espérait voir grandir ses enfants et ses petits-enfants dans une demeure campagnarde au luxe confortable où il finirait ses jours en paix. Hélas, le malheur tomba sur Hill House dès le début : la jeune femme de Hugh Crain mourut quelques minutes avant de découvrir son nouveau foyer. Son fiacre versa dans l'allée et elle fut amenée, *inconsciente* – pour reprendre le terme qu'ils employèrent –, dans la maison que son mari avait bâtie pour elle. Hugh Crain resta seul avec deux petites filles à élever. C'était un homme triste et amer, mais il ne quitta pas Hill House.

– Des enfants ont donc grandi ici ? » demanda Eleanor, incrédule.

Le docteur sourit. « Je vous le répète, la maison n'est absolument pas humide. Il n'y avait aucun marais alentour qui risquât de leur donner la fièvre, l'air de la campagne ne pouvait leur faire que du bien, et l'aménagement intérieur ne manquait pas de confort. Je ne doute pas que deux fillettes se soient amusées ici. Un peu seules, peut-être, mais pas malheureuses.

– Elles allaient peut-être se tremper les pieds dans le ruisseau, dit Theodora, le regard perdu dans la contemplation des flammes. Pauvres petites, j'espère qu'on les laissait courir dans les prés et cueillir des fleurs sauvages.

– Leur père s'est remarié, poursuivit le docteur. Deux fois, même. Il n'a pas eu beaucoup de chance avec ses épouses. La deuxième Mrs. Crain est morte des suites d'une chute – je n'ai pas pu en retrouver les circonstances ni les raisons exactes. En tout cas, sa mort a été aussi tragique que celle de la première femme de Crain. La troisième Mrs. Crain, elle, est décédée quelque part en Europe de ce qu'on appelait à l'époque la phtisie. Il y a à la bibliothèque toute une collection de cartes postales qui ont été adressées aux deux petites filles, restées à Hill House, pendant que leur père et leur belle-mère passaient d'une ville thermale à l'autre. Les deux fillettes ont habité ici avec une gouvernante jusqu'à la mort de leur belle-mère. Après quoi, Hugh Crain a annoncé son intention de fermer Hill House et de demeurer à l'étranger. Ses filles ont été envoyées chez un cousin de leur mère avec qui elles ont vécu jusqu'à l'âge adulte.

– J'espère que le cousin en question était plus rigolo que le vieux Hugh, dit Theodora d'un air sombre, sans cesser de fixer le feu. Quelle tristesse d'imaginer deux enfants poussant dans le noir, comme des champignons.

– Elles n'étaient pas de cet avis, répliqua le docteur. Les deux sœurs se sont disputées toute leur vie à propos de la maison. Après avoir tant espéré fonder une dynastie à Hill House, Hugh Crain est mort quelque part en Europe, peu de temps après sa femme, et elles ont hérité conjointement de la propriété. Elles étaient déjà grandes. L'aînée, en tout cas, venait de faire son entrée dans le monde.

– Elle relevait ses cheveux, elle apprenait à boire du champagne et à manier un éventail…

– Hill House est restée inoccupée pendant quelques années, mais maintenue en bon état. Dans l'attente d'un éventuel retour de Hugh Crain, tout d'abord, puis, après sa mort, pour celle des deux sœurs qui choisirait d'y habiter. À peu près à cette époque, il semble que les deux sœurs se soient entendues pour que Hill House revienne à l'aînée. La cadette s'étant mariée…

– Haha, fit Theodora, c'est la cadette qui s'est mariée la première. Je parie qu'elle avait chipé le chevalier servant de sa sœur.

– On a raconté, en effet, que l'aînée avait eu un chagrin d'amour. Mais c'est ce que l'on dit presque toujours des femmes qui, pour une raison quelconque, préfèrent vivre seules. Quoi qu'il en soit, l'aînée des deux sœurs s'est installée ici. Elle ressemblait étrangement à son père, paraît-il. Pendant plusieurs années, elle a vécu presque en recluse, bien qu'elle fût très connue à Hillsdale. Aussi incroyable que cela puisse vous paraître, elle aimait beaucoup Hill House, la maison de son enfance. Finalement, elle a engagé une jeune fille du village pour lui tenir compagnie. D'après ce que je sais, les habitants de Hillsdale à l'époque ne nourrissaient aucune animosité particulière envers la maison. Ils étaient même plutôt contents que Miss Crain – "la vieille fille", comme on l'appelait évidemment – recrute une domestique parmi eux. Miss Crain n'a jamais cessé de se quereller avec sa sœur au sujet de la maison. Celle-ci prétendait lui avoir cédé la propriété de la maison en échange d'un certain nombre de biens de famille – parmi lesquels quelques objets de grande valeur – mais la vieille demoiselle refusait de les lui donner. Il y avait quelques bijoux, plusieurs meubles anciens et un service de porcelaine à filet doré qui semblait irriter tout particulièrement la cadette. Mrs. Sanderson m'a permis de fouiller dans un carton contenant des papiers de famille, et j'ai lu quelques-unes des lettres que Miss Crain recevait de sa sœur : chacune mentionne ce fameux service, qui devait être au cœur de la dissension. Toujours est-il que la sœur aînée a fini par mourir de pneumonie ici, dans la maison, assistée seulement par sa petite compagne. On a raconté par la suite que le médecin avait été appelé trop tard, que la vieille demoiselle s'était éteinte toute seule, à l'étage, complètement négligée par la jeune servante occupée à flirter au jardin avec un gars du village, mais je soupçonne quant à moi que tout cela a été inventé pour créer le scandale. En tout cas, rien n'indique qu'on y a vraiment cru à l'époque. Ces rumeurs ont été largement entretenues par la sœur cadette, dont la rancune ne s'est jamais apaisée.

– Je n'aime pas cette *cadette*, déclara Theodora. D'abord, elle chipe son amoureux à sa sœur, puis elle essaie de lui voler son service de porcelaine. Non, elle ne me plaît pas.

– Il y a une liste impressionnante de tragédies qui se rapportent à Hill House. Mais après tout, c'est le cas de la plupart des maisons anciennes. Il faut bien que les gens vivent et meurent *quelque part*, et on imaginerait difficilement qu'une demeure vieille de quatre-vingts ans n'ait pas vu s'éteindre l'un de ses habitants. Après le décès de la sœur aînée, Hill House a fait l'objet d'une action en justice. La domestique de la vieille demoiselle prétendait que celle-ci lui avait légué la maison, mais la sœur cadette et son mari ont soutenu que le bien leur revenait de plein droit, et que la jeune domestique avait extorqué à sa maîtresse la signature par laquelle elle aliénait une propriété qu'elle comptait évidemment laisser à sa sœur. Une affaire fort désagréable, comme toutes les disputes de famille – et, comme dans toutes les disputes de famille, des paroles d'une infinie méchanceté ont été échangées. La domestique a affirmé sous serment que la sœur cadette pénétrait dans la maison la nuit pour voler des objets. À mon avis, on peut voir dans cette déclaration la première allusion à la personnalité véritable de Hill House. Quand on lui a demandé d'étayer ses allégations, la domestique est devenue nerveuse, incohérente, et, sommée de fournir des preuves, a raconté qu'un magnifique plat en argent avait disparu, ainsi qu'une très belle collection d'émaux et, bien sûr, le fameux service à filet doré, lequel, quand on y pense, ne devait pas être facile à dérober. De son côté, la sœur cadette a agité la possibilité d'un meurtre et a réclamé une enquête sur la mort de Miss Crain.

C'est alors qu'il a été question pour la première fois de la prétendue négligence de la domestique. Je n'ai trouvé aucun document montrant qu'on ait pris ces attaques au sérieux. Il n'existe aucun rapport écrit, autre que le constat officiel du décès de la sœur aînée. D'ailleurs, il est certain que les gens du village auraient été les premiers à s'alarmer si la mort était survenue dans des circonstances un tant soit peu étranges. Finalement, la domestique a obtenu gain de cause – à mon avis, elle aurait également pu gagner un procès en diffamation – et la maison lui a été attribuée. Mais la sœur cadette n'a jamais renoncé : elle s'est mise à harceler la pauvre jeune femme, à lui envoyer des lettres de menaces et à formuler partout les pires accusations à son égard, au point qu'une fois au moins, celle-ci a dû en appeler à la protection de la police alors que son ennemie tentait de l'agresser avec un balai. Elle a ensuite plongé dans une terreur grandissante. On cambriolait sa maison pendant la nuit – elle n'a jamais cessé de répéter qu'on entrait chez elle pour lui voler des objets – et j'ai lu une lettre pathétique dans laquelle elle se plaignait de n'avoir plus jamais connu une nuit paisible depuis la mort de sa bienfaitrice. Chose curieuse, les villageois se sont rangés du côté de la sœur cadette. Par jalousie, sans doute, parce que la domestique – une fille de chez eux – était devenue la "châtelaine". Tout le monde s'accordait à penser que la cadette avait été dépouillée de son héritage par une jeune intrigante, et cette opinion perdure encore aujourd'hui. Les gens ne la croyaient pas capable de meurtre, voyez-vous, mais ils se réjouissaient de la déclarer malhonnête, étant eux-mêmes capables de malhonnêteté lorsque l'occasion se présentait. La médisance est toujours une ennemie redoutable. Quand la malheureuse jeune femme s'est tuée...

– Tuée ? s'écria Eleanor en se redressant, bouleversée. Elle a été poussée à se *tuer* ?

– Parce qu'il n'y avait pas d'autre moyen d'échapper à son bourreau, vous voulez dire ? C'est ce qu'elle semblait penser, en tout cas. Les gens ont interprété son suicide comme un aveu de culpabilité. Personnellement, j'imagine que c'était une personne toute simple, qui s'est accrochée avec l'énergie du désespoir à ce à quoi elle croyait avoir droit, mais n'a pas eu la force de résister à une persécution constante et pernicieuse. Elle ne disposait d'aucune arme pour lutter contre la campagne de haine menée par la sœur cadette, d'autant que ses anciens amis du village se retournaient à présent contre elle. Une fois convaincue que ni les serrures ni les verrous ne pouvaient empêcher l'ennemi d'entrer dans sa maison pendant la nuit, elle a perdu la raison.

– Elle aurait dû s'en aller, dit Eleanor. Abandonner la maison et s'enfuir le plus loin possible.

– C'est ce qu'elle a fait, d'une certaine manière. En réalité, la malheureuse a succombé à la haine. Elle s'est pendue. En haut de la tour de Hill House, d'après la rumeur – mais quand une maison possède une tour, je crois que la rumeur ne permettrait jamais qu'on se pende à un autre endroit. Après sa mort, la maison est revenue aux Sanderson, des cousins de la domestique qui ne se sont pas laissé intimider par la sœur cadette – elle-même était d'ailleurs devenue à moitié folle. Mrs. Sanderson m'a raconté que lorsque les parents de son mari sont arrivés pour voir la maison, elle a tout à coup surgi sur la route et les a agonis d'injures. Elle a été emmenée au commissariat de police, et, en ce qui la concerne, c'est ici que s'achève l'histoire. Jusqu'à sa mort, quelques années plus tard, elle semble avoir passé son temps à ruminer ses méfaits en silence, mais loin des Sanderson. Curieusement, même au milieu de ses divagations, elle maintenait qu'elle n'était jamais entrée dans la maison pendant la nuit, ni pour voler ni dans toute autre intention.

– Est-ce que des objets ont *réellement* été dérobés ? demanda Luke.

– Comme je vous l'ai dit, quand la domestique a été sommée de préciser ses accusations, elle a fini par déclarer qu'une ou deux choses avaient disparu, mais elle n'a rien pu affirmer. Ainsi que vous pouvez l'imaginer, cette histoire d'intrus nocturne a fortement contribué à la naissance de la réputation de Hill House. En outre, les Sanderson n'ont jamais habité la maison. Ils sont venus y passer quelques jours en annonçant au village qu'ils comptaient procéder à de menus travaux avant de s'installer, et puis, brusquement, ils sont partis en laissant la maison dans le même état. Une affaire urgente les rappelait en ville, ont-ils expliqué, mais les villageois n'y ont pas cru. Depuis lors, personne n'a jamais occupé la maison pendant plus de quelques jours, et elle est toujours à vendre. Voilà, c'était une longue histoire. J'ai bien besoin d'un autre brandy.

– Ces deux pauvres petites filles, dit Eleanor en regardant le feu. Je ne peux pas m'empêcher de penser à elles. Je les vois se promener dans ces pièces si sombres, essayer de jouer à la poupée… Ici, peut-être, ou dans une des chambres, en haut.

– Cette vieille maison, toute seule… » Luke avança un doigt prudent pour effleurer le cupidon de marbre.

« Rien n'a été changé, rien n'a été utilisé, rien n'est plus désiré par personne. Elle reste là, à méditer.

– Et à attendre, dit Eleanor.

– Et à attendre, répéta le docteur. En fait, continua-t-il lentement, le mal *est* la maison elle-même, je crois. C'est elle qui a enchaîné ses occupants et détruit leurs vies. Un réservoir de pure méchanceté... Bah ! Nous verrons tout cela demain. Les Sanderson ont installé l'électricité, l'eau courante et le téléphone, au moment où ils pensaient venir habiter ici. À part ça, non, rien n'a changé. »

Après un silence, Luke déclara : « Je suis sûr que nous serons très bien ici. »

*

Tandis que Theodora rêvait en contemplant le feu, Eleanor s'aperçut soudain qu'elle était en train d'admirer ses propres pieds. Elle songea avec une profonde satisfaction que ses orteils étaient bien jolis dans ces sandales rouges. Je suis moi-même, se dit-elle tout simplement, depuis la pointe de mes pieds jusqu'au sommet de mon crâne. Je suis une personne unique, la seule à posséder ces attributs qui n'appartiennent qu'à moi. J'ai des sandales rouges, c'est un des éléments qui permettent d'affirmer que je suis Eleanor. Je n'aime pas le homard, je dors sur le côté gauche, je fais craquer mes doigts quand je suis énervée et je collectionne les boutons. Je tiens un verre de brandy qui est à moi, puisque je suis ici et que je l'utilise. J'ai ma place dans cette pièce. J'ai des sandales rouges et, demain, je m'éveillerai et je serai encore là.

« J'ai des sandales rouges », murmura-t-elle. Et Theodora se tourna vers elle et lui sourit.

« Je voulais vous demander... » Le docteur les enveloppa d'un regard brillant d'optimisme et d'impatience. « Est-ce que vous jouez tous au bridge ?

– Bien sûr », répondit Eleanor. Je joue au bridge, pensa-t-elle, j'ai eu un chat qui s'appelait Danseur, et je sais nager.

« Pas moi », dit Theodora. Les trois autres la dévisagèrent avec consternation.

« Pas du tout ? demanda le docteur.

– Moi, je joue au bridge deux fois par semaine depuis onze ans, reprit Eleanor. Avec ma mère, son avocat et la femme de son avocat.

– Vous pourriez peut-être m'apprendre ? dit Theodora. Je suis assez bonne élève, en général. »

Le docteur poussa un grand soupir. Luke et Eleanor éclatèrent de rire.

« Nous jouerons à autre chose », décréta Eleanor. Je joue au bridge, récita-t-elle intérieurement, j'aime la tarte aux pommes avec de la crème fraîche, et je suis venue ici toute seule en voiture.

Le docteur se renfrogna. « Au backgammon.

– Je ne suis pas mauvais aux échecs », lui dit Luke, et le visage du docteur s'éclaira aussitôt.

Theodora fit la moue. « Je ne pensais pas que nous étions venus ici pour jouer à des jeux !

– Il faut se détendre, répondit vaguement le docteur, et Theodora, avec un haussement d'épaules, se retourna d'un air maussade vers le feu.

– Je vais chercher les pièces d'échecs, si vous me dites où les trouver », proposa Luke.

Le docteur sourit. « Laissez-moi m'en charger. N'oubliez pas que j'ai étudié le plan de la maison. Si nous vous laissons partir à l'aventure, nous risquons de ne plus jamais vous retrouver. »

Quand la porte se referma sur le docteur, Luke lança un coup d'œil perplexe à Theodora puis vint se planter devant Eleanor. « Vous n'êtes pas anxieuse, n'est-ce pas ? lui demanda-t-il. Cette histoire ne vous a tout de même pas effrayée ? »

Eleanor secoua énergiquement la tête.

« Vous étiez toute pâle, insista Luke.

– Je devrais sans doute aller me coucher. Je n'ai pas l'habitude de faire d'aussi longs trajets en voiture.

– Le brandy vous aidera à dormir, dit Luke. Vous aussi, ajouta-t-il à l'intention de Theodora, qui lui tournait le dos.

– Merci, répondit froidement celle-ci sans lui accorder le moindre regard. Je n'ai jamais d'insomnies. »

Luke adressa un sourire complice à Eleanor, puis pivota sur ses talons au moment où le docteur ouvrait la porte.

« J'ai trop d'imagination ! dit il en posant le jeu d'échecs. Mais quelle maison !

– Il s'est passé quelque chose ? » demanda Eleanor.

Le docteur secoua la tête. « Nous ferions tout de même mieux de convenir entre nous de ne jamais nous promener seuls dans la maison.

– Qu'est-il arrivé ?

– Mon imagination me joue des tours, répondit le docteur avec fermeté. Sur cette table, ça ira, Luke ?

– Quel beau jeu d'échecs, dit Luke. C'est étonnant que la sœur cadette ne l'ait pas raflé.

– En tout cas, je peux vous affirmer une chose, déclara le docteur. Si c'était bien elle qui s'introduisait dans la maison en pleine nuit, elle devait avoir des nerfs d'acier… *Elle* vous observe, ajouta-t-il brusquement. La maison. Elle surveille vos moindres gestes. » Puis il se reprit : « Mais, bien sûr, je me laisse emporter par mon imagination. »

Theodora, le visage tourné vers les flammes, semblait bouder. Elle aime qu'on lui prête attention, songea Eleanor, et, spontanément, elle se leva et alla s'asseoir par terre à ses côtés. Elle entendait dans son dos le petit bruit des pièces que Luke et le docteur disposaient sur l'échiquier, puis leurs premiers déplacements tandis que chacun prenait la mesure de l'adversaire. Le feu chuchotait et crépitait doucement.

Voyant que Theodora se taisait, Eleanor l'interrogea gentiment. « Vous n'arrivez toujours pas à croire que vous êtes ici ?

– Je ne me doutais pas que ce serait aussi ennuyeux, répondit Theodora.

– Demain matin, nous trouverons des tas de choses à faire.

– Chez moi, il y a de la vie, des gens et de la lumière. On parle, on rit…

– Moi, je n'ai pas vraiment besoin de tout cela, dit Eleanor comme pour s'excuser. Il n'y a jamais eu beaucoup de vie autour de moi. Il fallait que je reste auprès de Maman, évidemment. Et quand elle dormait, je jouais au solitaire ou j'écoutais la radio. Je ne supportais pas de lire le soir, parce que je devais lui faire la lecture pendant deux heures tous les après-midi. Des romans d'amour… »

Elle esquissa un sourire en regardant le feu. Mais ce n'est pas tout, pensa-t-elle, étonnée de ses propres paroles. Cela ne dit pas comment c'était vraiment, même si je voulais le raconter. À quoi bon parler ?

« Je suis atroce, n'est-ce pas ? dit Theodora, en posant soudain sa main sur celle d'Eleanor. Je maugrée dans mon coin parce qu'il n'y a rien ici qui m'amuse. Je suis très égoïste. Dites-moi que je suis abominable. »

Ses yeux, à la lumière des flammes, brillaient de plaisir.

« Vous êtes abominable », dit Eleanor, obéissante. Le contact de la main de Theodora sur la sienne la gênait. Elle n'aimait pas qu'on la touche. Pourtant, Theodora semblait exprimer sa contrition par ce petit geste. Je me demande si mes ongles sont propres, pensa Eleanor. Et, doucement, elle retira sa main.

« Je suis abominable, répéta Theodora en retrouvant sa bonne humeur. Je suis atroce, moche, et personne ne m'aime. Voilà. Maintenant, parlez-moi de vous.

– Moi, je suis atroce, moche, et personne ne m'aime. »

Theodora rit. « Ne vous moquez pas de moi. Vous êtes gentille, charmante, et tout le monde vous adore. Luke est tombé follement amoureux de vous. Je suis jalouse. Mais je veux en savoir davantage sur vous. C'est vrai que vous avez soigné votre mère pendant des années ?

– Oui », répondit Eleanor. Ses ongles étaient sales, en effet, elle n'avait pas de très belles mains, et les gens plaisantaient sur l'amour parce que parfois c'était drôle. « Pendant onze ans. Jusqu'à sa mort, il y a trois mois.

– Vous avez été triste quand elle est morte ? Dois-je dire que je suis désolée ?

– Non. Elle n'était pas très heureuse.

– Et vous non plus ?

– Moi non plus.

– Et maintenant ? Qu'est-ce que vous avez fait ensuite, une fois libre ?

– J'ai vendu la maison. Nous avons pris chacune ce qui nous plaisait, ma sœur et moi. Il n'y avait vraiment pas grand-chose, à part quelques petits objets que ma mère avait gardés. La montre de mon père, de vieux bijoux. Rien à voir avec les sœurs de Hill House.

– Et vous avez vendu tout le reste ?

– Tout. Le plus vite possible.

– Et après, vous avez mené une vie de patachon qui a fini par vous conduire à Hill House ? »

Eleanor rit. « Pas exactement.

– Mais après toutes ces années perdues ! Vous n'êtes pas partie en croisière ? Vous n'avez pas cherché à rencontrer de beaux jeunes gens ? Vous ne vous êtes pas acheté plein de nouveaux vêtements ?

– Malheureusement, répondit Eleanor, il n'y avait pas tant d'argent que cela. Ma sœur a déposé sa part à la banque, en prévision des études de sa fille, et moi… j'ai effectivement acheté quelques vêtements pour venir à Hill House. »

Les gens aiment répondre aux questions qu'on leur pose sur eux-mêmes, pensa-t-elle. Quel étrange plaisir. Là, tout de suite, je répondrais à n'importe quelle question.

« Et que ferez-vous en rentrant ? Vous avez un travail ?

– Non, pas pour le moment. Je ne sais pas encore ce que je ferai.

– *Moi*, je sais, dit Theodora en s'étirant voluptueusement. J'allumerai toutes les lampes de notre appartement et je me prélasserai dans la lumière.

– À quoi ressemble votre appartement ? »

Theodora haussa les épaules. « Il est agréable, dit-elle. Nous l'avons remis en état nous-mêmes. Il y a une grande pièce, deux petites chambres, une cuisine adorable… Nous l'avons peinte en rouge et blanc, et nous avons plein de meubles que nous avons dénichés chez des brocanteurs et que nous avons réparés. Une jolie table, par exemple, avec un plateau en marbre. Ça nous amuse de rafistoler de vieux trucs.

– Vous êtes mariée ? »

Il y eut un petit silence, puis Theodora émit un rire bref. « Non.

– Pardon, dit Eleanor, affreusement gênée, je ne voulais pas être indiscrète. »

Theodora lui effleura la joue du doigt. « Vous êtes drôle. »

J'ai des rides autour des yeux, pensa Eleanor, et elle détourna son visage de la flamme.

« Où habitez-vous ? » demanda Theodora.

Eleanor réfléchit en regardant ses mains qui n'étaient pas très belles. Nous avions les moyens de payer quelqu'un pour faire la lessive… Ce n'est pas juste. Mes mains sont affreuses, maintenant.

« J'ai un petit chez-moi, commença-t-elle avec lenteur. Un appartement, comme vous, sauf que je vis seule. Il est sûrement moins grand que le vôtre. Je n'ai pas fini de le meubler. J'achète une chose à la fois, vous comprenez, pour que tout soit absolument parfait. J'ai des rideaux blancs. Il m'a fallu des semaines pour trouver les deux petits lions de pierre qui décorent ma cheminée. J'ai un chat blanc, et puis mes livres, mes disques, mes tableaux. Chaque objet doit être exactement comme je l'entends, puisque je suis la seule à m'en servir. Dans le temps, j'avais une tasse bleue avec des étoiles dessinées dans le fond. Quand on regardait son thé, il était rempli d'étoiles. J'aimerais retrouver une tasse comme celle-là.

– Peut-être qu'il en arrivera une dans mon magasin, dit Theodora. Je vous l'enverrai. Un jour, vous recevrez un petit paquet avec un mot : "Pour Eleanor, de la part de son amie Theodora." Et ce sera une tasse bleue avec des étoiles.

– Moi, j'aurais volé ce service à filet doré, dit Eleanor en riant.

– Mat, dit Luke.

– Oh, non, s'écria le docteur.

– J'ai eu de la chance, c'est tout, lança joyeusement Luke. Vous ne vous êtes pas encore endormies, toutes les deux, près du feu ?

– Presque », répondit Theodora.

Luke traversa la pièce et leur tendit les mains pour les aider à se relever. Eleanor, gauchement, faillit perdre l'équilibre. Mais Theodora se mit debout en souplesse, bâilla et s'étira.

« Theo a sommeil, dit-elle.

– Il faut que je vous conduise à vos chambres, dit le docteur. Demain, nous apprendrons à nous repérer dans la maison. Luke, voulez-vous couvrir le feu ?

– On ne devrait pas vérifier que tout est bien fermé ? demanda Luke. J'imagine que Mrs. Dudley a verrouillé la porte de service en s'en allant, mais les autres portes ?

– Je ne vois pas qui pourrait vouloir entrer, déclara Theodora. De plus, la domestique fermait toujours tout à double tour, et à quoi cela lui a-t-il servi ?

– Et si jamais nous voulions sortir ? » dit Eleanor.

Le docteur lui lança un bref regard. « Je ne crois pas qu'il soit nécessaire de fermer les portes, dit-il calmement.

– Il est certain que nous ne courons pas grand risque d'être cambriolés par des gens du village, fit remarquer Luke.

– De toute façon, reprit le docteur, je n'éteindrai pas avant une heure au moins. À mon âge, on est forcé de lire assez longtemps avant de s'endormir et j'ai pris la précaution d'emporter *Pamela*[1]. Si l'un de vous éprouve des difficultés à trouver le sommeil, je lui en ferai la lecture. Je n'ai encore rencontré personne à qui l'on pouvait lire Richardson sans qu'il s'endorme aussitôt. » Tout en parlant, il les conduisit le long de l'étroit couloir vers le grand vestibule et l'escalier. « Je me suis souvent proposé de tenter l'expérience sur de très jeunes enfants », poursuivit-il.

Eleanor monta derrière Theodora. Elle ne s'était pas rendu compte qu'elle était aussi épuisée : chaque marche lui demandait un réel effort. Elle se rappela qu'elle était à Hill House – mais à présent, elle ne se représentait de la chambre bleue que le lit avec le duvet bleu et le couvre-pied bleu.

« En revanche, continuait le docteur, un roman de Fielding – avec un sujet différent, évidemment – ne produirait certainement aucun effet sur des enfants en bas âge. J'ai même des doutes quant à Sterne... »

Sur le seuil de la porte de la chambre verte, Theodora se retourna et sourit. « Si vous vous sentez angoissée, dit-elle à Eleanor, rejoignez-moi dans ma chambre.

---

1. *Pamela, ou la vertu récompensée* : roman épistolaire de Samuel Richardson publié en 1740.

– C'est promis, répondit gravement Eleanor. Merci. Bonne nuit.

– … et Smollett ne ferait sûrement pas l'affaire. Mesdames, Luke et moi-même dormons par ici, de l'autre côté de l'escalier.

– De quelle couleur sont vos chambres ? demanda Eleanor, incapable de retenir sa question.

– Jaune, répondit le docteur, surpris.

– Rose, dit Luke avec une petite moue de dédain.

– Les nôtres sont respectivement bleue et verte, dit Theodora.

– Je serai encore éveillé un moment, dit le docteur. Et je laisserai ma porte entrouverte pour être certain d'entendre le moindre bruit. Bonne nuit. Dormez bien.

– Bonne nuit, dit Luke. Bonne nuit, tout le monde. »

En refermant la porte de la chambre bleue, Eleanor songea qu'elle était peut-être si lasse à cause de l'obscurité et de l'atmosphère oppressante de Hill House. Mais bientôt, cela n'eut plus la moindre importance. Le lit était incroyablement moelleux. C'est étrange, se dit-elle en plongeant déjà dans un demi-sommeil. Cette maison est épouvantable, et pourtant à de nombreux points de vue, tellement confortable… Ce lit excellent, l'agréable pelouse, le bon feu, la délicieuse cuisine de Mrs. Dudley. Et aussi la compagnie… Je peux penser à eux, maintenant. Je suis seule. Pourquoi Luke est-il ici ? Mais pourquoi suis-je ici, *moi* ? Les voyages s'achèvent quand les amants se rencontrent. Tout le monde a remarqué que j'avais peur.

Elle frissonna et s'assit dans son lit pour attraper l'édredon à ses pieds. Puis elle se leva, traversa sa chambre sans bruit, pieds nus, et tourna la clé dans la serrure de la porte. Personne ne saura que j'ai fermé à clé… Et elle se hâta de réintégrer son lit. Une fois blottie sous l'édredon, elle lança un coup d'œil inquiet à la fenêtre, qui brillait faiblement dans l'obscurité, puis à la porte. Si seulement j'avais un somnifère, se dit-elle. À nouveau, elle observa la chambre tout autour. La fenêtre, la porte… N'est-elle pas en train de bouger ? Pourtant, je l'ai fermée à clé. Est-ce qu'elle bouge ?

Ce serait mieux si je me mettais sous les couvertures, décida-t-elle. Ainsi cachée, elle ne put s'empêcher de rire. Heureusement que les autres ne m'entendent pas… En ville, elle ne rabattait jamais les couvertures sur sa tête. J'ai fait ce long voyage toute seule, aujourd'hui, pensa-t-elle.

Et elle s'endormit, bien en sécurité. Dans la chambre voisine, Theodora dormait aussi, le sourire aux lèvres, la lumière allumée.

De l'autre côté du couloir, le docteur lisait *Pamela*, levant la tête de temps à autre pour tendre l'oreille. Une fois, même, il alla jusqu'à sa porte et scruta les ténèbres du couloir avant de retourner à son roman. Une veilleuse allumée en haut de l'escalier luisait faiblement, tandis que le vestibule s'ouvrait au-dessous comme un gouffre obscur. Luke dormait, avec sur sa table de nuit une lampe de poche et le porte-bonheur qui l'accompagnait toujours. Autour d'eux, la maison dressait sa masse noire, agitée et maussade, parcourue d'infimes tressaillements.

À neuf kilomètres de là, Mrs. Dudley s'éveilla, regarda sa montre, pensa à Hill House et referma aussitôt les yeux. Mrs. Gloria Sanderson, la propriétaire de Hill House, qui habitait à quatre cent cinquante kilomètres, referma son roman policier, bâilla et tendit le bras vers l'interrupteur pour éteindre sa lampe, tout en se demandant si elle avait pensé à mettre la chaîne à la porte d'entrée. L'amie de Theodora dormait. La femme du docteur dormait également, et la sœur d'Eleanor aussi. Au loin, dans les collines autour de Hill House, un hibou poussa un ululement. Vers le matin, une fine pluie commença à tomber, grise et terne.

4

Eleanor s'éveilla dans la chambre bleue, baignée par la lumière pâle et grise de la pluie. Elle s'aperçut qu'elle avait rejeté l'édredon pendant son sommeil et terminé la nuit dans sa position habituelle, la tête sur l'oreiller. Et elle vit avec stupéfaction qu'il était plus de huit heures. Quelle ironie ! Il fallait que ce soit à Hill House qu'elle passe sa première bonne nuit depuis des années. Couchée dans son lit bleu, elle contempla d'un œil encore assoupi les moulures du haut plafond. Qu'est-ce que j'ai fait ? se demanda-t-elle. Me suis-je ridiculisée ? Se sont-ils moqués de moi ?

En se remémorant la soirée de la veille, elle se souvenait seulement qu'elle s'était montrée trop contente – presque heureuse – de la compagnie des autres. S'étaient-ils amusés de la découvrir si simple, si puérile ? J'ai dit des bêtises, pensa-t-elle, et ils s'en sont évidemment rendu compte. Aujourd'hui, je serai plus réservée. Je manifesterai moins ouvertement à quel point je leur suis reconnaissante de m'accepter parmi eux.

Complètement éveillée à présent, elle secoua la tête et soupira. Tu n'es qu'une petite sotte, se dit-elle comme chaque matin.

La chambre s'anima autour d'elle, ses contours se précisèrent. Elle était dans la chambre bleue, à Hill House.

Les rideaux de damas ondulaient devant la fenêtre. Les énergiques bruits d'eau qui provenaient de la salle de bains ne pouvaient qu'être le fait de Theodora. Réveillée par la faim, sûrement, elle avait décidé de se préparer la première.

« Bonjour ! lança Eleanor.

– Bonjour ! répondit une voix essoufflée. J'ai fini dans une minute. Je vous laisse la baignoire remplie. Vous n'avez pas faim ? Moi, si ! »

S'imagine-t-elle que je ne prendrais pas de bain si elle ne laissait pas la baignoire remplie ? se demanda Eleanor, et aussitôt elle eut honte. Je suis venue ici pour ne plus penser de cette manière, se dit-elle avec sévérité. Et, sortant de son lit, elle alla regarder par la fenêtre. Le toit de la galerie, la grande pelouse, les buissons et les bosquets enveloppés d'une légère brume... Tout au bout de la pelouse s'alignaient les arbres du sentier qui menait au ruisseau. Mais ce matin, l'idée d'aller pique-niquer gaiement sur l'herbe n'était pas des plus attirantes : il allait manifestement pleuvoir toute la journée. C'était pourtant une pluie d'été, qui intensifiait le vert de l'herbe et des arbres tout en lavant l'atmosphère, en l'adoucissant. C'est charmant, pensa Eleanor, surprise par sa propre réflexion. Elle se demanda si elle était la première personne à trouver du charme à Hill House. Puis, soudain, elle se sentit glacée : peut-être que tout le monde, au contraire, réagissait ainsi le premier matin ? Elle frissonna, s'apercevant en même temps qu'elle ne se rappelait plus pourquoi il serait tellement étrange de se réveiller heureux à Hill House.

« Je meurs *littéralement* de faim », dit Theodora en frappant à la porte de la salle de bains.

Eleanor attrapa son peignoir et se précipita.

« Essayez d'avoir l'air d'un rayon de soleil ! reprit Theodora de sa chambre. Il fait tellement sombre aujourd'hui, nous devons nous montrer encore plus éclatantes que d'habitude. »

Qui chante avant le petit déjeuner pleurera avant huit heures, pensa Eleanor, qui venait de se surprendre à fredonner. « À s'attarder jamais rien on ne gagne... »

« Dire que je me trouvais paresseuse ! cria Theodora à travers la porte un instant plus tard. Mais vous êtes bien pire encore. Paresseuse est un *euphémisme,* en ce qui vous concerne. Vous êtes sûrement propre comme un sou neuf maintenant. Venez, allons manger.

– Mrs. Dudley prépare le petit déjeuner pour neuf heures. Que dira-t-elle en nous voyant apparaître en pleine forme et souriantes ?

– Elle en pleurera de dépit. À votre avis, est-ce que l'un de nous l'a appelée pendant la nuit ?

– Moi, j'ai dormi à poings fermés, dit Eleanor en examinant d'un œil critique la jambe qu'elle venait de savonner.

– Moi aussi. Et si vous n'êtes pas sortie d'ici trois minutes, j'entre et je vous noie dans la baignoire. J'ai *faim* ! »

Eleanor pensa qu'il y avait bien longtemps qu'elle ne s'était pas habillée en essayant de ressembler à un rayon de soleil. Il y avait longtemps, aussi, qu'elle n'avait pas attendu avec autant d'impatience le petit déjeuner, qu'elle ne s'était pas levée en se sentant aussi mature, aussi consciente de sa personne, aussi attentionnée envers elle-même. Elle s'était même brossé les dents avec un plaisir qu'elle n'avait jamais éprouvé jusqu'à présent. C'est le résultat d'une bonne nuit de sommeil, se dit-elle. Depuis la mort de Maman, j'ai dû dormir encore plus mal que je ne le croyais.

« Alors, toujours pas *prête* ?

– J'arrive, j'arrive… » Eleanor courut à la porte. Se souvenant que celle-ci était toujours fermée, elle fit tourner la clé sans bruit. Theodora l'attendait dans le couloir, vêtue d'un tissu écossais aux couleurs criardes qui resplendissaient dans la pénombre. À la voir, Eleanor eut la certitude que sa compagne ne faisait sans doute jamais rien – ni s'habiller, ni se laver, ni marcher, ni manger, ni dormir, ni parler – sans en jouir à chaque instant. Peut-être Theodora ne se préoccupait-elle jamais de ce que les gens pensaient d'elle.

« Vous vous rendez compte que nous risquons de passer une heure à chercher la salle à manger ? dit Theodora. À moins qu'ils ne nous aient laissé un plan. Savez-vous que Luke et le docteur sont déjà debout depuis des heures ? Je leur ai parlé par la fenêtre. »

Ils ont commencé sans moi, songea Eleanor. Demain, je me lèverai plus tôt et je serai là pour leur parler par la fenêtre moi aussi.

Elles étaient parvenues en bas de l'escalier. Theodora traversa le grand vestibule et posa la main avec assurance sur la poignée d'une porte. « Ici. » Mais la porte donnait sur une pièce vide et sombre qu'elles n'avaient jamais vue auparavant.

« Ici », dit Eleanor à son tour. Cette fois, la porte s'ouvrait sur l'étroit couloir qui menait au petit boudoir où ils avaient passé la soirée de la veille au coin du feu.

« Non, dit Theodora. C'était en face, de l'autre côté du vestibule. » Elle se retourna, déconcertée. « Oh, flûte ! » Puis, renversant la tête, elle appela : « Luke ? Docteur ? »

Dans le lointain, une voix leur répondit. Theodora alla essayer une nouvelle porte. « S'ils s'imaginent qu'ils vont pouvoir me retenir éternellement dans ce maudit vestibule, à essayer une porte après l'autre pour arriver à mon petit déjeuner...

– C'est la bonne, je crois, dit Eleanor, il faut traverser dans le noir, et la salle à manger est juste après. »

Theodora appela de nouveau, heurta un meuble, jura. À cet instant, la porte du fond s'ouvrit.

« Bonjour », dit le docteur.

Theodora se frotta le genou. « Sale bicoque ! Bonjour.

– Vous n'allez sûrement pas me croire, dit le docteur, mais il y a trois minutes toutes ces portes étaient grandes ouvertes. Nous les avions laissées ainsi pour que vous puissiez vous déplacer plus facilement. Nous vous attendions ici quand nous les avons vues se refermer juste avant que vous n'appeliez... Bonjour ! répéta-t-il.

– Il y a des harengs, dit Luke, assis à table. Bonjour ! J'espère, mesdames, que vous êtes de celles qui aiment les harengs au petit déjeuner. »

Ils avaient survécu aux ténèbres de la première nuit, ils avaient affronté la première matinée à Hill House, et, pareils aux membres d'une famille qui se réunit pour le petit déjeuner, ils se saluaient sans façons en s'installant sur les mêmes chaises que la veille, à leurs places respectives.

« En tout cas, reprit Luke en agitant sa fourchette, il est fameux, le petit déjeuner que Mrs. Dudley a préparé pour neuf heures, comme convenu. Nous commencions à nous demander si, par hasard, vous n'espériez pas qu'on vous l'apporte au lit.

– Dans n'importe quelle autre maison, nous serions arrivées bien plus tôt, répliqua Theodora.

– Vous aviez vraiment laissé les portes ouvertes pour nous ? demanda Eleanor.

– C'est même grâce à cela que nous vous avons entendues, répondit Luke. Nous les avons vues se refermer.

– Aujourd'hui, nous allons toutes les ouvrir, et les clouer, décréta Theodora. Et moi, je vais arpenter la maison jusqu'à ce que je sois certaine à cent pour cent de pouvoir trouver le chemin de mes repas. J'ai dormi avec ma lampe allumée, avoua-t-elle au docteur, mais il ne s'est rien passé.

– Tout a été parfaitement calme, dit le docteur.

– Vous avez veillé sur nous toute la nuit ? demanda Eleanor.

– Jusqu'à trois heures, à peu près. Mais *Pamela* a fini par me faire sombrer. Il n'y a pas eu le moindre bruit jusqu'à ce qu'il se mette à pleuvoir, peu après deux heures. L'une de vous deux a poussé un cri en dormant.

– C'était sûrement moi, expliqua Theodora sans la moindre gêne. J'ai rêvé de la méchante sœur, qui était au portail de Hill House.

– Moi aussi, j'ai rêvé d'elle. » Eleanor regarda le docteur et ajouta brusquement : « C'est tellement *embarrassant*. D'avoir peur…

– Nous sommes tous dans le même bateau, vous savez, dit Theodora.

– Si vous essayez de ne pas le montrer, c'est pire, déclara le docteur.

– Bourrez-vous de harengs, suggéra Luke, et vous ne ressentirez plus rien du tout. »

Comme la veille, Eleanor réalisa que les autres déviaient adroitement la conversation, alors que la peur était tellement présente dans son esprit. Peut-être son rôle consistait-il à en parler de temps en temps, de sorte qu'en la rassurant, ils se tranquillisaient eux-mêmes et n'y pensaient plus. Tel un réceptacle rempli de toutes les peurs imaginables, elle absorbait aussi les leurs. Ils sont comme des enfants, se dit-elle avec rancune, qui se défient de partir le premier et n'hésitent pas à traiter le dernier de tous les noms. Elle soupira et repoussa son assiette.

« Avant d'aller dormir *ce soir*, disait Theodora au docteur, je veux être sûre d'avoir vu chaque centimètre carré de cette maison. Pas question de me retrouver dans mon lit sans savoir ce qu'il y a au-dessus de ma tête ou en dessous de moi. Nous devons *absolument* ouvrir quelques fenêtres, empêcher les portes de se fermer, et ne plus être obligés de nous déplacer sans cesse à tâtons.

– Si nous disposions des petites pancartes ? suggéra Luke. Des flèches qui indiqueraient SORTIE, par exemple.

– Ou CUL-DE-SAC, dit Eleanor.

– Ou ATTENTION, CHUTE DE MEUBLES, ajouta Theodora. Bonne idée, Luke.

– Mais d'abord, explorons la maison tous ensemble. » Eleanor avait sans doute parlé avec trop de précipitation, car Theodora lui lança un coup d'œil perplexe. « Je n'ai pas envie qu'on me laisse toute seule dans un grenier, ajouta-t-elle, mal à l'aise.

– Personne ne vous laissera nulle part, promit Theodora.

– Je propose que nous finissions d'abord la cafetière, dit Luke. Ensuite, nous passerons d'une pièce à l'autre en tâchant de repérer le plan de cette maison, s'il y en a un. Nous laisserons les portes ouvertes derrière nous. » Il secoua tristement la tête. « Je n'aurais jamais cru que j'hériterais d'une maison dans laquelle je serais forcé de baliser mon chemin.

– Il faut aussi attribuer un nom à chaque pièce, dit Theodora. Imaginez, Luke, que je vous donne un rendez-vous secret dans le plus joli des salons. Comment sauriez-vous où me rejoindre ?

– Vous pourriez siffler pour me guider.

– Vous m'entendriez, répliqua Theodora en réprimant un frisson, mais vous ouvririez une porte après l'autre sans jamais tomber sur la bonne, et moi, j'attendrais dans le salon sans savoir comment en ressortir.

– Et vous n'auriez rien à manger », compléta Eleanor.

De nouveau, Theodora la regarda d'un air perplexe. « Exact, concéda-t-elle au bout d'un moment, je n'aurais rien à manger. » Puis elle continua : « On se croirait dans un labyrinthe de foire, avec des séries de pièces qui communiquent sans fin, des portes qui conduisent de tous les côtés à la fois et se ferment devant votre nez quand vous voulez entrer... Je parie qu'il y a quelque part des miroirs déformants, des souffleries qui soulèvent les jupes, des couloirs tout noirs avec des monstres qui surgissent pour vous éclater de rire au visage... »

Elle se tut, et saisit sa tasse si brusquement qu'elle renversa un peu de café.

« C'est moins pire que ça, déclara posément le docteur. En fait, les pièces du rez-de-chaussée sont disposées en cercles concentriques, dont le centre est le petit boudoir où nous avons passé la soirée d'hier. Le premier cercle comprend la salle de billard, par exemple, ainsi qu'un tout petit fumoir plutôt sinistre, entièrement garni de satin vieux-rose…

– Où nous irons nous tenir chaque matin, Eleanor et moi, avec notre ouvrage.

– Autour de ces pièces-là – que j'appelle les pièces intérieures parce qu'elles n'ont aucun contact direct avec l'extérieur : rappelez-vous, elles n'ont pas de fenêtres –, se trouve le deuxième cercle, composé des pièces extérieures : le salon, la bibliothèque, le jardin d'hiver, le…

– Non, fit Theodora en secouant la tête. Moi, j'en suis encore au satin vieux-rose !

– Et tout autour de la maison, il y a la galerie, sur laquelle donnent le grand salon, le jardin d'hiver et l'un des petits salons. Il existe également un couloir…

– Arrêtez ! Arrêtez ! » Theodora rit, puis secoua la tête, accablée. « C'est une affreuse et *sale* bicoque. »

La porte battante s'ouvrit au coin de la salle à manger et Mrs. Dudley apparut. Elle posa un regard dénué d'expression sur la table du petit déjeuner. « Je débarrasse à dix heures, dit-elle.

– Bonjour, Mrs. Dudley », lança Luke.

Mrs. Dudley tourna les yeux vers lui. « Je débarrasse à dix heures, répéta-t-elle. La vaisselle doit être remise sur les étagères. Je la ressors pour le déjeuner. Je sers le déjeuner à une heure, mais il faut d'abord que la vaisselle retourne à sa place sur les étagères. »

Le docteur se leva et posa sa serviette. « Mais, bien sûr, Mrs. Dudley. Tout le monde a fini ? »

Sans se presser, sous le regard de Mrs. Dudley, Theodora attrapa sa tasse, termina son café, se tamponna les lèvres avec sa serviette et se rejeta en arrière. « Quel excellent petit déjeuner, déclara-t-elle sur un ton parfaitement mondain. Ces assiettes appartiennent-elles à la maison ?

– Elles se rangent sur l'étagère, répondit Mrs. Dudley.

– Et les verres, l'argenterie, le linge de table ? Ces vieilles choses ont tellement de charme.

– Le linge de table se range dans les tiroirs de la commode, dit Mrs. Dudley. L'argenterie se range dans le buffet, et les verres sur les étagères.

– Nous devons vous causer beaucoup de tracas », fit remarquer Theodora.

Après un silence, Mrs. Dudley répéta simplement : « Je débarrasse à dix heures. Je sers le déjeuner à une heure. »

Theodora se leva en riant. « Allons-y, dit-elle, en route ! Ouvrons des portes. »

Se fiant à leur bon sens, ils commencèrent par la porte de la salle à manger qu'ils maintinrent calée par une lourde chaise. La pièce voisine était la salle de jeux, où Theodora s'était heurtée à une petite table basse avec échiquier incorporé.

« Et dire qu'hier soir elle m'a échappé ! » dit le docteur avec irritation.

À l'autre bout de la pièce, il y avait des tables de jeu, des chaises et un meuble haut dans lequel le docteur avait trouvé les pièces du jeu d'échecs, qui renfermait également des boules de croquet et un plateau de cribbage.

« Charmant endroit pour se détendre à ses heures perdues », fit observer Luke. Debout dans l'embrasure de la porte, il contemplait la triste pièce. Le vert glacé des tapis de jeu jetait des reflets sinistres sur le dallage sombre entourant la cheminée. Les inévitables lambris de bois étaient décorés – mais non point égayés – par une série de scènes de chasse qui évoquaient la mise à mort de divers animaux. Accrochée au-dessus de la cheminée, une tête de daim les contemplait d'un regard gêné.

« C'était donc ici qu'ils venaient s'amuser, dit Theodora, et l'écho de sa voix roula sous le haut plafond. Pour échapper à l'atmosphère oppressante qui règne dans le reste de la maison », ajouta-t-elle, comme s'il était nécessaire de développer.

La tête de daim la fixait d'un air lugubre. « Ces deux petites filles... Je vous en *supplie*, ne peut-on pas enlever cette horrible bête ?

– Je crois qu'elle s'est prise d'amitié pour vous, dit Luke. Elle ne vous quitte pas des yeux depuis que vous êtes entrée. Partons d'ici. »

Ils bloquèrent la porte en sortant et se retrouvèrent dans le vestibule, vaguement éclairé par les pièces qu'ils avaient laissées ouvertes.

« Dès que nous entrerons dans une pièce extérieure, dit le docteur, nous ouvrirons la fenêtre. En attendant, nous devrons nous contenter de la porte d'entrée.

– Vous pensez toujours aux petites filles, dit Eleanor à Theodora. Moi, je ne peux pas m'empêcher d'imaginer la malheureuse domestique, errant toute seule d'une pièce à l'autre en se demandant qui d'autre se cache dans la maison. »

Luke ouvrit non sans mal la lourde porte d'entrée et fit rouler un grand vase pour la retenir. « Un peu d'air frais ! » s'écria-t-il avec reconnaissance.

Une chaude odeur de pluie et d'herbe mouillée pénétra dans le vestibule. Ils restèrent debout un instant sur le seuil pour échapper à l'atmosphère confinée de Hill House et remplir leurs poumons.

« Et *maintenant*, annonça le docteur, voici quelque chose qui ne manquera pas de vous surprendre. » Il ouvrit une petite porte logée à côté de l'imposante porte d'entrée et s'effaça en souriant. « La bibliothèque. Dans la tour.

– Je ne peux pas entrer là-dedans », dit Eleanor. Elle fut surprise par sa propre réaction, mais, non, elle ne *pouvait* pas. Submergée par le souffle d'air froid qui charriait vers elle une odeur d'humus et de moisissure, elle recula. « Ma mère… », commença-t-elle sans savoir ce qu'elle allait dire. Et elle se plaqua contre le mur.

« Vraiment ? fit le docteur en l'observant avec intérêt. Et vous, Theodora ? »

Theodora haussa les épaules et pénétra dans la bibliothèque. Eleanor frissonna.

« Luke ? » interrogea le docteur. Mais celui-ci avait déjà franchi la porte.

De l'endroit où elle se tenait, Eleanor n'apercevait qu'un fragment du mur circulaire de la bibliothèque, ainsi qu'un étroit escalier métallique. Lequel devait monter au sommet de la tour… Elle ferma les yeux. Les murs de pierre de la bibliothèque lui renvoyèrent la voix caverneuse du docteur.

« Voyez-vous la trappe, là-haut ? demandait-il. Elle donne sur un petit balcon et, bien entendu, c'est d'ici qu'elle se serait pendue. Vous vous rappelez ? La domestique… Il est vrai que l'endroit convient parfaitement pour un suicide. Mieux que pour abriter des livres, dirais-je même. Elle aurait noué la corde à la rampe de fer : il lui suffisait alors de faire un pas…

– Merci, dit la voix de Theodora. J'imagine parfaitement le tableau, merci beaucoup. Moi, j'aurais plutôt accroché ma corde à la tête de daim de la salle de jeux.

Mais elle éprouvait sans doute un attachement particulier pour cette tour. “Attachement.” Voilà bien le mot juste, en l'occurrence, vous ne trouvez pas ?

– Excellent. » La voix de Luke se rapprochait ; ils revenaient vers le vestibule où Eleanor les attendait. « Je crois que je transformerai cette pièce en boîte de nuit, continua-t-il. J'installerai l'orchestre là-haut, sur le balcon. Il y aura des filles qui danseront en descendant l'escalier métallique. Le bar…

– Eleanor, dit Theodora, vous vous sentez mieux ? C'est un endroit atroce, vous avez bien fait de ne pas y entrer. »

Eleanor s'écarta du mur. Ses mains étaient glacées et elle avait envie de pleurer. Elle tourna le dos à la porte de la bibliothèque que le docteur calait avec une pile de livres.

« Je ne pense pas que je lirai beaucoup pendant mon séjour ici, dit-elle. Pas si les livres ont l'odeur de la bibliothèque.

– Je n'ai remarqué aucune odeur. » Le docteur regarda Luke d'un air interrogateur, et celui-ci secoua la tête. « Voilà qui est curieux, reprit le docteur. Et c'est exactement le genre de phénomène que nous cherchons à étudier. Prenez-en note, ma chère Eleanor. Vous essaierez de décrire la chose avec le plus de précision possible. »

Eleanor était perplexe. Debout dans le vestibule, elle examina alternativement l'escalier puis la porte d'entrée. « Y aurait-il deux portes d'entrée ? demanda-t-elle. Ou bien suis-je complètement désorientée ? »

Le docteur sourit, enchanté. Il espérait manifestement qu'on lui pose cette question. « Il n'y a qu'une seule porte, dit-il. C'est celle par laquelle vous êtes entrée hier. »

Theodora plissa le front. « Mais alors, comment se fait-il qu'Eleanor et moi, nous ne voyons pas la tour depuis les fenêtres de nos chambres ? Elles se trouvent à l'avant de la maison, et cependant… »

Le docteur battit des mains en riant. « Enfin ! Bravo, Theodora ! Voilà pourquoi je voulais vous faire visiter la maison pendant la journée. Venez, asseyez-vous sur les marches. Je vais vous expliquer. »

Dociles, ils s'installèrent sur l'escalier et levèrent les yeux vers lui. Prenant son attitude professorale, le docteur commença : « L'une des particularités de Hill House tient à son plan de construction.

– Le labyrinthe de la foire.

– Exactement. N'êtes-vous pas étonnés que nous éprouvions de telles difficultés à retrouver notre chemin dans la maison ? Une maison ordinaire ne nous aurait pas mystifiés tous les quatre pendant aussi longtemps, et pourtant, nous continuons à nous tromper de porte et les pièces ne cessent de nous échapper. Même moi, j'ai du mal à me repérer. » Il soupira en hochant la tête. « Je crois pouvoir affirmer que le vieux Hugh Crain espérait voir Hill House devenir un jour une attraction célèbre, comme la fameuse Winchester House en Californie et les nombreuses maisons octogonales. Il avait dessiné la maison lui-même, rappelez-vous, et, je vous l'ai dit, c'était un homme bizarre. »

Le docteur désigna la porte d'entrée. « Chaque angle de la maison est légèrement faussé. Hugh Crain devait avoir horreur des gens raisonnables et de leurs maisons à angles droits. Il a donc construit celle-ci à l'image de son propre esprit. Tous les angles que vous croyez droits

– parce que vous êtes habitués à voir des angles droits et que vous avez toutes les raisons de penser qu'ils le sont –, tous ces angles ont en réalité une fraction de degré en plus ou en moins. Je suis sûr, par exemple, que vous croyez être assis sur des marches parfaitement horizontales, parce que vous n'imaginez pas que des marches puissent ne pas être de niveau… »

Ils se sentirent soudain mal à l'aise, et Theodora tendit vivement la main pour saisir la rampe, comme si elle craignait de tomber.

« Or, en réalité, elles s'abaissent légèrement vers le centre de l'escalier. Les chambranles des portes sont tous un peu inclinés – et c'est peut-être la raison pour laquelle les portes se ferment d'elles-mêmes si on ne les cale pas. Je me suis demandé ce matin, mesdames, si en approchant, vous n'aviez pas fait basculer le très précaire équilibre de celles que nous avions laissées ouvertes. Bien entendu, ces aberrations minimes ajoutent encore aux distorsions majeures de la maison. Si Theodora ne voit pas la tour depuis la fenêtre de sa chambre, c'est qu'en fait la tour se trouve au coin de la bâtisse. Elle est invisible de la chambre de Theodora, bien que, d'ici, elle semble la jouxter. En réalité, il y a cinq mètres entre la fenêtre de Theodora et l'endroit où nous nous tenons en ce moment. »

Theodora écarta les mains, désemparée. « Mince alors !

– Je comprends, dit Eleanor. C'est le toit de la galerie qui nous induit en erreur. On le voit de ma fenêtre, et comme j'ai monté l'escalier tout droit après être entrée dans la maison, j'ai supposé que la porte d'entrée était juste en dessous, alors qu'en réalité…

– Vous ne voyez que le toit de la galerie, dit le docteur. La porte se trouve beaucoup plus loin. Elle est visible, ainsi que la tour, depuis la fenêtre de la nursery – la grande pièce tout au bout du couloir. Nous irons la voir tout à l'heure. » Après une courte pause, il ajouta tristement : « C'est un chef-d'œuvre de falsification architecturale. L'escalier à double révolution de Chambord…

– Tout est donc un peu incliné dans la maison ? interrompit Theodora. C'est pour cela qu'elle semble tellement bancale ?

– Que se passe-t-il quand on retourne dans une vraie maison ? demanda Eleanor. Je veux dire… dans une maison *normale*.

– C'est sans doute comme remettre pied à terre après un voyage en bateau, dit Luke. On doit avoir besoin d'un moment de réadaptation en retrouvant le plancher des vaches ! Docteur, pourrait-on supposer que toutes ces prétendues manifestations surnaturelles résultent en fait d'une infime perte du sens de l'équilibre ? L'oreille interne, ajouta-t-il savamment à l'intention de Theodora.

– Cela a sûrement un effet sur les gens, répondit le docteur. Nous avons appris à nous fier à notre équilibre et à notre raison, et je conçois tout à fait que notre esprit, confronté à un espace qui est manifestement penché, lutte pour sauvegarder les schémas de stabilité auxquels il est habitué. »

Il tourna les talons. « Mais nous avons encore des merveilles à explorer. »

Ils le suivirent d'une démarche mal assurée, comme si le sol pouvait se dérober sous leurs pieds, puis, laissant toujours les portes ouvertes derrière eux, prirent l'étroit couloir qui conduisait au petit boudoir et entrèrent dans le cercle des pièces extérieures donnant sur la galerie. Lorsqu'ils écartèrent les lourdes tentures qui masquaient les fenêtres, la lumière du dehors pénétra dans Hill House. Ils traversèrent un salon de musique où une harpe se dressait à l'écart, indifférente, sans qu'aucune de ses cordes ne réagisse à la vibration de leurs pas. Il y avait également un grand piano à queue, fermé, sur lequel trônait un candélabre dont aucune des bougies n'avait jamais été allumée. Sur une table au plateau de marbre, un globe en verre protégeait des fleurs artificielles. Des chaises étaient disposées çà et là, frêles, en bois doré. Venait ensuite le jardin d'hiver, avec de hautes portes vitrées fouettées par la pluie et de sombres fougères entourant un mobilier en osier. L'atmosphère était moite, désagréable. Sans s'attarder, ils franchirent une porte cintrée qui menait au grand salon et s'immobilisèrent, stupéfaits, n'en croyant pas leurs yeux.

« Ce n'est pas vrai..., souffla Theodora. Je rêve. » Elle secoua la tête d'un air ahuri. « Eleanor, est-ce que vous voyez la même chose que moi ?

– Mais qu'est-ce que... ? bredouilla Eleanor, bouche bée.

– J'ai pensé que vous apprécieriez », dit le docteur, ravi d'avoir produit son petit effet.

Tout le fond du salon était occupé par une vaste sculpture de marbre. Énorme, grotesque, dressant sa blanche nudité sur les rayures mauves et les fleurs du tapis. Eleanor se cacha les yeux d'une main, tandis que Theodora s'accrochait à elle.

« Cela pourrait représenter Vénus sortant des eaux, dit le docteur.

– Pas du tout, répliqua Luke, recouvrant l'usage de la parole. C'est saint François soignant les lépreux.

– Non, non, dit Eleanor. Il y a un dragon…

– Absolument pas, décréta Theodora. C'est un portrait de famille, voyons. Une œuvre composite. Le personnage au centre, ce grand escogriffe dévêtu – juste ciel ! –, c'est le vieux Hugh qui se rengorge après avoir construit Hill House. Les deux nymphes qui l'entourent sont ses filles. Celle de droite, qui a l'air de brandir un épi de maïs, est en réalité en train de parler de son procès. Là, au bout, c'est la domestique. Et de l'autre côté, c'est…

– Mrs. Dudley, d'après nature, dit Luke.

– Et ce gazon sous leurs pieds est censé reproduire le tapis de la salle à manger qui aurait poussé un peu. Vous n'avez pas remarqué ce tapis ? Il vous picote les chevilles, on dirait un champ de foin. À l'arrière, cette espèce de pommier qui étend ses branches, c'est…

– Un symbole protecteur de la maison, sans nul doute, avança le Dr Montague.

– Je n'aimerais pas beaucoup que ça tombe sur nous, dit Eleanor. Docteur, vu que la maison est tellement bancale, est-ce qu'il y a un risque ?

– J'ai lu que la statue avait été conçue, au contraire, pour contrebalancer la déclivité du sol sur lequel elle repose – et qu'elle avait d'ailleurs coûté une petite fortune. Elle est là depuis la construction de la maison et, jusqu'à présent, elle n'est jamais tombée. Hugh Crain l'admirait sans doute, vous savez. Peut-être même qu'il l'aimait.

– Ou qu'il s'en servait pour faire peur à ses enfants, dit Theodora. Comme ce salon serait beau sans cette horreur ! » Elle tournoya sur elle-même. « Une salle de bal, avec des dames en robes longues. Il y aurait assez de place pour un vrai bal de campagne. Hugh Crain, m'accorderez-vous la prochaine danse ? » Et elle fit la révérence devant la statue.

« Je crois qu'il va accepter, murmura Eleanor en reculant involontairement.

– Ne le laissez pas vous marcher sur les pieds, dit le docteur en riant. Rappelez-vous ce qui est arrivé à Don Juan ! »

D'un doigt timide, Theodora toucha la main tendue de l'un des personnages. « On est toujours surpris par le contact du marbre… J'imagine qu'une statue grandeur nature ressemble assez à un être humain pour qu'on s'attende à toucher de la peau. »

Elle virevolta de nouveau et, pareille à une flamme dans le grand salon faiblement éclairé, fit quelques pas de valse toute seule, puis se retourna vers la statue pour la saluer.

« Là-bas au fond, dit le docteur à Eleanor et à Luke, sous ces tentures, il y a les portes qui donnent sur la galerie. Quand Theodora aura trop chaud après avoir dansé, elle pourra sortir prendre l'air. »

Traversant le salon, il écarta les lourdes draperies bleues et ouvrit les portes. De nouveau, l'odeur de la pluie chaude pénétra dans la maison, accompagnée d'un petit souffle de vent. La statue sembla respirer et la lumière joua sur le papier peint.

« Rien ne bouge jamais dans cette maison, observa Eleanor, mais dès qu'on détourne le regard, on surprend un mouvement du coin de l'œil. Regardez les petites figurines sur les étagères. Elles dansaient avec Theodora pendant que nous leur tournions le dos.

– *Moi*, je bouge, chantonna Theodora qui valsait autour d'eux.

– Des fleurs sous verre, des pendeloques…, dit Luke. Je commence à aimer cette maison. »

Theodora tira Eleanor par les cheveux. « On fait une course sur la galerie », s'écria-t-elle en se précipitant vers les portes.

Eleanor la suivit sans hésiter et elles sortirent en courant. Lorsqu'elles tournèrent le coin de la maison, Eleanor vit que Theodora rentrait par une autre porte. Elle s'arrêta, à bout de souffle. Elles étaient arrivées à la cuisine. Debout à l'évier, Mrs. Dudley les observait en silence.

« Mrs. Dudley, dit poliment Theodora, nous explorons la maison. »

Le regard de Mrs. Dudley se dirigea vers l'horloge posée sur une étagère au-dessus de la cuisinière. « Il est onze heures et demie, dit-elle. Je…

– Vous servez le déjeuner à une heure, compléta Theodora. Nous aimerions bien visiter la cuisine, si vous le permettez. Je crois que nous avons vu toutes les autres pièces du rez-de-chaussée. »

Après un silence, Mrs. Dudley acquiesça d'un signe de tête, tourna les talons, et gagna sans hâte une autre porte qu'elle ouvrit pour sortir. Elles aperçurent l'escalier de service. Mrs. Dudley referma derrière elle.

Theodora, la tête inclinée sur une épaule, considéra longuement la porte. « Je me demande si Mrs. Dudley n'a pas un petit faible pour moi. *Vraiment*.

– Elle est sans doute montée se pendre à la tourelle, déclara Eleanor. Profitons-en pour regarder ce qu'il y a au menu aujourd'hui.

– Ne touchez à rien, dit Theodora. Tout est rangé sur les étagères comme il se doit… Vous croyez qu'elle compte nous préparer un soufflé ? Il y a un plat à soufflé, des œufs, du fromage…

– C'est une belle cuisine, dit Eleanor. Chez ma mère, la cuisine était sombre et étroite, et rien de ce qu'on y préparait n'avait jamais ni goût ni couleur.

– Et votre cuisine à vous ? interrogea Theodora d'un air absent. Dans votre petit appartement ? Eleanor, regardez-moi ces portes !

– Je ne sais pas faire les soufflés.

– Regardez, Eleanor. Nous sommes arrivées de la galerie par cette porte… Celle-ci ouvre sur un escalier qui descend – à la cave, vraisemblablement. Ici, c'est l'escalier par lequel elle est montée. Il y a une autre porte qui donne sur la galerie, et là-bas…

– Encore la galerie, dit Eleanor en l'ouvrant. Ce qui fait trois portes pour sortir sur la galerie.

– Plus la porte qui conduit à l'office et la salle à manger. Notre bonne Mrs. Dudley aime les portes, pas vrai ? En tout cas, cela lui permet de filer rapidement dès qu'elle en a envie. »

Elles échangèrent un bref regard. Puis Eleanor repartit brusquement en direction de la galerie. « Je me demande si elle a fait percer des portes supplémentaires par Dudley, dit-elle. Je ne comprends pas comment elle peut aimer travailler dans une cuisine où une porte risque de s'ouvrir dans son dos à tout moment. En fait, j'aimerais savoir ce qu'elle redoute dans cette cuisine, pour avoir voulu se réserver la possibilité de fuir dans toutes les directions imaginables. Et je voudrais bien qu'on m'explique…

– Taisez-vous, coupa Theodora sans brutalité. Aucune cuisinière ne peut réussir un bon soufflé quand elle est anxieuse, tout le monde sait cela. Or, elle est probablement en train d'écouter dans l'escalier. Choisissons une des portes et laissons-la ouverte derrière nous. »

Luke et le docteur admiraient la pelouse, debout sur la galerie. Chose étrange, la porte d'entrée était fermée. Les hautes collines, muettes et mornes sous la pluie, semblaient s'élever juste au-dessus de la maison.

Eleanor fit quelques pas sur la galerie.

Jamais elle n'avait vu une maison ainsi encerclée, comme par une ceinture étroitement nouée. Tomberait-elle en morceaux si la galerie se détachait ? Ayant parcouru la plus grande partie de la circonférence, du moins le croyait-elle, elle tourna encore un coin et vit tout à coup la tour se dresser devant elle. C'était une tour de pierre grise, ridiculement imposante, qui se pressait contre la façade de la maison à laquelle elle semblait encore rattachée par l'inévitable galerie. Elle est hideuse, se dit Eleanor. Puis elle songea que, si un jour Hill House était détruite par un incendie, la tour subsisterait, dominant les ruines de sa masse grise et menaçante, dissuadant les gens d'approcher des vestiges de la maison. Par endroits, sans doute, une pierre qui se serait détachée permettrait aux hiboux et aux chauves-souris de nicher parmi les livres de la bibliothèque. Des fenêtres s'ouvraient à partir de la mi-hauteur – de minces fentes taillées dans la pierre. Eleanor se demanda ce que l'on éprouverait en regardant par ces fenêtres, puis elle se demanda pourquoi elle n'avait pas pu entrer dans la tour. Je ne regarderai jamais par ces fenêtres, pensa-t-elle, et elle essaya d'imaginer l'escalier en colimaçon à l'intérieur. Tout en haut de la tour, il y avait un toit conique en bois prolongé par une flèche, également en bois. L'ensemble aurait paru risible dans n'importe quelle autre construction, mais ici, à Hill House, il avait pleinement sa place. Tranquille et réjoui à la fois. Attendant, peut-être, le jour où une petite créature se glisserait par l'une des fenêtres et escaladerait la pente du toit jusqu'à la flèche pour y nouer une corde et…

« Vous allez tomber », dit Luke. Eleanor sursauta. En se ressaisissant, elle s'aperçut qu'elle avait reculé tout contre la balustrade de la galerie et se penchait en arrière.

Luke la mit en garde. « N'ayez pas trop confiance en votre équilibre dans ma charmante demeure. »

Eleanor prit une profonde inspiration. Saisie d'un vertige, elle chancela. Luke la rattrapa et la soutint tandis qu'elle s'efforçait de retrouver un sentiment de verticalité, dans ce monde où tout basculait, où les arbres et la pelouse penchaient sous un ciel qui tournoyait.

« Eleanor ? » dit la voix de Theodora, toute proche.

Elle entendit les pas du docteur qui arrivait en courant.

« Maudite maison, maugréa Luke. Il faut vraiment s'en méfier à chaque instant.

– Eleanor ? interrogea le docteur.

– Ça va mieux… J'ai levé la tête pour voir le haut de la tour et j'ai eu un étourdissement.

– Elle était complètement penchée en arrière quand je l'ai rattrapée, dit Luke.

– J'ai eu la même sensation, ce matin, dit Theodora. Une ou deux fois… L'impression de marcher sur les murs.

– Ramenez-la dans la maison, ordonna le docteur. L'effet est moins puissant à l'intérieur.

– Tout va bien, vraiment. » Très gênée, Eleanor se dirigea d'un pas qu'elle voulait assuré vers la porte d'entrée, fermée. « Je croyais que nous l'avions laissée ouverte », dit-elle avec un léger tremblement dans la voix.

Le docteur poussa le lourd battant. Le vestibule était redevenu lui-même. Toutes les portes qu'ils avaient laissées ouvertes étaient à présent bien fermées. Le docteur entra dans la salle de jeux et ils constatèrent que la porte de la salle à manger était fermée elle aussi, tandis que le petit tabouret qu'ils avaient utilisé pour la retenir était retourné à sa place contre le mur. Dans le boudoir et le grand salon, dans le fumoir et le jardin d'hiver, un spectacle identique les accueillit : portes et fenêtres closes, tentures tirées. L'ombre avait repris ses droits.

« C'est Mrs. Dudley. » Theodora suivit Luke et le docteur qui passaient rapidement d'une pièce à l'autre pour rouvrir les portes, remettant les cales, écartant de nouveau les lourdes tentures, laissant entrer par les fenêtres l'air chaud et moite du dehors. « Elle a fait la même chose hier, dès qu'Eleanor et moi avons tourné le dos. Elle préfère les fermer elle-même, plutôt que de découvrir qu'elles se sont fermées toutes seules, parce que les portes doivent être fermées, et que les fenêtres doivent être fermées, et que la vaisselle doit être rangée sur… »

Elle se mit à rire sans raison. Le docteur se tourna vers elle en fronçant les sourcils, visiblement agacé.

« Mrs. Dudley ferait mieux d'apprendre à rester à sa place, dit-il. Je les clouerai, s'il le faut, pour qu'elles restent ouvertes. » Il enfila le petit couloir qui conduisait au boudoir et ouvrit la porte avec violence. « Je ne gagnerai rien à me mettre en colère, ajouta-t-il en donnant un méchant coup de pied dans le battant.

– Un petit sherry dans le boudoir, avant d'aller déjeuner ? proposa aimablement Luke. Entrez, mesdames. »

*

« Votre soufflé était remarquable, Mrs. Dudley », dit le docteur en posant sa fourchette.

Mrs. Dudley lui accorda un bref regard avant de retourner à la cuisine avec le plat vide.

Le docteur se dérouilla les épaules et poussa un soupir de lassitude. « Après ma veille de la nuit dernière, j'ai besoin de me reposer un peu, cet après-midi. Vous aussi, Eleanor, vous feriez mieux de vous allonger pendant une heure. D'ailleurs, nous devrions peut-être tous décider de faire la sieste après le déjeuner.

– Moi, la sieste ? lança ironiquement Theodora. On se moquera de moi quand je rentrerai à la maison, mais après tout, je pourrai toujours alléguer que j'en ai pris l'habitude à Hill House.

– Nous aurons peut-être du mal à trouver le sommeil cette nuit », déclara le docteur. Un souffle glacé parcourut la tablée, ternissant l'éclat de l'argenterie et les vives couleurs de la porcelaine – un léger nuage, qui traversa la salle à manger et ramena Mrs. Dudley.

« Il est deux heures moins cinq », dit-elle.

*

Malgré sa fatigue, Eleanor ne dormit pas pendant la sieste. Allongée sur le lit de Theodora dans la chambre verte, elle bavarda avec sa compagne tandis que celle-ci se faisait les ongles, tout en évitant de s'avouer qu'elle l'avait suivie chez elle par crainte de rester seule.

« J'adore me décorer, dit Theodora en considérant sa main avec une expression attendrie. Je voudrais pouvoir me peindre de la tête aux pieds.

– Avec de la peinture dorée », suggéra Eleanor sans réfléchir. Confortablement installée, les yeux mi-clos, elle ne percevait de Theodora qu'une masse de couleur assise par terre.

« Vernis à ongles, parfum et sels de bains, récita Theodora comme si elle énumérait les villes traversées par le Nil. Et mascara. Vous ne pensez pas assez à toutes ces choses, Eleanor. »

Eleanor sourit et ferma complètement les yeux. « Pas le temps.

– Quand je me serai occupée de vous, décréta Theodora, vous serez une autre personne. Je n'aime pas la compagnie des femmes ternes. » Elle rit pour montrer à Eleanor qu'elle plaisantait, puis reprit : « Je crois que je vais vous mettre du vernis rouge sur les ongles des pieds. »

Eleanor rit à son tour et tendit son pied nu. Au bout d'un moment, presque assoupie, elle sentit l'étrange fraîcheur du pinceau sur ses ongles et frissonna.

« Je suis sûre qu'une célèbre courtisane comme vous est habituée à recevoir les soins de ses suivantes, dit Theodora. Vous avez les pieds sales. »

Troublée, Eleanor s'assit pour regarder ses pieds. Ils étaient sales, en effet. Et ses ongles, rouge vermillon. « Quelle *horreur.* » Elle avait envie de pleurer. « C'est *abominable...* » Mais, voyant l'expression qui se peignait sur le visage de Theodora, elle ne put s'empêcher de rire. « Je vais me les laver.

– Mince, alors ! s'exclama Theodora en contemplant ses propres pieds. Les miens aussi sont sales. Je vous assure, *regardez* !

– De toute façon, déclara Eleanor, je déteste qu'on me tripote.

– Vous alors, vous êtes franchement *timbrée*, dit gaiement Theodora.

– Je n'aime pas me sentir en position d'impuissance. Ma mère…

– Votre mère aurait été ravie de vous voir avec les ongles des doigts de pieds peints en rouge. C'est très joli. »

Eleanor regarda à nouveau ses pieds. « C'est abominable, répéta-t-elle. Sur *moi*, en tout cas. Je me sens ridicule.

– Entre le ridicule et l'abominable, vous êtes un peu embrouillée, dit Theodora en commençant à rassembler ses produits. Peu importe, je ne vous l'enlèverai pas. On verra bien si Luke et le docteur s'en aperçoivent.

– C'est vrai, je ne m'explique pas ce sentiment de ridicule…

– Ou d'abominable. » Theodora leva soudain vers elle un regard grave. « J'ai l'impression que vous devriez rentrer chez vous, Eleanor. »

Se moque-t-elle de moi ? se demanda Eleanor. Pense-t-elle que je n'ai pas ma place ici ?

« Je n'ai pas envie de partir », dit-elle.

Theodora détourna les yeux et lui effleura délicatement les ongles. « Le vernis est sec. Quelle idiote je suis… J'ai eu peur, tout à coup. » Elle s'étira en se levant. « Allons retrouver les autres. »

*

Appuyé contre le mur du palier du premier étage, Luke avait laissé aller sa tête contre le cadre doré d'une gravure représentant des ruines.

« Je pense sans cesse au fait que cette maison m'appartiendra un jour, disait-il, plus que je n'y pensais avant. Je n'arrête pas de me répéter qu'un jour elle sera à moi, et de me demander pourquoi. » Il désigna le long couloir. « Si seulement j'avais une passion pour les portes… Ou pour les montres dorées, ou les miniatures. Si mon désir était de me retirer dans un petit salon turc, je considérerais sans doute Hill House comme une merveille telle qu'on en trouve dans les contes de fées.

– C'est une belle maison, déclara le docteur avec conviction. On devait la juger très élégante à l'époque de sa construction. » Il se dirigea vers la grande pièce qui servait autrefois de nursery, au fond du couloir. « D'ici, nous aurons vue sur la tour. » Il frissonna en entrant et se retourna, intrigué. « Ai-je senti un courant d'air ? »

Theodora rit. « Un courant d'air ? À Hill House ? Il faudrait déjà réussir à maintenir une porte ouverte !

– Suivez-moi, dit le docteur. Un par un. »

Theodora grimaça en franchissant le seuil. « On se croirait à la porte d'un tombeau. Pourtant, il fait plutôt chaud à l'intérieur. »

Luke approcha, hésita un instant, puis se dépêcha d'avancer. Eleanor, qui venait après lui, se sentit transpercée par un froid intense. C'était comme traverser un mur de glace.

« Qu'est-ce que c'est ? » demanda-t-elle.

Le docteur arborait une mine réjouie. « Ceci vaut largement votre salon turc, mon garçon. » Il tendit la main vers le passage froid. « On ne *peut pas* expliquer ce phénomène. L'essence même d'un tombeau, comme l'a fait remarquer Theodora. Dans le presbytère de Borley, la température ne descend que de onze degrés, poursuivit-il avec une évidente satisfaction. La chute est bien plus considérable ici, à mon avis. Au cœur de la maison. »

Theodora et Eleanor s'étaient rapprochées l'une de l'autre. En dépit de la chaleur ambiante, il régnait une odeur de moisi et de renfermé, et le froid qui barrait la porte était presque tangible, visible, à l'image d'une barrière qu'il fallait franchir pour pouvoir ressortir. Derrière les fenêtres apparaissaient, toutes proches, les pierres grises de la tour. Il faisait sombre dans la pièce, et les animaux qui ornaient les murs ne dégageaient pas l'allégresse dont on entoure d'ordinaire les enfants. Au contraire, ils paraissaient emprisonnés – peut-être apparentés aux daims mis à mort sur les gravures de chasse dans la salle de jeux. Plus vaste que les autres chambres, la nursery offrait un aspect malpropre que l'on ne trouvait nulle part ailleurs à Hill House, et Eleanor songea que Mrs. Dudley, malgré son zèle et sa diligence, ne devait pas affronter la barrière de froid plus souvent que nécessaire.

Regagnant le couloir, Luke examina le tapis, puis tapota les murs en cherchant à percer le mystère de ce froid étrange.

« Cela ne *peut pas* être un courant d'air, dit-il au docteur. Il n'y a aucune fissure. À moins d'un passage secret vers le pôle Nord…

– Je me demande qui a dormi dans la nursery, enchaîna le docteur sans tenir compte de sa remarque. Pensez-vous qu'elle a été fermée après le départ des enfants ?

– Regardez. » Luke montrait du doigt deux têtes fixées au mur du couloir, de part et d'autre de la porte. Grimaçant une sorte de sourire, elles étaient sans doute censées apporter une touche naïve à l'entrée de la nursery, mais ne paraissaient pas plus gaies ni plus insouciantes que les animaux à l'intérieur. Leurs regards convergeaient sur l'endroit précis où se concentrait le froid.

« Il y a de quoi être pétrifié », commenta Luke.

Intrigué, le docteur le rejoignit.

« Ne nous laissez pas toutes seules ici. » Theodora entraîna Eleanor et elles sortirent précipitamment. En franchissant le seuil, elles eurent l'impression de recevoir une gifle, une haleine glaciale qui leur était soufflée en plein visage.

Theodora tira la langue aux deux têtes. « C'est l'endroit idéal où mettre votre bière au frais.

– Je dois consigner tout ceci par écrit, dit le docteur, ravi.

– Ce froid n'est pas vraiment… *neutre*, dit Eleanor en cherchant ses mots. Il paraît *délibéré*. Comme s'il voulait infliger un choc désagréable.

– Ce sont sans doute les têtes qui… » Laissant sa phrase en suspens, le docteur se mit à quatre pattes et tâta le plancher. « Un mètre-ruban, continua-t-il en se parlant à lui-même, un thermomètre, de la craie pour tracer le contour. Le froid augmente peut-être avec la nuit… Tout est toujours pire, reprit-il à l'intention d'Eleanor, quand on se croit observé. »

Luke alla fermer la porte de la nursery en frissonnant, puis sauta pour rejoindre ses compagnons, comme s'il espérait être épargné par le terrible froid si ses pieds ne touchaient pas le sol. À présent que la porte masquait le peu de lumière provenant du dehors, ils s'aperçurent soudain qu'il faisait beaucoup plus sombre.

Theodora n'avait pas l'air rassuré. « Descendons dans notre petit boudoir. Je sens les collines qui se rapprochent.

– Il est cinq heures passées, dit Luke. L'heure du cocktail… Docteur, me permettrez-vous à nouveau de vous le préparer ce soir ?

– Trop de vermouth », marmonna le docteur. Il les suivit en se retournant plusieurs fois pour regarder la porte de la nursery.

*

« Je propose que nous allions prendre le café dans notre petit boudoir, dit le docteur en posant sa serviette après le dîner. Je trouve ce feu extrêmement agréable. »

Theodora eut un petit rire. « Puisque Mrs. Dudley est partie, si nous en profitions pour ouvrir toutes les portes, toutes les fenêtres, et enlever ce qu'il y a sur les étagères ?

– La maison semble différente quand elle n'est pas là », dit Eleanor.

Luke acquiesça d'un hochement de tête. « Plus vide. » Il était en train de disposer les tasses sur un plateau, tandis que le docteur calait déjà les portes. « Chaque soir, reprit Luke, je prends tout d'un coup conscience que nous sommes seuls ici, tous les quatre.

– Côté compagnie, pourtant, Mrs. Dudley ne présente pas tellement d'intérêt. C'est drôle, ajouta Eleanor en regardant la table du dîner, je ne l'apprécie pas plus que vous tous, mais ma mère ne m'aurait *jamais* permis de me lever et de laisser la table dans cet état jusqu'au matin.

– Si elle tient à partir avant la nuit, dit Theodora, il faut bien qu'elle débarrasse le matin. En tout cas, ce n'est *sûrement* pas moi qui vais le faire.

– C'est moche d'abandonner une table aussi sale.

– Vous ne sauriez même pas sur quelles étagères ranger la vaisselle. Et de toute façon, elle la relaverait pour enlever les traces de vos doigts.

– Si je mettais juste les couverts à tremper… »

Theodora la prit par la main. « Vous avez envie de vous retrouver dans cette cuisine pleine de portes, toute seule ?

– Non, répondit Eleanor en posant la poignée de fourchettes qu'elle avait rassemblées. Non, vraiment pas. » Gênée, elle s'attarda pour jeter un dernier coup d'œil à la table, aux serviettes chiffonnées et aux taches de vin qui souillaient la nappe à la place de Luke, puis secoua la tête. « Mais je ne sais pas ce que ma mère dirait.

– Venez, dit Theodora. Ils ont laissé les lumières allumées pour nous. »

Un feu clair brillait dans le petit boudoir. Theodora s'assit à côté du plateau du café, tandis que Luke prenait le brandy dans le placard où il l'avait soigneusement rangé la veille.

« Nous devons à tout prix garder notre bonne humeur, dit-il. Docteur, je vous défie de nouveau aux échecs, ce soir ! »

Avant le dîner, ils avaient pillé le rez-de-chaussée pour réunir des fauteuils plus confortables et des lampes convenables, et ils étaient parvenus à transformer leur petit boudoir en une pièce qui était, de loin, la plus agréable de toute la maison.

« Hill House se montre vraiment très gentille avec nous, dit Theodora en tendant une tasse de café à Eleanor. Pas de vaisselle à faire pour Eleanor, une charmante soirée en plaisante compagnie, et l'espoir de revoir le soleil demain matin. »

Eleanor prit place dans un fauteuil moelleux et rembourré à souhait. « Nous devrions organiser notre pique-nique.

– Je sens que je vais devenir grasse et paresseuse à Hill House », continua Theodora.

Eleanor était troublée par l'insistance avec laquelle Theodora ne cessait de répéter « Hill House ». Délibérément, pensa-t-elle, comme pour signifier à la maison qu'elle connaît son nom. Pour l'appeler et lui dire où nous sommes. Est-ce de la provocation ?

« Hill House, Hill House, Hill House », murmura Theodora en lui souriant.

Luke s'adressa à Theodora avec déférence. « Puisque vous êtes une *vraie* princesse, parlez-moi de la situation politique de votre pays.

– Terriblement instable, répondit Theodora. Je me suis enfuie parce que mon père – qui, bien entendu, est le roi – veut me donner en mariage à Michael le Noir, le prétendant au trône. Évidemment, je ne supporte pas la vue de Michael le Noir. Il porte une boucle d'oreille en or et bat ses domestiques avec une cravache.

– Que voilà un pays instable, en effet, dit Luke. Comment avez-vous réussi à vous enfuir ?

– Je me suis cachée dans un chariot de foin, déguisée en laitière, et j'ai passé la frontière grâce à des faux papiers que je m'étais fabriqués moi-même dans la cabane d'un bûcheron.

– Et Michael le Noir va sans doute s'approprier le pays par un coup d'État ?

– Sans aucun doute. Quant à moi, je le lui laisse volontiers. »

Eleanor les observait en sirotant son café. On se croirait dans la salle d'attente d'un dentiste, pensa-t-elle, à écouter les autres patients qui se donnent un air bravache. Mais chacun sait que, tôt ou tard, il se retrouvera sur le fauteuil. S'apercevant soudain que le docteur se tenait tout près d'elle, elle leva les yeux vers lui avec un sourire mal assuré.

« Nerveuse ? » demanda-t-il

Elle acquiesça. « Je me demande ce qui va se passer…

– Moi aussi. » Le docteur approcha un siège. « Vous avez l'impression que quelque chose – sans pouvoir définir quoi exactement – va arriver bientôt ?

– Oui. Tout semble attendre…

– Et eux, dit le docteur en indiquant du menton Theodora et Luke qui riaient, ils affrontent ça *à leur façon*. Je suis curieux de savoir ce que la maison va nous faire. Il y a un mois, je n'y aurais pas cru… Être assis ici avec vous trois. J'en rêve depuis longtemps. »

Lui, il ne la nomme pas, remarqua Eleanor.

« Vous pensez que nous avons raison de rester ? interrogea-t-elle.

– Raison ? Je pense que nous sommes tous incroyablement fous de rester. Je pense qu'une ambiance comme celle-ci peut révéler les failles, les défauts et les fragilités de chacun d'entre nous et nous démolir en quelques jours. Nous n'avons qu'un seul moyen de nous défendre : la fuite. Au moins, elle ne pourra pas nous *poursuivre*, n'est-ce pas ? Quand nous nous sentirons en danger, nous partirons, exactement comme nous sommes arrivés. » Pince-sans-rire, il ajouta : « Un peu plus vite.

– Mais nous sommes avertis, dit Eleanor. Et puis nous sommes quatre.

– J'ai déjà abordé le sujet avec Luke et Theodora. Promettez-moi absolument que vous partirez, le plus vite possible, si vous commencez à vous sentir sous l'emprise de la maison.

– C'est promis », répondit Eleanor en souriant. Il essayait de la réconforter, et elle lui en était reconnaissante. « Mais tout va bien, dit-elle. Vraiment, tout va très bien.

– Je n'hésiterai pas le moins du monde à vous renvoyer si cela semble nécessaire. » Il se leva. « Luke ? Si vous voulez bien nous excuser, mesdames… »

Ils installèrent les pièces sur l'échiquier. Theodora errait dans le boudoir, sa tasse à la main. Comme un animal inquiet, songea Eleanor, avec tous les sens en alerte. Elle est incapable de rester calmement assise tant qu'il flotte la moindre odeur suspecte dans l'air. Nous sommes tous anxieux.

« Venez vous asseoir près de moi », lui dit-elle.

Theodora s'approcha gracieusement, tel un chien qui tourne en rond avant de se coucher, puis s'installa dans le fauteuil que le docteur venait de quitter et appuya sa tête au dossier avec lassitude. Comme elle est jolie, pensa Eleanor. Insouciante, heureuse et jolie.

« Vous êtes fatiguée ? »

Theodora la regarda et sourit. « Je n'en peux plus d'attendre.

– Je me disais précisément que vous aviez l'air très détendue.

– Et *moi*, je me revois partir pour venir ici – quand était-ce donc ? avant-hier ? – et je me demande comment j'ai pu faire une chose pareille. J'ai sans doute envie de retrouver mon chez-moi.

– Déjà ?

– Imaginez un peu… Si Hill House était votre maison, est-ce qu'elle vous manquerait ? Vous croyez que les deux petites filles ont pleuré quand on les a arrachées à leur vilaine maison toute noire ?

– Moi, on ne m'a jamais arrachée à nulle part, répondit Eleanor. Je ne connais donc pas ce genre de nostalgie.

– Et maintenant ? Votre petit appartement ? »

Eleanor contemplait le feu. « Peut-être… Mais je ne l'ai pas depuis assez longtemps pour croire véritablement qu'il est à moi.

– Moi, je voudrais mon lit », grommela Theodora.

La voilà qui se remet à bouder, songea Eleanor. Dès qu'elle a faim ou qu'elle est fatiguée ou qu'elle s'ennuie, elle devient un bébé.

« J'ai sommeil, dit Theodora.

– Il est onze heures passées. » Au moment où Eleanor se tournait pour jeter un coup d'œil aux joueurs d'échecs, le docteur poussa un cri de triomphe et Luke éclata de rire.

« Que dites-vous de ça, hein ? lança le docteur.

– Très belle victoire, je l'avoue, reconnut Luke en rassemblant les pièces pour les ranger dans leur boîte. Quelqu'un verrait-il une objection à ce que je monte une goutte de brandy dans ma chambre ? Pour m'aider à m'endormir. Ou pour avoir un petit remontant sous la main, au choix. En fait, j'ai l'intention de lire un peu, ajouta-t-il en souriant à Theodora et Eleanor.

– Vous lisez toujours *Pamela* ? demanda Eleanor au docteur.

– J'en suis au deuxième tome. Il m'en reste encore trois, après quoi je pense que je commencerai *Clarissa*. Luke, si vous souhaitez m'emprunter…

– Non merci, répondit vivement Luke. J'ai une valise remplie de romans policiers. »

Le docteur inspecta la pièce du regard. « Voyons… Le feu est couvert, les lumières sont éteintes. Nous laisserons les portes ouvertes pour que Mrs. Dudley puisse les refermer demain matin. »

Fatigués, les uns derrière les autres, ils gravirent l'escalier en éteignant les lampes sur leur passage.

« À propos… Vous avez tous une lampe de poche ? » demanda le docteur.

Ils acquiescèrent, trop impatients de dormir pour se soucier des vagues d'obscurité qui montaient derrière eux dans le grand escalier de Hill House.

« Bonne nuit tout le monde, dit Eleanor en ouvrant la porte de la chambre bleue.

– Bonne nuit, dit Luke.

– Bonne nuit, dit Theodora.

– Bonne nuit, dit le docteur. Dormez bien. »

*

« J'arrive, Maman, j'arrive, dit Eleanor en cherchant à tâtons l'interrupteur de sa lampe de chevet. Tout va bien, j'arrive.

– *Eleanor*, entendit-elle. *Eleanor*.

– J'arrive ! s'écria-t-elle avec irritation. Une minute !

– Eleanor ? »

Soudain, elle pensa : *Je suis à Hill House*. Le choc fut si violent qu'elle s'éveilla complètement et se leva, saisie de frissons.

« Quoi ? cria-t-elle. Qu'y a-t-il ? Theodora ?

– Eleanor ? Ici !

– J'arrive. »

Pas le temps d'allumer. Elle accrocha une table au passage, s'étonna du bruit que celle-ci faisait en tombant, et se précipita pour ouvrir la porte de la salle de bains. Ce n'est pas la table, se dit-elle. C'est ma mère qui frappe sur le mur. Heureusement, il y avait de la lumière dans la chambre de Theodora. Et Theodora était assise dans son lit, les cheveux ébouriffés, les yeux encore grands ouverts sous l'effet du choc qui l'avait tirée du sommeil. Je dois avoir la même tête, pensa Eleanor.

« Je suis là, dit-elle. Qu'y a-t-il ? » C'est alors qu'elle entendit le bruit, distinctement, bien qu'elle n'eût pas cessé de l'entendre depuis qu'elle s'était réveillée. « Qu'est-ce que c'est ? » chuchota-t-elle.

Lentement, elle s'assit au pied du lit de Theodora, surprise de constater en elle-même une sorte de calme. Voyons, voyons… Ce n'est qu'un bruit, et un froid, un froid terrible. C'est un bruit dans le couloir, tout au fond, près de la porte de la nursery, et un froid de glace. Ce n'est pas ma mère qui frappe sur le mur.

« Il y a quelque chose qui cogne sur les portes, dit Theodora avec une parfaite lucidité.

– Rien de plus. Et c'est à l'autre bout du couloir. Luke et le docteur sont sans doute déjà allés voir. » Ce n'est pas du tout ma mère qui frappe au mur. J'étais encore en train de rêver.

« Boum, boum, fit Theodora.

– Boum », répéta Eleanor en pouffant. Je suis calme, se disait-elle. Mais j'ai tellement froid ! Ce sont seulement des coups contre les portes. De quoi avais-je donc si peur ? « Boum », c'est le meilleur mot pour décrire ce bruit. Un bruit comme en font les enfants. Pas les mères, quand elles appellent à l'aide en frappant sur le mur. De toute façon, Luke et le docteur sont là-bas.

Est-ce cela qu'on décrit comme un frisson glacé vous parcourant le dos ? C'est extrêmement déplaisant. Une vague qui naît dans le ventre, puis monte en tournoyant et ensuite redescend, comme quelque chose de vivant. Oui, quelque chose de vivant.

« Theodora… » Elle ferma les yeux, serra les dents et s'enveloppa de ses deux bras. « Ça se rapproche.

– Ce n'est qu'un bruit, dit Theodora en venant s'asseoir tout contre elle. Avec un écho. »

Des coups qui rendaient un son creux, pensa Eleanor. Comme si on maniait un objet en fer, une bouilloire, un pied-de-biche ou un gant. À un rythme régulier, d'abord, puis plus lent, puis accéléré, en procédant méthodiquement le long du couloir. Elle crut entendre les voix lointaines de Luke et du docteur qui appelaient quelque part au rez-de-chaussée. *Mais alors, ils ne sont pas ici en haut avec nous !* À ce moment-là, le fer s'abattit violemment contre une porte, tout près.

« Peut-être que cela descendra vers le vestibule », murmura Theodora.

Ce qu'il y avait de plus étrange dans cette indescriptible expérience, de l'avis d'Eleanor, c'est que Theodora la vivait elle aussi.

« Non… » fit Theodora. Le bruit ébranla la porte juste en face. Plus fort que jamais, assourdissant. Puis il passa à la chambre voisine. Progressait-il en zigzag, d'un côté à l'autre du couloir ? Avait-il des pieds pour marcher sur le tapis ? Une main ? Eleanor se leva d'un bond et alla se jeter contre la porte, les deux mains à plat sur le bois.

« Allez-vous-en ! hurla-t-elle farouchement. Allez-vous-en ! »

Soudain, ce fut le silence. C'est malin, pensa Eleanor, en appuyant son visage contre le battant. Il cherchait une chambre qui fût occupée.

Un froid mordant s'insinuait dans la pièce, jusqu'à l'envahir tout entière. N'importe qui aurait cru les habitants de Hill House plongés dans le plus doux des sommeils, tant le silence était profond. Theodora se mit soudain à claquer des dents, au point qu'Eleanor fit une brusque volte-face

« Quel gros bébé, dit-elle en riant.

– J'ai froid. Je meurs de froid.

– Moi aussi. »

Empoignant l'édredon vert, Eleanor le jeta autour des épaules de Theodora. Puis elle s'enveloppa dans le peignoir de sa compagne. « Vous avez plus chaud, maintenant ?

– Où est Luke ? Où est le docteur ?

– Je ne sais pas. Vous vous réchauffez ?

– Non. » Theodora frissonna.

« Je vais sortir dans le couloir et les appeler. Est-ce que vous… »

Le bruit recommença. À croire qu'il s'était interrompu pour écouter, pour entendre leurs voix et leurs paroles, pour les identifier. Pour évaluer, aussi, si elles étaient prêtes à se défendre ou si elles avaient peur. Avec une brutalité telle qu'Eleanor se rua vers le lit et que Theodora laissa échapper un petit cri, la masse de fer s'abattit contre leur porte. Elles levèrent les yeux avec effroi : les coups étaient frappés à une hauteur que ni le docteur, ni même Luke, n'aurait pu atteindre, et ce qui se trouvait de l'autre côté de la porte soufflait dans la chambre un froid à donner la nausée.

Parfaitement immobile, Eleanor gardait les yeux rivés sur la porte. Elle ne savait pas très bien que faire, même si elle se sentait encore capable de penser de façon cohérente : elle n'était pas anormalement effrayée – en tout cas, pas plus qu'elle ne l'aurait été dans ses pires cauchemars. Le froid la troublait davantage que le bruit. Le peignoir de Theodora, pourtant douillet, ne pouvait lutter contre les doigts de glace qui lui agrippaient la nuque et le dos. La réaction la plus intelligente, celle que recommanderait le docteur dans le cadre d'une étude scientifique, consisterait peut-être à ouvrir la porte. Mais Eleanor savait pertinemment que, même si ses pieds acceptaient de la conduire jusque-là, sa main refuserait d'attraper la poignée. Une voix impartiale, détachée, lui disait au fond d'elle-même qu'aucune main ne voudrait toucher cette poignée, que les mains n'étaient pas faites pour ce genre de travail. Du moins ne reculait-elle plus en chancelant, à mesure que la violence des coups retombait peu à peu.

« J'irai voir le concierge pour me plaindre des radiateurs, dit Theodora dans son dos. Ça s'arrête ?

– Non, répondit Eleanor, le cœur au bord des lèvres. Non… »

Cette *chose* les avait trouvées. Et, puisque Eleanor n'ouvrait pas la porte, elle entrerait par ses propres moyens.

« Je comprends maintenant pourquoi les gens crient, dit Eleanor, parce que je crois que je vais crier.

– Si vous criez, je crie aussi. » Puis Theodora rit, et Eleanor courut vers le lit où elles s'étreignirent en silence, l'oreille tendue. Elles entendaient des frôlements autour de la porte, des petits bruits inquisiteurs, des attouchements sur le chambranle, comme si l'on cherchait à trouver une faille par où s'infiltrer. La poignée s'agita légèrement.

« C'est fermé à clé ? » souffla Eleanor.

Theodora acquiesça et, les yeux écarquillés, se tourna vers la salle de bains.

« Ma chambre aussi est fermée », lui chuchota Eleanor à l'oreille. Theodora soupira de soulagement.

Les furtives palpations continuaient, puis, comme si ce qui était à l'extérieur perdait brusquement patience, un énorme coup s'abattit de nouveau sur la porte. Eleanor et Theodora virent trembler le battant qui sembla prêt à sortir de ses gonds.

« Vous ne pourrez pas entrer ! » cria Eleanor, éperdue.

De nouveau, le silence se fit. Comme si la maison écoutait attentivement ses paroles, les comprenait, et, pour l'instant, feignait de consentir. Un rire ténu leur parvint, tel un souffle d'air chuchotant dans la chambre, le ricanement contenu d'un fou. Eleanor l'entendit qui montait et descendait le long de son dos. Puis, empli d'une intense jubilation, il s'éloigna en tourbillonnant dans la maison tout entière. C'est alors qu'elle entendit Luke et le docteur les appeler depuis l'escalier, et, Dieu merci, ce fut enfin terminé.

Une fois le vrai silence rétabli, Eleanor lâcha sa compagne. Elle haletait, les membres raides et douloureux.

« Nous nous sommes cramponnées l'une à l'autre comme deux gamines égarées, dit Theodora en détachant ses mains du cou d'Eleanor. Vous avez mis mon peignoir.

– J'avais oublié le mien. Est-ce vraiment fini ?

– Pour ce soir, en tout cas, déclara Theodora sans la moindre hésitation. Vous ne sentez pas que vous avez chaud de nouveau ? »

L'abominable froid avait en effet disparu. Il n'en restait qu'une vague réminiscence, un picotement dans le dos d'Eleanor lorsqu'elle regardait la porte. Elle dénoua la cordelière du peignoir de Theodora qu'elle avait serrée autour de sa taille.

« Le froid intense est un des symptômes de l'état de choc, dit-elle.

– L'état de choc intense est un des symptômes que je ressens, répliqua Theodora. Voilà Luke et le docteur. »

Leurs voix approchaient dans le couloir, anxieuses et empressées. Eleanor jeta le peignoir de Theodora sur le lit. « Pour l'amour du ciel, ne les laissez pas frapper à cette porte ! Si j'entends encore le moindre coup, je ne m'en remettrai pas ! » Et elle courut dans sa chambre pour y prendre son propre peignoir, tandis que Theodora priait les deux autres de patienter, leur ouvrait la porte, et que Luke lançait : « Ma parole, on croirait que vous avez vu un fantôme. »

En retournant dans la chambre de Theodora, Eleanor remarqua que Luke et le docteur étaient habillés. Elle se dit que ce n'était peut-être pas une mauvaise idée : si ce terrible froid revenait pendant la nuit, il la trouverait endormie avec une jupe de laine et un épais chandail. Peu importait la réaction de Mrs. Dudley lorsqu'elle découvrirait qu'une des deux invitées au moins se couchait dans des draps propres avec de grosses chaussures et des chaussettes de laine.

« Alors, messieurs ? dit-elle. Vous aimez vivre dans une maison hantée ?

– C'est parfait, répondit Luke. J'y trouve un excellent prétexte pour boire au milieu de la nuit. »

Il avait apporté la bouteille de brandy et des verres, et Eleanor songea qu'ils devaient former un petit groupe charmant, tous les quatre, installés à quatre heures du matin dans la chambre de Theodora pour boire du brandy. Ils parlaient avec un débit rapide et se lançaient les uns aux autres de petits coups d'œil à la dérobée, chacun se demandant quelle secrète terreur s'était emparée des autres, guettant un changement sur les visages ou dans les gestes, une faiblesse dont l'aveu risquait d'abattre tout l'édifice.

« Il est arrivé quelque chose ici pendant que nous étions dehors ? » interrogea le docteur.

Eleanor et Theodora échangèrent un regard et s'esclaffèrent – parfaitement détendues, à présent, sans plus aucune trace de peur ou d'hystérie. Theodora répondit avec une prudente retenue : « Rien de particulier. Quelqu'un est venu frapper à ma chambre avec un boulet de canon, puis a voulu entrer pour nous dévorer et, voyant que nous refusions d'ouvrir, est parti dans un immense éclat de rire. Bref, rien d'extraordinaire. »

Intriguée, Eleanor se leva et alla ouvrir la porte. « J'ai cru que le bois allait éclater en mille morceaux, dit-elle, stupéfaite, et il n'y a même pas une égratignure. Les autres portes aussi sont intactes. »

Theodora tendit son verre pour que Luke le remplisse. « Quelle chance qu'il n'y ait eu aucun dommage. J'en serais désolée pour cette chère vieille maison. » Elle sourit à Eleanor. « Notre petite Nellie a bien failli hurler.

– Vous aussi.

– Pas du tout. Je l'ai prétendu seulement pour vous accompagner. D'ailleurs, Mrs. Dudley nous a prévenus qu'elle ne viendrait pas. Et *vous*, les hommes ? Où étiez-vous au lieu d'assurer notre défense ?

– Nous poursuivions un chien, dit Luke. Ou du moins un animal qui ressemblait à un chien. » Il s'interrompit, puis reprit à contrecœur : « Il nous a entraînés dehors. »

Theodora ouvrit de grands yeux, et Eleanor s'écria : « Vous voulez dire qu'il était *à l'intérieur* ?

– Je l'ai vu passer devant ma porte, expliqua le docteur. Une ombre furtive qui a disparu au fond du couloir... J'ai réveillé Luke et nous l'avons suivi dans l'escalier, puis dans le jardin. Nous l'avons perdu de vue quelque part derrière la maison.

– La porte d'entrée était ouverte ?

– Non, dit Luke. Elle était fermée. Et toutes les autres portes aussi, nous avons vérifié.

– Nous avons erré pendant pas mal de temps, raconta le docteur. Nous ne nous doutions absolument pas que vous étiez éveillées, et puis nous avons entendu vos voix. » Plus grave, il ajouta : « Il y a une chose que nous n'avons pas encore envisagée. »

Ils tournèrent vers lui des regards perplexes. Prenant son air professoral, il expliqua en comptant sur ses doigts : « Premièrement, Luke et moi avons été réveillés plus tôt que vous, mesdames. Nous avons passé deux bonnes heures à poursuivre... un courant d'air, si vous me permettez l'expression. Deuxièmement, ni l'un ni l'autre (il interrogea Luke du regard) n'avons entendu le moindre bruit ici. Tout était parfaitement paisible. En d'autres termes, ce qui a cogné à votre porte n'était pas audible pour nous. Lorsque nous avons renoncé à nos recherches et que nous sommes remontés, nous l'avons sans doute fait fuir. Et à présent que nous sommes réunis, tout est calme.

– Je ne vois toujours pas où vous voulez en venir, dit Theodora, les sourcils froncés.

– Nous devons nous méfier.

– De quoi ?

– Si Luke et moi sommes appelés dehors, tandis que vous restez toutes les deux prisonnières à l'intérieur, ne semblerait-il pas… » Le docteur termina sa phrase avec le plus grand sérieux. « Ne semblerait-il pas que l'on cherche à nous séparer ? »

5

Dans la chambre bleue de Hill House, qui semblait presque égayée par le clair soleil du matin, Eleanor songea en se regardant dans le miroir : c'est mon deuxième jour ici, et je suis incroyablement heureuse. Les voyages s'achèvent quand les amants se rencontrent. Je n'ai presque pas dormi de la nuit, j'ai menti, je me suis ridiculisée, et un parfum d'ivresse flotte dans l'air. J'ai bien failli mourir de frayeur, mais cette joie, d'une certaine manière, je la mérite. Je l'attends depuis si longtemps… Oubliant qu'elle avait cru toute sa vie que le bonheur s'évanouissait dès qu'on le nommait, elle se souriait à elle-même. Tu es heureuse, Eleanor, tu as finalement reçu une part du bonheur auquel tu as droit. Elle se détourna un instant en répétant tout bas : Les voyages s'achèvent quand les amants se rencontrent. Quand les amants se rencontrent.

« Luke ? cria Theodora dans le couloir. Vous avez emporté un de mes bas hier soir ! Vous êtes un voleur et une fripouille, et j'espère que Mrs. Dudley m'entend. »

La voix lointaine de Luke répondit qu'un gentleman était tout à fait autorisé à conserver les faveurs qui lui avaient été octroyées par une dame ; et qu'il était absolument certain que Mrs. Dudley ne perdait pas un mot de cette conversation.

« Eleanor ? » Theodora frappait maintenant à la porte de la salle de bains. « Vous êtes réveillée ? Je peux entrer ?

– Mais oui, bien sûr. » Eleanor ne quittait pas des yeux son reflet dans le miroir. Tu l'as mérité, songeait-elle. Tu as passé ta vie entière à le gagner.

Theodora ouvrit la porte. « Oh, Nell ! Comme vous êtes jolie, ce matin ! s'exclama-t-elle joyeusement. Cette étrange vie vous va bien. »

Eleanor lui sourit. Cette vie allait bien à Theodora aussi.

« Nous devrions arborer de grands cernes noirs sous les yeux et un air affreusement désespéré, déclara Theodora en rejoignant Eleanor devant le miroir et en l'enlaçant d'un bras. Et regardez-nous ! Nous sommes fraîches comme deux boutons de rose !

– J'ai trente-quatre ans, dit Eleanor, et elle se demanda par quelle obscure bravade elle se vieillissait ainsi de deux ans.

– Et vous en paraissez à peu près quatorze. Venez, nous avons bien mérité notre petit déjeuner. »

Elles dévalèrent l'escalier en riant et trouvèrent le chemin de la salle à manger, derrière la salle de jeux.

« Bonjour ! lança Luke. Comment avez-vous dormi ?

– Merveilleusement bien, merci, dit Eleanor. Comme un bébé.

– Un peu bruyant, peut-être..., dit Theodora, mais il faut s'y attendre dans ces vieilles maisons. Docteur, quel est le programme ce matin ?

– Mmm ? » fit le docteur en levant la tête. Il était le seul à avoir l'air fatigué. Pourtant, ses yeux brillaient autant que ceux des autres. Tout le monde s'amuse bien ici, pensa Eleanor. C'est excitant.

« Le manoir de Ballechin, dit le docteur, visiblement ravi. Le presbytère de Borley. Le château de Glamis. C'est incroyable de faire soi-même de telles expériences, absolument incroyable. Jamais je n'aurais *imaginé* vivre cela. Je commence tout doucement à comprendre le plaisir extrême que peut ressentir un médium. Passez-moi la confiture, s'il vous plaît. Merci. Ma femme ne me croira jamais. Vous n'avez pas l'impression que les aliments prennent une saveur nouvelle ?

– Ce n'est donc pas simplement que Mrs. Dudley s'est surpassée ? dit Luke. Je me posais la question…

– J'essaie de me rappeler, dit Eleanor. Hier soir… Je *savais* que j'étais effrayée, mais je ne me souviens pas d'avoir eu *vraiment* peur. »

Theodora frissonna. « Moi, j'éprouve encore le froid.

– C'est parce que tout était tellement irréel, par rapport aux schémas de pensée auxquels je suis habituée. Je veux dire, cela n'avait vraiment *aucun* sens. » Eleanor se tut, gênée, et se mit à rire.

« Je suis d'accord, déclara Luke. Depuis ce matin, je ne cesse de me *remémorer* les événements de la nuit. C'est l'inverse d'un cauchemar, finalement, dont on doit se convaincre au réveil que ce n'était *pas vrai*.

– J'ai trouvé ça excitant », dit Theodora.

Le docteur leva un doigt circonspect. « Il est toujours possible que tout cela soit causé par des eaux souterraines.

– Dans ce cas, on devrait construire davantage de maisons sur des sources secrètes », répliqua Theodora.

Le docteur plissa le front. « Cette excitation me préoccupe. C'est assez grisant, bien sûr, mais n'y a-t-il pas là un danger ? Ne serait-ce pas un effet de Hill House ? Le signe que nous sommes “envoûtés”, comme on dit ?

– Alors, je serai une princesse enchantée, dit Theodora.

– Et pourtant, fit remarquer Luke, si ce qui est arrivé cette nuit est représentatif de Hill House, nous n'avons pas trop à nous inquiéter. C'était certainement assez effrayant, et fort désagréable, mais je ne me rappelle pas m'être senti en danger *physiquement*. Et même quand Theodora a dit que ce qui se tenait derrière sa porte était venu pour la dévorer, cela ne m'a pas paru très…

– Je sais ce qu'elle voulait dire, interrompit Eleanor, et j'ai pensé que c'était exactement le mot juste. Cette chose voulait nous consommer, nous absorber en elle, nous intégrer à la maison, peut-être… Oh, zut. Je croyais avoir les idées claires, mais je suis incapable d'expliquer.

– Il n'y a aucun danger physique, affirma le docteur. Aucun fantôme, dans les innombrables histoires que l'on connaît, n'a causé le moindre tort physique à qui que ce soit. Les seuls dommages sont ceux que la victime se cause à elle-même. On ne peut même pas prétendre que les fantômes s'en prennent à l'esprit, car l'esprit conscient, l'esprit qui pense, est invulnérable. Dans aucun de nos quatre esprits conscients, nous ne croyons aux fantômes. Même après la nuit que nous venons de passer, personne ici ne peut prononcer sérieusement le mot "fantôme". Non, le véritable danger du surnaturel est qu'il s'attaque au point le plus faible de nos esprits modernes, là où nous avons abandonné les superstitions qui nous servent d'armure, de protection, sans les remplacer par un autre moyen de défense. Aucun d'entre nous ne pense rationnellement que ce qui courait dans le jardin hier soir était un fantôme, pas plus que ce qui frappait à votre porte. Cependant, *quelque chose* s'est indubitablement produit à Hill House cette nuit et le refuge instinctif de l'esprit – à savoir la possibilité de douter de lui-même – est éliminé : nous ne pouvons pas soutenir que c'était le fruit de notre imagination, puisque trois autres personnes en ont été témoins.

– Mais je pourrais soutenir, par exemple, que vous êtes tous les trois le fruit de mon imagination, intervint Eleanor en souriant, et que rien de tout ceci n'est réel.

– Si telle était votre conviction, répondit gravement le docteur, je vous renverrais ce matin même. Vous seriez dans un état d'esprit qui menacerait de vous pousser à une totale et dangereuse adhésion avec les bizarreries de Hill House.

– En d'autres mots, il vous jugerait timbrée, ma petite Nell.

– Vous auriez raison, dit Eleanor. Si j'en venais à prendre le parti de Hill House contre vous trois, j'espère bien que vous me renverriez ! » Pourquoi moi, se demanda-elle, pourquoi moi ? Suis-je la conscience publique ? Faut-il que j'exprime toujours en clair ce que les autres sont trop orgueilleux pour admettre ? Suis-je censée être la plus faible ? Plus faible que Theodora ? De nous tous, je suis certainement celle qui risque le moins de lâcher les autres.

« Les poltergeists sont un phénomène d'un tout autre ordre, poursuivit le docteur en laissant son regard s'attarder sur Eleanor. Ils ne touchent qu'au monde physique, au contraire. Des pierres sont jetées, des objets déplacés, des assiettes brisées. Mrs. Foyster, au presbytère de Borley, les a longtemps supportés, jusqu'au jour où elle a fini par perdre la boule lorsque sa plus belle théière a été lancée par la fenêtre. Les poltergeists constituent l'échelon le plus bas de la hiérarchie surnaturelle. Ils sont destructeurs, mais dépourvus d'intelligence ou de volonté. Une force non dirigée, rien de plus. Vous souvenez-vous, ajouta-t-il avec un petit sourire, de la charmante histoire d'Oscar Wilde, *Le Fantôme de Canterville* ?

– L'histoire de ces jumeaux américains qui viennent à bout d'un vieux fantôme anglais, dit Theodora.

– C'est cela. Je me suis toujours plu à penser que ces jumeaux étaient en fait un phénomène de poltergeist. Il est certain que les poltergeists peuvent éclipser toutes sortes de manifestations plus intéressantes. Les mauvais fantômes chassent les bons. » Il se frotta les mains, amusé. « Ils chassent le reste, aussi. Il existe en Écosse un manoir infesté de poltergeists, où dix-sept incendies spontanés ont éclaté en un seul jour. Les poltergeists aiment à jeter les gens à bas de leur lit en renversant tout bonnement le lit, et je me rappelle le cas d'un pasteur qui a été forcé de déménager parce qu'il était tourmenté jour après jour par un esprit qui lui lançait à la tête des missels volés dans une église rivale. »

Subitement, sans raison, Eleanor sentit un rire monter en elle. Elle avait envie de courir au bout de la table et de serrer le docteur dans ses bras, elle avait envie de virevolter sur la pelouse en faisant des vocalises, elle avait envie de chanter, de crier à tue-tête, d'écarter les bras et de danser en rond dans toutes les pièces de Hill House. Je suis là, je suis là ! pensa-t-elle. Elle ferma un instant les yeux sur ce sentiment délicieux.

« Qu'allons-nous faire aujourd'hui ? demanda-t-elle ensuite au docteur, d'un air faussement réservé.

– Vous n'êtes que des enfants, répondit-il en souriant. Vous me demandez toujours de trouver à vous occuper. Vous ne pouvez pas vous amuser avec vos jouets ? Ou bien jouer ensemble ? *Moi*, j'ai du travail.

– Ce dont j'ai *vraiment* envie, dit Theodora, qui se sentait elle aussi d'humeur folâtre, c'est de descendre la rampe de l'escalier à califourchon.

– Une partie de cache-cache, proposa Luke.

– Ne vous séparez pas trop les uns des autres, dit le docteur. Je n'ai pourtant aucune bonne raison de vous mettre en garde, mais je crois que ce serait plus prudent.

– Parce qu'il y a des ours dans les bois, dit Theodora.

– Et des tigres au grenier, dit Eleanor.

– Une vieille sorcière dans la tour, et un dragon dans le grand salon.

– Je suis très sérieux, dit le docteur en riant.

– Il est dix heures. Je débarrasse à…

– Bonjour, Mrs. Dudley, dit le docteur, tandis qu'Eleanor, Theodora et Luke, renversés en arrière, ne pouvaient se retenir de rire.

– Je débarrasse à dix heures.

– Nous ne vous retarderons pas longtemps. Accordez-nous un quart d'heure, je vous prie.

– Je débarrasse le petit déjeuner à dix heures. Je sers le déjeuner à une heure. Le dîner, à six heures. Il est dix heures.

– Mrs. Dudley… », commença le docteur d'un ton sévère. Puis, voyant le visage de Luke déformé par un fou rire silencieux, il n'y tint plus et leva sa serviette pour se cacher les yeux. « Vous pouvez débarrasser, Mrs. Dudley », dit-il en hoquetant.

L'écho hilare de leurs voix roula dans les couloirs de Hill House, jusqu'à la statue de marbre du grand salon, jusqu'à la nursery, jusqu'à l'étrange sommet de la tour, tandis qu'ils se dirigeaient vers leur boudoir et se laissaient tomber dans les fauteuils, riant toujours.

« Nous ne devrions pas nous moquer de Mrs. Dudley. » Penché en avant, les épaules secouées par le rire, le docteur enfouit son visage dans les mains.

Ils rirent pendant longtemps, articulant de temps à autre des bribes de phrases mais incapables de parler, se montrant mutuellement du doigt dans le plus grand désordre, et leur rire berça Hill House jusqu'au moment où, vidés et courbatus, ils s'abattirent en arrière contre les dossiers de leurs sièges et se dévisagèrent les uns les autres, épuisés.

« Bien, commença le docteur, aussitôt interrompu par un petit gloussement de Theodora. Bien, reprit-il plus sévèrement, et tous se turent. J'ai envie d'un autre café. Pas vous ?

– Quoi ? Vous voulez retourner voir Mrs. Dudley ? dit Eleanor.

– Alors qu'il n'est ni une heure ni six heures, juste pour réclamer du *café* ? renchérit Theodora.

– En gros, oui. Luke, mon garçon, j'ai remarqué que vous étiez déjà dans les bonnes grâces de Mrs. Dudley…

– Comment diable avez-vous pu observer une chose aussi invraisemblable ? s'étonna Luke. Mrs. Dudley me fusille du regard, comme si j'étais une assiette mal rangée sur l'étagère. À ses yeux…

– Après tout, vous êtes l'héritier de la maison, coupa le docteur en essayant de le convaincre. Mrs. Dudley doit ressentir à votre égard les sentiments que tout vieux domestique de famille éprouve vis-à-vis du jeune maître.

– À ses yeux, je vaux moins qu'une fourchette par terre. Non, je vous en supplie. Si vous voulez obtenir quoi que ce soit de cette créature, envoyez Theo, ou bien notre adorable Nell. Elles n'ont pas peur, *elles*…

– Sûrement pas ! dit Theodora. Une faible femme ne réussira jamais à terrasser Mrs. Dudley. Nell et moi avons besoin d'une protection masculine, ici. Ce n'est pas à nous de monter au créneau à votre place, espèces de poltrons !

– Le docteur…

– Vous n'y pensez pas ! s'insurgea le docteur. Vu mon âge *avancé* ? D'ailleurs, vous savez *pertinemment* qu'elle vous adore.

– Vieil insolent ! s'écria Luke. Vous me sacrifiez en échange d'une tasse de café ! Ne soyez pas surpris – car j'en ai le sombre présage –, ne soyez pas surpris si vous perdez votre Luke dans l'affaire. Mrs. Dudley n'a peut-être pas encore pris sa petite collation de la matinée, et elle est parfaitement capable d'opter pour un menu avec *filet de Luke à la meunière*[1], ou bien *à la dieppoise*[2], selon son humeur. Si je ne reviens pas – et il agita un doigt menaçant sous le nez du docteur –, je vous engage à la plus grande méfiance avant d'attaquer votre déjeuner. »

Il plongea dans une extravagante courbette, digne de quelqu'un qui part affronter un géant, puis sortit et ferma la porte derrière lui.

« Ce cher Luke, dit Theodora en s'étirant voluptueusement.

– Cette chère Hill House, dit Eleanor. Theo, il y a une sorte de petit pavillon d'été dans le jardin, envahi par la végétation. Je l'ai remarqué hier. Si nous allions l'explorer ce matin ?

– Avec plaisir. Je m'en voudrais de ne pas avoir admiré chaque centimètre carré de Hill House. En plus, il fait trop beau pour rester à l'intérieur.

---

1. En français dans le texte.
2. *Idem.*

– Nous proposerons à Luke de nous accompagner. Et vous, docteur ?

– Mes notes... », grommela le docteur. Il s'interrompit quand la porte s'ouvrit, si brusquement qu'Eleanor pensa d'abord que Luke n'avait pas osé affronter Mrs. Dudley et s'était contenté d'attendre derrière le battant. Mais il était livide.

« J'ai manqué à ma règle numéro un, dit le docteur, furieux. Je l'ai laissé partir seul. »

Eleanor s'entendit interroger avec angoisse : « Luke ? Luke ?

– Rien de grave, répondit Luke, parvenant même à sourire. Mais venez voir, dans le couloir. »

Glacés par son visage, sa voix et son sourire, ils se levèrent sans un mot et sortirent à sa suite dans la pénombre du long corridor qui conduisait au vestibule.

« Là », dit Luke.

Un frisson de panique descendit le long du dos d'Eleanor lorsqu'il craqua une allumette pour éclairer le mur.

« Il y a... une inscription ? demanda-t-elle en s'approchant.

– Oui. Je l'ai remarquée seulement à mon retour. Mrs. Dudley a refusé, ajouta-t-il, la gorge serrée.

– Ma lampe torche », dit le docteur en plongeant la main dans sa poche.

À la lumière du faisceau qu'il promenait lentement sur le mur, ils découvrirent les lettres. Le docteur s'avança pour en effleurer une du bout du doigt. « De la craie. »

Le tracé était gros et maladroit. Comme ces déclarations que les voyous griffonnent sur une palissade, pensa Eleanor. Mais ici, défigurant les lambris d'une demeure victorienne, les énormes lettres se chargeaient d'une incroyable brutalité. L'inscription s'étalait sur toute la longueur du couloir, de sorte que, même en reculant contre le mur opposé, il était presque impossible de la lire.

« Vous y arrivez ? » souffla Luke.

Balayant le mur de gauche à droite, le docteur articula lentement : « AU SECOURS ELEANOR RENTRE À LA MAISON.

– Non ! » La voix d'Eleanor s'étrangla dans sa gorge. Elle avait déchiffré son nom en même temps que le docteur le prononçait. C'est moi, pensa-t-elle. C'est mon nom qui est écrit là, en pleine lumière. Je ne devrais pas apparaître sur les murs de cette maison. « Effacez-le, je vous en *supplie.* »

Elle sentit que Theodora la prenait par les épaules. « C'est *insensé* ! reprit-elle, hébétée.

– Insensé, en effet, décréta impérieusement Theodora. Venez vous asseoir, Nell. Luke ira chercher de quoi l'effacer.

– Mais c'est insensé, répéta Eleanor, sans pouvoir détacher les yeux de son nom. *Pourquoi*… ? »

Le docteur la poussa d'autorité dans le petit boudoir et referma la porte. Luke s'attaquait déjà au message avec son mouchoir.

« Écoutez-moi bien, dit le docteur à Eleanor. Ce n'est pas parce que votre nom…

– Mais si, justement ! Mon nom. Cette chose connaît *mon* nom ! »

Theodora la secoua violemment. « Taisez-vous, voyons. Elle aurait pu écrire n'importe lequel de nos noms, elle les connaît *tous*.

– C'est vous qui l'avez écrit ? lui demanda Eleanor. S'il vous plaît, dites-le-moi. Je ne serai pas fâchée, mais je voudrais savoir si... C'était peut-être une plaisanterie ? Pour me faire peur ? »

Elle implora le docteur du regard. « Vous savez bien que ce n'est personne d'entre nous », dit-il.

Luke entra en s'essuyant les mains sur son mouchoir. Eleanor se tourna vers lui, pleine d'espoir. « Luke, c'est vous qui l'avez écrit, n'est-ce pas ? Quand vous êtes sorti ? »

Il la dévisagea avec stupeur et alla s'asseoir près d'elle, sur l'accoudoir de son fauteuil.

« Vous voudriez que j'écrive votre nom partout ? Que je grave vos initiales sur les arbres ? Que je recopie sans cesse "Eleanor, Eleanor" sur des bouts de papier ? » Il lui tira gentiment les cheveux. « J'ai plus de cervelle que cela, dit-il. Soyez raisonnable.

– Mais alors, pourquoi moi ? » Eleanor les regarda les uns après les autres. Je suis en dehors, pensa-t-elle, folle d'angoisse. C'est moi qui ai été choisie. « Ai-je fait quelque chose pour attirer l'attention ? Plus que vous autres ?

– Pas plus que d'habitude, ma chérie », répliqua Theodora. Elle se tenait debout, appuyée au manteau de la cheminée sur lequel elle pianotait du bout des doigts. « Peut-être que vous l'avez écrit vous-même », ajouta-t-elle avec un grand sourire.

Eleanor faillit hurler. « Vous vous imaginez que ça me fait *plaisir* de voir mon nom gribouillé partout dans cette sale maison ? Vous croyez que, *moi*, j'aime être le centre du monde ? Ce n'est pas moi qui suis un bébé, une enfant gâtée, je n'ai *pas envie* qu'on me distingue et...

– C'était un appel au secours, vous avez remarqué ? dit Theodora, l'air désinvolte. Peut-être l'esprit de la pauvre petite domestique qui a enfin trouvé une façon de communiquer. Elle attendait juste que quelqu'un de suffisamment terne et craintif...

– À moins que le message ne soit adressé qu'à moi parce qu'il serait inutile d'espérer qu'un appel à l'aide puisse percer un égoïsme d'acier comme le vôtre ! Et que je montre plus de compassion en l'espace d'une minute que...

– Ou bien vous l'avez écrit vous-même », répéta Theodora.

À la manière des hommes qui assistent à une querelle de femmes, le docteur et Luke demeuraient à l'écart, muets et mal à l'aise. Enfin, à la surprise de tous, Luke s'interposa. « Ça suffit, Eleanor. »

Stupéfaite, Eleanor fit volte-face. « Comment osez-vous ? De quel droit... ? »

Le docteur se mit à rire. Elle le regarda, puis se tourna de nouveau vers Luke qui l'observait en souriant. Qu'est-ce qui me prend ? se demanda-t-elle. En réalité, ils croient que Theodora m'a mise en colère, exprès, pour m'empêcher de paniquer. Il est si facile de me manipuler... Elle s'assit, le visage dans ses mains.

« Nell, ma chérie, dit Theodora, je suis *vraiment* désolée. »

Je dois dire quelque chose, pensa Eleanor. Je dois leur montrer que je suis bonne joueuse, malgré tout. Oui, c'est ça. Feindre d'avoir honte.

« Pardon, murmura-t-elle. J'ai eu tellement peur.

– C'est bien normal », dit le docteur, et Eleanor pensa : Que cet homme est simple. Parfaitement transparent. Il se laisse avoir par n'importe quel imbécile. Il croit *même* que Theodora m'a évité une crise d'hystérie... Elle lui sourit. Me voilà réintégrée dans le groupe maintenant.

« J'ai vraiment cru que vous alliez hurler, dit Theodora en s'agenouillant près de son fauteuil. C'est ce que j'aurais fait, à votre place. Mais nous ne supporterions pas de vous voir vous effondrer. »

Surtout, nous ne supporterions pas de voir quelqu'un d'autre que Theodora occuper le devant de la scène, rectifia Eleanor. Pas question de laisser Eleanor se singulariser. Elle tendit la main et caressa les cheveux de Theodora. « Merci. Je crois que j'ai un peu perdu les pédales.

– Je me suis demandé si vous alliez en venir aux mains, toutes les deux, dit Luke. Et puis j'ai compris l'intention de Theodora. »

Tout en souriant à Theodora qui levait vers elle des yeux brillants, remplis de soulagement, Eleanor pensa : Mais ce n'était pas du tout l'intention de Theodora.

*

Le temps s'écoulait paresseusement à Hill House. Alors que Theodora, Eleanor, Luke et le docteur se tenaient sur le qui-vive, redoutant des terreurs à venir, il leur fut octroyé une journée et une nuit entières de paix dans la pénombre tiède de la maison, au cœur des luxuriantes collines. Une paix nécessaire, peut-être, pour endormir leur vigilance. Ils prirent leurs repas ensemble, réjouis par la cuisine toujours parfaite de Mrs. Dudley. Ils bavardèrent, jouèrent aux échecs. Le docteur acheva *Pamela* et commença *Sir Charles Grandison*. Pour satisfaire leur besoin d'intimité, ils se retirèrent quelques heures dans leurs chambres respectives, sans être dérangés. Theodora, Eleanor et Luke explorèrent l'épais fourré de broussailles qui entourait le petit pavillon d'été derrière la maison. Pendant ce temps, le docteur s'était installé sur la pelouse pour écrire, bien visible et à portée de voix. Ils découvrirent aussi une roseraie close de murs, envahie par les mauvaises herbes, et un potager tendrement entretenu par les Dudley. À plus d'une reprise, ils parlèrent du pique-nique qu'ils organiseraient au bord du ruisseau. Il y avait des fraises sauvages près du pavillon : ils en cueillirent plein leur mouchoir et les dégustèrent aux côtés du docteur, allongés sur la pelouse, en se tachant la bouche et les mains. Comme des enfants, dit-il, amusé, en levant un bref instant les yeux de ses notes. Ils avaient chacun rédigé – à la va-vite et sans s'encombrer de détails – un récit de ce qu'ils pensaient avoir vu et entendu jusque-là à Hill House, et le docteur avait rangé les feuillets dans son dossier.

Le lendemain – leur troisième matin à Hill House –, le docteur, émerveillé et fulminant à la fois, passa une heure à quatre pattes dans le couloir du premier étage, à essayer de déterminer avec Luke les dimensions exactes de la barrière de froid. Eleanor et Theodora, assises par terre en tailleur, notaient les mesures tout en jouant au morpion. Le docteur était considérablement gêné dans son travail par le fait que ses doigts glacés ne parvenaient pas à tenir sa craie ni son mètre-ruban pendant plus d'une minute. De l'autre côté de la porte, dans la nursery, Luke lâchait aussi l'extrémité du mètre-ruban lorsque sa main, en contact avec le froid intense, perdait toute force et toute vigueur. S'ils posaient un thermomètre au cœur de la barrière, celui-ci refusait d'enregistrer le moindre changement et s'obstinait à indiquer la même température qu'ailleurs dans le couloir. Comment diable les statisticiens avaient-ils pu relever une chute de onze degrés au presbytère de Borley ? maugréait le docteur.

Lorsqu'il eut à peu près défini l'espace et consigné les résultats dans son carnet de notes, ils descendirent déjeuner. Le docteur défia ses compagnons de se mesurer à lui au croquet dans l'après-midi.

« C'est tout de même un peu ridicule, dit-il, de passer toute la matinée à examiner un plancher glacial lorsqu'il fait un temps aussi radieux. Nous devrions organiser davantage d'activités à l'extérieur, ajouta-t-il, et il ne fut guère étonné de les voir rire.

– Y a-t-il encore un extérieur ? » demanda ingénument Eleanor. Elle regarda la charlotte aux pêches de Mrs. Dudley dans son assiette. « Je sais bien que Mrs. Dudley s'en va quelque part tous les soirs, qu'elle revient le matin avec de la crème fraîche, et que Dudley apporte le ravitaillement l'après-midi. Mais pour autant que je me souvienne, il n'existe rien en dehors de Hill House.

– Nous sommes sur une île déserte, dit Luke.

– Je ne me représente plus aucun ailleurs, continua Eleanor.

– Il faudrait peut-être creuser des encoches dans un bâton, dit Theodora. Ou entasser des cailloux, un par jour, afin de savoir depuis combien de temps nous avons fait naufrage ici.

– Que c'est agréable de n'avoir aucune nouvelle de l'extérieur ! déclara Luke en s'adjugeant une énorme portion de crème fouettée. Pas de courrier, pas de journaux : il pourrait se passer n'importe quoi.

– Malheureusement… » Le docteur se reprit aussitôt. « Pardon, je voulais dire que nous allons bientôt recevoir des nouvelles du monde, justement – mais cela n'a rien de malheureux. Mrs. Montague, mon épouse, nous rejoint samedi prochain.

– Samedi ? Quand est-ce ? demanda Luke. Ce sera un plaisir de faire la connaissance de Mrs. Montague, bien sûr.

– Après-demain, je crois... » Le docteur réfléchit. « Oui, c'est ça. Nous saurons d'ailleurs que nous sommes samedi, ajouta-t-il avec une étincelle dans le regard, quand Mrs. Montague arrivera.

– J'espère qu'elle ne s'imagine pas voir des objets voler pendant la nuit, dit Theodora. Hill House ne tient pas du tout ses promesses, me semble-t-il. À moins que Mrs. Montague ne soit accueillie par une volée de phénomènes paranormaux.

– Mrs. Montague, répliqua le docteur, est parfaitement prête à les recevoir.

– Je me demande pourquoi tout est *si* calme, dit Theodora à Eleanor tandis qu'ils se levaient de table sous le regard acéré de Mrs. Dudley. Je trouve cette attente terriblement énervante, presque pire, même, que s'il se passait quelque chose.

– Ce n'est pas nous qui attendons, dit Eleanor. C'est la maison. Oui, elle attend son heure.

– Elle veut que nous nous sentions en sécurité, pour pouvoir mieux attaquer.

– Je me demande combien de temps elle patientera. » Eleanor frémit et posa le pied sur la première marche du grand escalier. « J'ai presque envie d'écrire une lettre à ma sœur. Vous savez, dans le style : "Nous nous amusons *comme des fous* dans cette charmante vieille demeure..."

– “Il faut absolument que tu viennes ici l’été prochain, avec les enfants, poursuivit Theodora. Nous dormons toutes les nuits sous de bonnes couvertures...”

– “L’air est tellement vivifiant, surtout dans le couloir de l’étage...”

– “On passe son temps à se réjouir du simple fait d’être encore en vie...”

– “Il se passe quelque chose chaque minute...”

– “La civilisation semble tellement loin...” »

Eleanor éclata de rire. Elle arrivait en haut de l’escalier, juste devant Theodora. Le couloir était un peu éclairé, parce qu’ils avaient laissé la porte de la nursery ouverte, et le soleil entrant par les fenêtres voisines de la tour éclairait le mètre-ruban et la craie du docteur toujours posés par terre. La lumière qui traversait les vitraux du palier déposait des fragments épars, bleu, orange et vert, sur les lambris sombres du couloir.

« Je vais dormir, cet après-midi, dit Eleanor. Je ne me suis jamais sentie aussi paresseuse de ma vie entière.

– Moi, dit Theodora, je vais m’allonger sur mon lit et rêver à des tramways. »

Avant d’entrer dans sa chambre, Eleanor avait pris l’habitude de jeter un rapide coup d’œil circulaire à l’intérieur. Parce que la chambre était tellement bleue, se disait-elle, qu’il lui fallait quelques secondes pour s’accoutumer. Ensuite, elle allait directement ouvrir la fenêtre, car elle la trouvait toujours fermée. Elle n’avait pas encore atteint le milieu de la pièce lorsqu’elle entendit la porte de Theodora qui se refermait avec fracas, puis la voix étouffée de sa compagne : « Eleanor ! »

Ressortant précipitamment dans le couloir, elle courut vers Theodora, qui était debout devant la porte de sa chambre, et s’arrêta net à la vue du battant derrière elle.

« Qu'est-ce que c'est ? souffla-t-elle.

– *Qu'est-ce que c'est ?* s'écria Theodora d'une voix presque hystérique. À votre *avis* ? Espèce d'idiote ! »

Cela non plus, je ne le lui pardonnerai pas, pensa Eleanor malgré sa stupéfaction.

« On dirait de la peinture… » Elle hésita. « Sauf que ça sent mauvais.

– C'est du sang », déclara Theodora, catégorique. Elle ouvrit la porte et chancela sur le seuil. « Du sang, répéta-t-elle, le regard fixe. Partout. Vous le voyez ?

– Bien sûr que je le vois. Et il n'y en a pas *partout*. Ne vous affolez pas. »

En réalité, elle devait reconnaître que Theodora ne semblait pas tellement affolée. Un de ces jours, se dit-elle, l'une de nous deux va se mettre à hurler. J'espère que ce ne sera pas moi, car j'essaie de rester sur mes gardes. Mais ce sera *Theodora* qui…

Froidement, elle demanda : « Est-ce qu'il y a encore une inscription sur le mur ? »

Comme Theodora éclatait de rire, elle pensa : Peut-être que ce sera moi, après tout, mais je ne peux pas me le permettre. Je dois tenir bon. Elle ferma les yeux et s'entendit réciter intérieurement : Arrête-toi, écoute ! Voici venir ton fidèle amour. Et sa voix peut chanter haut et grave. Plus avant point ne marche, ô tendre amie. Les voyages s'achèvent quand les amants se rencontrent…

« En effet, très chère, il y a une inscription, répondit Theodora. Je ne sais pas comment vous vous y êtes prise. »

Tout sage fils de l'homme sait cela….

Eleanor se raidit. « Ne dites pas de bêtises. Appelons Luke. Et le docteur.

– Pourquoi ? Ce n'était pas une petite surprise, rien que pour moi ? Notre secret à toutes les deux ? » Échappant à la main d'Eleanor qui cherchait à la retenir, elle courut à la grande armoire à glace, l'ouvrit d'un coup et fondit en larmes. « Mes vêtements ! »

Eleanor marcha résolument jusqu'à l'escalier et se pencha par-dessus la rampe. « Luke ! Docteur ! »

Bien qu'elle eût appelé d'une voix neutre, sans crier, elle entendit aussitôt le livre du docteur tomber par terre, puis une cavalcade. Le docteur et Luke se ruaient dans l'escalier. En voyant leurs visages pleins d'appréhension, elle se dit que le malaise qu'ils éprouvaient tous affleurait très vite à la surface. Chacun se tenait constamment à l'affût d'un appel au secours émanant de l'un des trois autres. L'intelligence et la compréhension mutuelle ne suffisent pas à nous protéger, se dit-elle.

« C'est Theo, annonça-t-elle quand ils arrivèrent en haut des marches. Elle est hystérique. Quelqu'un – ou quelque chose – a répandu de la peinture rouge dans sa chambre, et elle pleure parce que ses vêtements sont fichus. »

C'est une explication tout à fait honnête, pensa-t-elle en leur emboîtant le pas. Aurais-je pu exposer la situation d'une autre manière ? Elle s'aperçut qu'elle souriait.

Theodora sanglotait à fendre l'âme et donnait des coups de pied dans la porte de l'armoire, ce qui eût paru risible si elle n'avait pas brandi en même temps son chemisier jaune, froissé et souillé. Ses autres vêtements avaient été arrachés à leurs cintres et gisaient pêle-mêle dans le bas de l'armoire, maculés de rouge.

« Qu'est-ce que c'est ? demanda Luke au docteur.

– Je jurerais que c'est du sang, répondit celui-ci en hochant la tête, mais pour s'en procurer autant, il faudrait presque… » Et il se tut.

En silence, ils contemplèrent les lettres rouges tracées d'une main tremblante sur le papier peint, au-dessus du lit de Theodora. AU SECOURS ELEANOR RENTRE À LA MAISON ELEANOR

Cette fois, je suis prête, pensa Eleanor. « Vous feriez mieux de l'emmener, dit-elle en parlant de Theodora. Venez dans ma chambre. »

Theodora se tourna vers le docteur. « Mes vêtements sont fichus ! Vous avez vu mes vêtements ? »

L'odeur était atroce. L'inscription avait dégouliné le long du mur, sur le plancher, et les gouttes formaient ensuite un chemin menant à l'armoire. C'était sans doute ce qui avait attiré l'attention de Theodora, en premier lieu. Il y avait aussi une énorme tache sur le tapis vert.

« C'est dégoûtant, dit Eleanor. Je vous en prie, emmenez Theodora dans ma chambre. »

En conjuguant leurs efforts, Luke et le docteur réussirent à entraîner Theodora vers la salle de bains et la chambre d'Eleanor. Cette dernière resta seule devant la peinture rouge. C'est *sûrement* de la peinture, pensa-t-elle. Ce ne peut-être *que* de la peinture. Quoi *d'autre*, sinon ?

« Mais *pourquoi*… ? » demanda-t-elle à voix haute, les yeux levés vers l'inscription.

Ci-gît celle dont le nom était écrit en lettres de sang, songea-t-elle avec grandiloquence. Suis-je en train de perdre l'esprit ?

« Comment va-t-elle ? demanda-t-elle en se tournant vers le docteur qui revenait de la chambre voisine.

– Elle ira mieux dans quelques minutes. Nous serons obligés de l'installer avec vous pendant un certain temps, je pense. Je l'imagine mal accepter de dormir *ici* . Je crains qu'elle ne soit plus capable d'ouvrir une porte toute seule avant un moment, ajouta-t-il avec un faible sourire.

– Je vais devoir lui prêter des vêtements.

– En effet, si vous n'y voyez pas d'inconvénient. » Intrigué, le docteur l'observa un moment. « Ce message-ci vous trouble-t-il moins que le précédent ?

– C'est stupide, dit Eleanor en essayant de débrouiller ses propres émotions. Je suis là à regarder cette inscription, et je me demande seulement *pourquoi*. Comme si on m'avait raconté une blague qui ne fait pas rire... Je devrais être *beaucoup* plus effrayée. Mais si je ne le suis pas, c'est parce que cela me paraît *trop* horrible pour être vrai. Et puis je revois sans cesse Theo en train de se mettre du vernis à ongles rouge... » Elle eut un petit rire. « On pourrait bien croire qu'il s'agit de peinture, non ? » reprit-elle en réponse au regard interrogateur du docteur.

Je ne peux plus m'arrêter de parler, pensa-t-elle. Pourquoi devrais-je, *moi*, fournir des explications ?

« Peut-être suis-je incapable de prendre cela au sérieux, dit-elle, après avoir vu Theo hurler en découvrant ses vêtements et m'accuser d'avoir inscrit mon nom sur son mur. Je commence peut-être à m'habituer à ce qu'elle me tienne responsable de tout ce qui arrive.

– Personne ne vous tient responsable de quoi que ce soit, déclara le docteur, et Eleanor eut l'impression d'être réprimandée.

– J'espère que mes vêtements lui conviendront », dit-elle avec aigreur.

Le docteur pivota sur lui-même pour considérer la chambre tout entière. D'un doigt précautionneux, il effleura l'inscription sur le mur. Puis il repoussa du pied le chemisier jaune de Theodora.

« Plus tard, dit-il d'un air absent. Demain, peut-être. » Il regarda Eleanor et lui sourit. « Je ferai un croquis exact.

– Je pourrai vous aider, proposa Eleanor. Cela me dégoûte, mais je n'ai pas peur.

– Nous allons fermer la chambre à clé pour l'instant. Mieux vaut éviter que Theodora n'y entre par mégarde. Plus tard, j'aurai le loisir d'examiner la scène à mon aise. De plus, ajouta-t-il avec malice, je ne voudrais pas que Mrs. Dudley vienne faire le ménage. »

Sans un mot, Eleanor le regarda fermer à clé la porte qui donnait sur le couloir. Puis ils passèrent dans la salle de bains, et le docteur verrouilla aussi le battant. « Je vais installer un second lit dans votre chambre », dit-il. Gauchement, il ajouta : « Vous avez gardé la tête froide, Eleanor. Votre aide m'est précieuse.

– Je vous le répète, cela me dégoûte, mais je n'ai pas peur. » Enchantée de cette conversation, Eleanor se tourna vers Theodora, qui était allongée sur son lit. Elle s'aperçut avec écœurement que ses doigts tachés de rouge avaient sali l'oreiller.

« Je vous prêterai mes vêtements, dit-elle d'une voix dure, en s'approchant, jusqu'à ce que vous en achetiez d'autres ou que les vôtres aient été nettoyés.

– Nettoyés ? » Theodora roula sur le lit et plaqua ses mains sales contre ses yeux. « *Nettoyés* ?

– Pour l'amour du ciel..., dit Eleanor. Je vais vous laver. »

Elle s'aperçut, sans chercher à comprendre pourquoi, qu'elle n'avait jamais éprouvé une telle répulsion pour quiconque. Après avoir mouillé une serviette dans la salle de bains, elle frotta le visage et les mains de Theodora. Ce contact lui fit horreur. « Vous vous en êtes mis partout ! »

Soudain, Theodora lui sourit. « Je ne pense pas vraiment que vous ayez écrit ça », déclara-t-elle.

En se retournant, Eleanor découvrit Luke qui les observait.

« Quelle sotte je suis ! » lui dit Theodora.

Luke rit. « Vous serez surtout ravissante avec le chandail rouge de Nell. »

Elle est méchante, pensa Eleanor. Horrible, mauvaise, sale. Elle emporta la serviette à la salle de bains et la fit tremper dans de l'eau froide. Quand elle revint, Luke était en train d'expliquer : « ... un autre lit ici. À partir de maintenant, les filles, vous allez partager votre chambre.

– Notre chambre et aussi nos vêtements, dit Theodora. Nous serons pratiquement des sœurs jumelles.

– Des cousines », rectifia Eleanor, mais personne ne l'entendit.

*

« Selon une tradition que tout le monde observait scrupuleusement, dit Luke en faisant tourner son brandy dans son verre, le bourreau, avant l'écartèlement, traçait à la craie sur le ventre de sa victime les traits qu'il allait suivre avec son couteau. Pour ne pas risquer un geste malhabile, vous comprenez. »

J'aimerais la frapper avec un bâton, pensait Eleanor en regardant la tête de Theodora qui était assise par terre près de son fauteuil. La lapider avec de grosses pierres.

« C'était d'un raffinement exquis. Absolument exquis. Car, bien entendu, le passage de la craie sur la peau devait être insupportable. Surtout si le condamné était chatouilleux. »

Je la hais, pensait Eleanor. Elle me dégoûte. Elle est lavée, toute propre, et elle porte mon chandail rouge.

« En revanche, quand il s'agissait d'une exécution par pendaison, le bourreau…

– Nell ? » Theodora leva les yeux vers elle en souriant. « Je suis réellement désolée, vous savez. »

J'aimerais la regarder mourir, pensait Eleanor. Et, lui rendant son sourire, elle répondit : « Ne dites pas de bêtises.

– On enseigne chez les Soufis que l'univers n'a jamais été créé et que, par conséquent, il ne peut être détruit. J'ai passé l'après-midi à bouquiner dans notre petite bibliothèque », expliqua Luke.

Le docteur soupira. « Je ne crois pas que nous jouerons aux échecs, ce soir, dit-il à Luke, qui acquiesça. La journée a été épuisante. Vous feriez bien de monter de bonne heure, mesdames.

– Pas avant de m'être suffisamment abreuvée de brandy, déclara Theodora.

– La peur, répliqua le docteur, est l'abandon de la logique, la renonciation *volontaire* aux schémas de la pensée rationnelle. Soit nous la combattons, soit nous nous y soumettons, mais il n'y a pas de position médiane.

– Je réfléchissais, tout à l'heure…, dit Eleanor, qui se sentait vaguement obligée de leur présenter des excuses.

Sur le coup, je me croyais tout à fait calme, mais je sais à présent que j'étais très effrayée. » Elle plissa le front, songeuse, et ils attendirent qu'elle poursuive. « Lorsque j'ai *vraiment* peur, je demeure tout à fait capable de voir le côté raisonnable, beau, impassible du monde : je vois les chaises, les tables, les fenêtres, qui restent identiques à elles-mêmes et ne sont pas le moins du monde affectées. Je vois que des choses comme le tissage du tapis, par exemple, ne tressaillent même pas. Mais, dans ces moments-là, je ne suis plus du tout en relation avec ces objets. Parce que les objets ne *connaissent pas* la peur, je suppose.

– Je crois que nous n'avons peur que de nous-mêmes, dit le docteur avec lenteur.

– Non, dit Luke. De nous voir en toute clarté, sans masque.

– De savoir ce que nous voulons réellement. » Theodora pressa sa joue contre la main d'Eleanor, qui, rebutée, la retira immédiatement.

« J'ai toujours peur d'être seule », avoua Eleanor. Est-ce *moi* qui parle ainsi ? se demanda-t-elle. Suis-je en train de dire quelque chose que je regretterai amèrement demain ? D'ajouter à mon sentiment de culpabilité ?

« Ces lettres composaient mon *nom*, reprit-elle. Vous n'imaginez pas l'effet que cela fait. Je le connais si bien… » Elle esquissa un geste qui était presque une supplication. « Essayez de comprendre. C'est mon nom. Il m'est cher, il m'appartient, et voilà que quelque chose se l'accapare, l'écrit, s'en sert pour s'adresser à moi, et mon *propre* nom… » Elle s'interrompit et les considéra l'un après l'autre, même Theodora qui levait les yeux vers elle. « Je n'existe qu'en un seul exemplaire, et c'est tout ce que je possède. Je *déteste* me voir me désintégrer, me dissoudre, me diviser, de sorte que je vis alors dans une des moitiés de moi-même, à savoir mon esprit, et que mon autre moitié m'apparaît, impuissante, ballottée, délirante, et je ne peux pas l'empêcher… mais je sais qu'il ne va rien m'arriver de mal, et pourtant le temps s'écoule si lentement, une seconde dure une éternité, et je serais capable de tout supporter si seulement je pouvais capituler…

– *Capituler* ? » coupa soudain le docteur.

Eleanor se figea.

« Capituler ? » répéta Luke.

Elle eut l'air dérouté. « Je ne sais pas… Je parle, je disais quelque chose… Qu'est-ce que je disais, au juste ? »

Luke se tourna vers le docteur, qui considérait Eleanor avec gravité. « Ce n'est pas la première fois qu'elle fait cela.

– Je sais. »

Eleanor sentit que tous les yeux étaient fixés sur elle. « Excusez-moi… Je me suis ridiculisée ? C'est sans doute parce que je suis fatiguée.

– Pas du tout, répondit le docteur. Buvez votre brandy.

– Mon brandy ? » Elle réalisa soudain qu'elle tenait un verre à la main. « Qu'est-ce que j'ai *dit* ? »

Theodora étouffa un petit rire. « Buvez. Vous en avez besoin, ma chère Nell. »

Docile, Eleanor avala plusieurs petites gorgées. L'alcool lui brûlait la gorge.

« À voir la façon dont vous me regardez tous, repritelle, je dois avoir dit quelque chose d'idiot. »

Le docteur rit. « Cessez de vouloir occuper le centre de l'attention.

– L'orgueil…, déclara tranquillement Luke.

– Toujours rechercher les feux de la rampe », renchérit Theodora.

Ils souriaient tous les trois, en regardant Eleanor avec tendresse.

*

Eleanor et Theodora se redressèrent brusquement dans leurs lits installés côte à côte, et tendant le bras, se prirent par la main. Un froid glacial avait pénétré la chambre où régnait un noir total. De la chambre voisine, que Theodora avait occupée jusqu'à présent, provenait un murmure continu, une voix trop étouffée pour que l'on puisse comprendre les paroles, mais suffisamment claire pour être entendue. Les mains tellement crispées qu'elles sentaient leurs os, elles écoutèrent ce marmonnement ininterrompu qui s'élevait parfois pour souligner un mot, ou bien retombait, réduit à un souffle, mais ne marquait aucune pause. Soudain, sans avertissement, il y eut un petit rire, comme un gargouillis qui perça au milieu du bavardage, puis enfla, s'intensifia jusqu'au ricanement, avant de se briser dans un hoquet douloureux. Et la voix monotone reprit sa mélopée.

La main de Theodora se détendit, puis serra à nouveau. Un instant bercée par le murmure, Eleanor sortit de son engourdissement, sursauta et se tourna vers le lit où Theodora devait se trouver dans l'obscurité. Pourquoi fait-il noir ? se demanda-t-elle, submergée par l'anxiété. *Pourquoi fait-il noir ?* Elle s'agrippa à la main de Theodora, voulut parler, n'y parvint pas, et resta pétrifiée, totalement aveugle, en s'efforçant de retrouver sa capacité à raisonner. Nous avions laissé la lampe allumée, se dit-elle, alors pourquoi fait-il noir ?

Elle essaya de chuchoter. Theodora… Mais sa bouche ne lui obéissait pas. Theodora, pourquoi fait-il noir ? aurait-elle voulu demander. La voix marmonnait sans trêve, hormis pour lancer un hideux ricanement de temps à autre. Peut-être distinguerait-elle quelques mots, pensa Eleanor, si elle se tenait parfaitement tranquille et qu'elle écoutait, encore et encore, cet inlassable bavardage qui jamais ne se tairait… Désespérée, elle s'accrocha plus fort à la main de Theodora et sentit une pression lui répondre.

Le petit rire glougloutant revint, s'amplifia jusqu'à couvrir le bruit de la voix, et puis ce fut le silence le plus complet. Eleanor reprit son souffle en se demandant si elle réussirait enfin à parler. Elle entendit alors un cri très doux qui lui brisa le cœur, un pleur d'une tristesse infinie, un gémissement lourd d'un immense chagrin. C'est un *enfant* ! Il y a un enfant qui pleure quelque part ! Au même moment, une voix poussa un hurlement strident, une voix qu'elle ne connaissait pas mais qu'elle avait pourtant entendue dans tous ses cauchemars. « Allez-vous-en ! Partez ! Partez ! Ne me faites pas de mal ! » Puis la voix sanglota : « Je vous en supplie, ne me faites pas de mal ! S'il vous plaît, laissez-moi rentrer à la maison ! » Et, à nouveau, des pleurs affreusement tristes.

Je ne peux pas supporter ça, pensa Eleanor. C'est monstrueux, c'est cruel, ils font du mal à un enfant, je ne tolérerai pas que qui que ce soit fasse souffrir un enfant. Le marmonnement inintelligible recommença, encore, encore, encore, et la voix s'élevait ou retombait, mais jamais elle ne s'arrêtait.

Non ! Eleanor réalisa qu'elle était maintenant allongée sur le côté, dans le noir impénétrable. Elle se cramponnait tellement fort à la main de Theodora qu'elle sentait la fine ossature des doigts. Non, je refuse de supporter ça. Ils veulent me faire peur. Eh bien, c'est réussi. J'ai peur. Mais malgré tout, je suis une personne, je suis un être humain, je suis une créature capable de marcher, de raisonner, de rire, et je suis prête à accepter beaucoup de choses dans cette infâme maison de fous, mais cela, je ne le permettrai pas, non, je ne veux pas que l'on fasse souffrir un enfant. Je vais ouvrir la bouche, immédiatement, et je vais hurler, je vais hurler de toutes mes forces. « ASSEZ ! » cria-t-elle à tue-tête, et la lampe était allumée comme elles l'avaient laissée, et Theodora se dressa en sursaut dans son lit.

« Qu'est-ce qu'il y a ? dit Theodora. Nell, que se passe-t-il ?

– Mon Dieu, oh, mon Dieu ! » Eleanor bondit de son lit et alla se réfugier en tremblant dans un coin de la chambre. « Mon Dieu, à qui était cette main que je tenais ? »

6

J'apprends les chemins du cœur, pensa Eleanor avec beaucoup de sérieux. Puis elle se demanda quel sens pouvait bien avoir une phrase pareille. C'était l'après-midi. Elle était assise au soleil avec Luke, sur les marches du petit pavillon d'été. Les chemins silencieux du cœur... Elle se savait pâle et encore bouleversée, avec des cernes sombres sous les yeux, mais le soleil était chaud, les feuillages se balançaient doucement au-dessus de leurs têtes, et Luke, à ses côtés, se prélassait sur les marches.

« Luke... » Elle hésita, de peur d'être ridicule. « Pourquoi les gens veulent-ils se parler ? Que cherchent-ils toujours à savoir les uns sur les autres ? »

Luke rit. « Que voudriez-vous savoir sur moi, par exemple ? »

Pourquoi ne serait-ce pas l'inverse ? songea-t-elle. Pourquoi ne m'interrogerait-il pas, *lui* ? Il est tellement vaniteux... Riant à son tour, elle répondit : « Que pourrais-je donc apprendre, en dehors de ce que je *vois* ? »

C'était la question la moins risquée. Dites-moi quelque chose que je serai la seule au monde à savoir, voilà peut-être ce qu'elle aurait aimé lui demander. Ou bien : Que me laisserez-vous, en souvenir de vous ? Ou encore :

Je n'ai jamais rien possédé qui eût la moindre importance. Pouvez-vous m'aider ? Puis, étonnée par ses propres pensées, elle craignit de s'être montrée stupide, ou trop téméraire. Mais Luke, les yeux fixés sur la feuille qu'il tenait à la main, se contentait de plisser le front comme quelqu'un qui est tout entier absorbé par sa réflexion.

Il cherche à produire la meilleure impression possible, pensa-t-elle. À l'image qu'il espère me donner de lui-même, je saurai ce qu'il pense de moi. Croit-il que je me contenterai d'une formule vaguement philosophique, ou s'efforcera-t-il de paraître unique ? Répondra-t-il avec galanterie ? Ce serait humiliant, car cela signifierait qu'il sait combien j'y suis sensible. Prendra-t-il un air mystérieux ? Fou ? Et moi, comment réagirai-je à sa confidence, même si elle n'est pas vraie ? Pourvu que Luke me prenne au sérieux, ou du moins, dans le cas contraire, que je ne m'en aperçoive pas. Faites qu'il soit mesuré, ou moi, aveugle. Et que je ne découvre pas exactement ce qu'il pense de moi.

Il lui lança un rapide coup d'œil, assorti de son sourire teinté d'autodérision. Theodora le connaît-elle aussi bien que moi ? se demanda-t-elle, mécontente que cette question ait surgi dans son esprit.

« Je n'ai jamais eu de mère », dit-il.

Le choc fut énorme. C'est là toute l'opinion qu'il a de *moi* ? Ce qu'il estime que j'ai envie d'entendre ? Dois-je le pousser davantage à la confidence, prouvant ainsi que j'en suis digne ? Ou devrais-je plutôt soupirer ? Murmurer ? M'en aller ?

« Personne ne m'a jamais aimé parce que je le méritais, dit-il encore. Je suppose que vous pouvez comprendre cela ? »

Non, pensa-t-elle, vous ne m'aurez pas si facilement. Je ne veux pas que l'on mette des mots à la place de mes sentiments. Cet homme est un perroquet. Je vais lui répondre que je ne comprendrai jamais une chose pareille et que cette compassion larmoyante qu'il affiche vis-à-vis de lui-même ne me touche pas. Je ne me ridiculiserai pas en l'encourageant à se moquer de moi.

« Oui, répondit-elle, je comprends. »

Elle eut envie de le gifler lorsqu'il déclara : « Je le savais. Je crois que vous devez être une personne merveilleuse, Nell. » Puis il gâcha tout en ajoutant : « Chaleureuse, honnête. Plus tard, quand vous rentrerez chez vous… »

Sa voix s'éteignit. De deux choses l'une, se dit-elle : soit il va me révéler un secret très important, soit il essaie de gagner du temps, jusqu'à ce que cette conversation puisse s'achever élégamment. Il ne parlerait pas ainsi sans raison ; il n'est pas du genre à se livrer. S'imagine-t-il qu'un geste d'affection risque de me faire perdre la tête au point de me jeter dans ses bras ? Craint-il que je ne sache pas me comporter comme une femme bien élevée ? Que sait-il de moi ? De mes idées, de mes sentiments ? A-t-il pitié de moi ?

« Les voyages s'achèvent quand les amants se rencontrent…

– Oui, fit Luke. Je n'ai jamais eu de mère et je m'aperçois maintenant que tout le monde a eu quelque chose qui, à moi, m'a manqué. » Il lui sourit. « Je suis un égoïste, déclara-t-il, lugubre. J'espère toujours que quelqu'un va me dire de me tenir comme il faut, me prendre en charge et faire de moi un adulte. »

C'est vrai, il est profondément égoïste, pensa-t-elle, un peu étonnée. C'est la première fois que je me trouve seule, en tête à tête avec un homme, et il m'agace. Il n'est tout simplement pas très intéressant.

« Pourquoi ne devenez-vous pas adulte par vous-même ? » Et elle se demanda combien de gens – combien de femmes – lui avaient déjà posé cette question.

« Vous êtes intelligente. »

Et combien de fois avait-il répondu de la même façon ?

Jugeant que, malgré tout, cette conversation paraissait assez spontanée, elle lui dit gentiment : « Vous devez être très seul. » Moi qui ai tant besoin d'affection, songea-t-elle, je suis en train d'échanger des fadaises avec un égoïste. « Oui, vous êtes sûrement très seul. »

Il lui toucha la main et sourit encore. « Vous, vous avez eu tellement de chance. Vous avez eu une mère. »

*

« Je l'ai pris dans la bibliothèque, expliqua Luke. Je vous le jure, c'est là que je l'ai trouvé.

– Incroyable », dit le docteur.

Luke posa le gros album sur la table et l'ouvrit. « Il l'a fait lui-même. Regardez… Le titre est écrit à la plume : SOUVENIRS, *pour* SOPHIA ANNE LESTER CRAIN ; *Éducation et apprentissage de la vie, de la part de son père affectionné et dévoué,* HUGH DESMOND LESTER CRAIN, *vingt et un juin 1881.* »

Theodora, Eleanor et le docteur se pressèrent autour de la table, tandis que Luke tournait la première page du volumineux ouvrage.

« Une leçon d'humilité pour sa petite fille, ironisa Luke. Il a sacrifié de magnifiques livres anciens pour constituer cet album. Je reconnais quelques-unes des images qu'il a découpées et collées ici.

– La vanité de l'entreprise humaine, soupira tristement le docteur. Voici une eau-forte de Goya... Quel horrible sujet de méditation pour une petite fille.

– Affreux, admit Luke. Et au-dessous, il a écrit : "Ma Fille, honorez vos père et mère, auteurs de vos jours. Sur leurs épaules repose la lourde charge de mener leur enfant dans l'innocence et la vertu jusqu'au bout du sentier étroit et escarpé qui conduit à l'éternelle joie, afin qu'au terme du voyage soit remise entre les mains de son Dieu une âme pieuse et droite. Méditez, ma Fille, sur l'allégresse qui règne au Paradis tandis que s'envolent vers le Très-Haut les âmes de ces petits êtres, rendues au Ciel avant d'avoir pu connaître le péché ou l'infidélité, et ayez pour préoccupation constante de rester aussi pure qu'elles."

– Pauvre petite », dit Eleanor, et elle retint son souffle en découvrant la page suivante. La deuxième leçon de morale de Hugh Crain était illustrée par la reproduction en couleurs d'une fosse aux serpents. Des serpents peints de couleurs vives se tordaient en tous sens au-dessus du message, rédigé avec soin, en lettres rehaussées d'or : « L'éternelle damnation est le lot de l'humanité. Larmes et regrets sont également impuissants à délivrer l'Homme du péché dont il a hérité. Ma Fille, restez à l'écart de ce vil monde, et ne vous laissez pas corrompre par ses concupiscences et ses ingratitudes. Ma Fille, prenez garde à vous ! »

« Ensuite, c'est l'enfer, annonça Luke en tournant encore une page. Les estomacs délicats feront mieux de s'abstenir.

– Je crois que l'enfer n'est pas pour moi, dit Eleanor. Mais lisez-moi quand même le texte.

– Sage décision, approuva le docteur. Il s'agit d'une gravure tirée du *Livre des Martyrs*, de John Foxe. Elle présente l'un des pires supplices qu'on ait pu imaginer, à mon sens. Bien que les voies des martyrs soient insondables…

– Mais voyez ça, dit Luke. Il a brûlé un coin de la page, et voici ce qu'il a écrit : "Ma Fille, puissiez-vous entendre ne fût-ce qu'un instant les cris d'agonie, les hurlements, les affreuses souffrances et le repentir de ces misérables âmes condamnées à la flamme éternelle ! Puissent vos yeux se brûler ne fût-ce qu'un moment à la rouge lueur des immensités toujours incandescentes ! Hélas, les malheureuses créatures, livrées à une souffrance qui n'aura pas de fin ! Ma Fille, votre père vient d'approcher sa bougie de cette page, et le fragile papier s'est aussitôt racorni. Retenez, ma Fille, que la chaleur de cette bougie est aux brasiers éternels de l'Enfer ce qu'est le grain de sable à l'incommensurable immensité du désert. Comme le papier a brûlé au contact de cette flamme infime, ainsi votre âme se consumera-t-elle à jamais en un feu d'une violence mille fois plus redoutable."

– Je parie qu'il lui lisait cela chaque soir avant de la mettre au lit, dit Theodora.

– Vous n'avez pas encore vu le ciel, reprit Luke. Même vous, vous pouvez regarder ça, Nell. C'est un tableau de Blake – un peu austère, à mon avis, mais nettement préférable à l'enfer. Écoutez : "Saint ! Saint ! Saint ! Dans la lumineuse pureté du Ciel, les anges chantent sans fin Sa gloire et leurs propres louanges. Ma Fille, voilà où je vous chercherai."

– Quel travail, commenta le docteur. Il y a mis tout son amour et a dû passer des heures à concevoir cet ouvrage. Ensuite, la calligraphie, et toutes ces dorures…

– À présent, les sept péchés capitaux, dit Luke. Je crois que le vieux coquin les a dessinés lui-même.

– La gourmandise l'a vraiment inspiré, fit remarquer Theodora. Je n'aurai peut-être plus jamais faim…

– Attendez de découvrir la luxure. Il s'est surpassé. »

Theodora se détourna. « J'en ai assez vu. Je vais aller m'asseoir à côté de Nell. Si jamais vous tombez sur des préceptes particulièrement édifiants qui pourraient m'être bénéfiques, lisez-les tout haut.

– Tenez, voilà la luxure. Y a-t-il une femme au monde qui ait été courtisée de cette façon-là ?

– Grands dieux ! s'exclama le docteur.

– Il a *certainement* dessiné ça lui-même.

– Pour une *enfant* ? » Le docteur était outré.

« Dans le propre album de la petite. Regardez l'orgueil, c'est tout à fait notre Nell.

– Quoi ? » fit Eleanor en sursautant.

Le docteur la rassura aussitôt. « Il vous taquine. Ne vous déplacez pas.

– La paresse, continua Luke.

– L'envie, dit le docteur. Comment cette pauvre fillette aurait-elle osé transgresser ?

– La dernière page est la plus réussie, d'après moi. Mesdames, voici le sang de Hugh Crain. Nell, vous ne voulez pas voir le sang de Hugh Crain ?

– Non, merci.

– Theo ? Non plus ? Quoi qu'il en soit, pour le bien de vos deux consciences, je tiens à vous lire la conclusion de Hugh Crain : “Ma Fille, tout pacte sacré se signe par le sang. De même, j'ai pris à mon poignet un peu de ce liquide vital, et par lui je vous lie. Vivez vertueusement, soyez douce et humble, ayez foi en votre Rédempteur ainsi qu'en moi votre Père, et je jure qu'après cette vie nous serons réunis dans une félicité qui n'aura pas de fin. Acceptez ces préceptes que vous donne votre Père très dévoué, qui en toute humilité d'esprit a composé pour vous ce recueil. Puisse mon modeste effort servir le but que je me suis assigné, et, préservant mon Enfant des abîmes de ce monde, puisse-t-il la conduire saine et sauve jusqu'aux bras de son Père, au Paradis." Et il signe : "Votre Père toujours aimant, dans ce monde comme dans l'autre, auteur de vos jours et gardien de votre vertu, avec l'expression de son humble amour. Hugh Crain." »

Theodora frémit. « Il a dû adorer ça. Signer avec son propre sang… Je l'imagine riant aux éclats.

– Ce n'est pas sain, déclara le docteur. Pas sain du tout, pour un homme.

– Mais, dit Eleanor, elle était très jeune quand son père a quitté la maison. Je me demande s'il lui a vraiment lu ces textes.

– Je suis sûre que oui, dit Theodora. Il se penchait sur son berceau et lui crachait ses paroles à la figure pour qu'elles prennent racine dans sa petite tête. Hugh Crain, vous n'étiez qu'un sale type et vous avez construit une sale bicoque, et si jamais vous m'entendez, où que vous soyez, je voudrais vous dire en face que j'espère sincèrement que vous passerez l'éternité dans votre abominable conception du monde sans jamais cesser de rôtir. »

Elle embrassa la pièce dans un grand geste moqueur. Pendant un long moment, conservant à l'esprit les scènes qu'ils venaient de voir, ils gardèrent le silence, comme s'ils attendaient une réponse. Soudain, les charbons du feu s'affaissèrent avec un petit craquement. Le docteur regarda sa montre et Luke se leva.

« C'est l'heure de boire un remontant », dit le docteur d'un air réjoui.

*

Theodora, assise par terre devant le feu, leva vers Eleanor un regard plein de méchanceté. À l'autre bout du petit salon, les pièces glissaient doucement sur l'échiquier. Theodora parla d'une voix onctueuse et mordante.

« Vous l'inviterez dans votre petit appartement, Nell ? Vous lui offrirez à boire dans votre tasse aux étoiles ? »

Eleanor ne répondit pas, les yeux rivés sur les flammes. J'ai été stupide, pensa-t-elle. Quelle idiote je suis.

« Est-ce qu'il y a assez de place pour deux ? Croyez-vous qu'il viendrait si vous le lui demandiez ? »

Rien ne pourrait être pire que ceci. Je suis une idiote.

« Peut-être qu'il meurt d'envie de vivre dans un espace minuscule. Plus restreint, en tout cas, que Hill House. Peut-être qu'il vous accompagnera chez vous. »

Idiote, au point que c'en est ridicule.

« Vos rideaux blancs, vos petits lions de pierre… »

Eleanor la regarda presque avec douceur. « Mais j'étais *obligée* de venir », dit-elle. Puis elle se leva, tourna les talons et partit comme une aveugle. Sans entendre les voix stupéfaites des autres, sans voir où elle allait ni quel chemin elle prenait, elle gagna la porte d'entrée et sortit dans la douce tiédeur de la nuit. « J'étais *obligée* de venir », dit-elle au monde, dehors.

La peur et la culpabilité sont sœurs. Theodora la rattrapa sur la pelouse. Muettes, fâchées, blessées, elles firent quelques pas côte à côte. La colère, le rire, la terreur ou la jalousie poussent parfois à des comportements extrêmes qu'on ne pourrait imaginer à un autre moment. Ni Eleanor ni Theodora ne songèrent un seul instant qu'il était imprudent de s'éloigner ainsi de Hill House après la tombée de la nuit. Elles étaient toutes deux tellement repliées sur leur propre désespoir qu'il leur semblait vital de trouver refuge dans les ténèbres, et, serrant autour d'elles l'étroit manteau, fragile autant qu'insupportable, de la fureur, elles marchèrent ensemble, chacune douloureusement consciente de la présence de l'autre et bien décidée à parler la dernière.

Enfin, Eleanor céda. Elle s'était cogné le pied à une pierre et feignait de ne pas s'en apercevoir, mais bientôt, affaiblie par cette douleur lancinante, elle dit, d'une voix crispée qu'elle voulait neutre : « Je ne comprends pas ce qui vous permet de croire que vous avez le moindre droit d'intervenir dans mes affaires. » Elle avait adopté un ton formel, afin d'éviter un flot de récriminations ou un reproche non mérité (n'étaient-elles pas cousines ?). « Je suis sûre que rien de ce que je fais n'a d'intérêt pour vous.

– Très juste, répondit acerbement Theodora. Vous ne m'intéressez pas. »

Nous marchons de part et d'autre d'une barrière, pensa Eleanor. Mais j'ai le droit de vivre, moi aussi, et j'ai perdu une heure avec Luke au petit pavillon, à essayer de le prouver.

« Je me suis fait mal au pied, dit-elle.

– Je suis désolée, répondit Theodora, qui paraissait sincèrement chagrinée. Vous savez bien que c'est un monstre. » Elle hésita. « Un gredin, ajouta-t-elle, une note d'humour dans la voix.

– Je me fiche *complètement* de ce qu'il est », riposta Eleanor. Puis, comme toujours lorsque deux femmes se chamaillent : « De toute façon, qu'est-ce que ça peut bien vous faire ?

– Il ne devrait pas agir comme ça.

– Comme *quoi* ? laissa tomber négligemment Eleanor.

– Vous vous rendez ridicule.

– Et si ce n'était pas vrai ? Vous auriez du mal à avaler que vous vous trompez, pour une fois ? »

La voix de Theodora se fit lasse, cynique. « Si je me trompe, je vous bénirai de tout mon cœur. Sotte que vous êtes.

– Vous pouviez difficilement répondre autre chose. »

Elles avaient pris le sentier qui menait au ruisseau. Dans l'obscurité, leurs pieds les avertissaient qu'elles étaient engagées dans la pente descendante. Et chacune accusait intérieurement l'autre d'avoir délibérément choisi un chemin qu'elles avaient jadis suivi ensemble lors d'une escapade heureuse.

« De toute façon, dit Eleanor calmement, quoi qu'il arrive, cela n'a aucune importance pour vous. Pourquoi vous soucieriez-vous de me voir me ridiculiser ? »

Theodora garda le silence un long moment, et soudain, Eleanor eut l'absurde conviction qu'elle avait tendu la main vers elle dans le noir, sans être vue.

« Theo, dit Eleanor avec gaucherie, je ne suis pas très douée pour parler aux gens, pour dire les choses. »

Theodora rit. « Pour quoi d'autre êtes-vous douée ? Pour prendre la poudre d'escampette ? »

Aucune parole irrévocable n'avait encore été prononcée. Mais il ne leur restait plus qu'une mince marge de sécurité. Elles avançaient toutes les deux aux abords d'une question ouverte : une de ces questions – comme par exemple « Est-ce que tu m'aimes ? » – qui, une fois posées, ne peuvent ni recevoir de réponse, ni tomber dans l'oubli. Lentement, plongées dans leurs interrogations, elles suivaient le sentier côte à côte, unies par une même espérance. Il n'était plus temps de feinter ou d'hésiter : elles n'avaient plus qu'à attendre passivement une résolution. Chacune savait à un souffle près ce que l'autre pensait et aurait aimé dire. Chacune se retenait de pleurer pour l'autre. Elles perçurent en même temps que quelque chose avait changé sur le sentier, et chacune sut au même instant que l'autre en était également consciente. Theodora prit Eleanor par le bras. N'osant pas s'arrêter, elles continuèrent à marcher, plus lentement cette fois, proches l'une de l'autre. Dans l'obscurité devant elles, le sentier décrivait un virage.

Eleanor retenait son souffle. Theodora lui serra plus fort la main pour l'enjoindre au silence. De part et d'autre du sentier, les arbres silencieux abandonnaient leur sombre couleur, et, pâles et transparents, dressaient leurs silhouettes effrayantes contre le ciel obscur. L'herbe aussi perdait toute couleur, le sentier était large et noir. Il n'y avait rien d'autre. Eleanor claquait des dents, en proie à une terreur qui lui donnait la nausée. Son bras tremblait entre les doigts de Theodora qui à présent s'y agrippaient. Chaque pas lui apparaissait comme un acte volontaire, un fol entêtement à mettre un pied devant l'autre en se persuadant que c'était la seule chose raisonnable à faire. Ses yeux endoloris s'emplissaient de larmes à force de scruter, au bord de l'épouvante, la noirceur du sentier et le blanc frémissement des arbres. Cette fois, pensa-t-elle – et les mots se formaient dans son esprit avec une brûlante clarté –, cette fois, j'ai vraiment peur.

Elles avançaient toujours. Le sentier déroulait ses méandres entre les arbres immobiles et le ciel d'encre s'étalait au-dessus de leurs têtes. Leurs pieds s'éclairaient, tout blancs chaque fois qu'ils touchaient le sol, comme la main de Theodora, pâle et lumineuse. Plus loin, le sentier tournait et disparaissait à leurs yeux. Elles marchaient lentement, attentives à chaque enjambée, car c'était le seul acte physique qui leur fût encore possible, la seule chose qui leur restât pour échapper à l'engloutissement dans cette abominable noirceur, cette blancheur, cette phosphorescence maléfique. Cette fois, j'ai vraiment peur, se répétait Eleanor avec des mots écrits en lettres de feu. Loin, très loin, elle sentait la main de Theodora toujours posée sur son bras. Mais Theodora était distante, inaccessible. Il faisait affreusement froid, on ne percevait aucune chaleur humaine alentour. Cette fois, j'ai *vraiment* peur, pensa à nouveau Eleanor en posant un pied après l'autre, frissonnant à chaque pas. Frissonnant d'un froid sans âme.

Sans doute le chemin les emmenait-il quelque part, avec sa volonté propre, car ni l'une ni l'autre ne pouvait s'en écarter et s'enfoncer dans le néant de blancheur qu'était l'herbe sur les côtés. Elles suivaient ce ruban d'encre luisante qui se déroulait devant elles. Theodora serra plus fort la main d'Eleanor qui lâcha un sanglot étranglé. Quelque chose avait bougé, là, plus loin ? Une forme plus blanche que les arbres blancs ? Qui leur avait fait signe, avant de s'évanouir entre les arbres pour les observer ? N'y avait-il pas quelque chose qui se déplaçait à côté d'elles, imperceptible dans le silence de la nuit ? Des pieds invisibles qui les accompagnaient dans l'herbe pâle ? Où étaient-elles ?

Le sentier les conduisit à destination et mourut sous leurs pas. Eleanor et Theodora se trouvaient devant un jardin, aveuglées soudain par la lumière du soleil et l'éclat de mille couleurs. Et, chose incroyable, il y avait un groupe de gens qui pique-niquaient sur l'herbe. Elles entendaient les rires des enfants et les voix affectueuses du père et de la mère. L'herbe touffue était d'un vert somptueux, les fleurs répandaient leurs tons rouges, orangés, jaunes, sous le ciel bleu et or. Un des enfants, qui portait un pull-over écarlate, roulait dans l'herbe avec un jeune chiot en éclatant d'un rire clair. Une nappe à carreaux était étalée sur l'herbe. Souriante, la mère se pencha en avant pour attraper un plat chargé de fruits resplendissants. Tout à coup, Theodora hurla.

« Ne vous retournez pas ! cria-t-elle d'une voix que la terreur rendait stridente. Ne regardez pas derrière vous ! Ne regardez pas ! Courez ! »

Obéissant sans savoir pourquoi, Eleanor pensa qu'elle allait se prendre le pied dans la nappe à carreaux. Elle craignait aussi de trébucher sur le chiot. Mais tandis qu'elles couraient, il n'y avait soudain plus rien dans le jardin, sinon de vilaines herbes sombres qui se dressaient dans les ténèbres. Theodora, criant toujours, se jetait dans les fourrés où elles avaient vu des fleurs, sanglotait, heurtait des pierres à demi enfouies, écrasait ce qui aurait pu être une tasse brisée. Elles se retrouvèrent au pied d'un mur tout blanc sur lequel grimpait une vigne noire, et, frappant aveuglément, griffant la pierre de leurs ongles, supplièrent qu'on les laisse sortir. Une vieille grille de fer rouillé s'ouvrit. Elles se remirent à courir, pleurant, haletant, plus ou moins accrochées à la main l'une de l'autre, puis, après avoir traversé le potager de Hill House, elles entrèrent en trombe par une porte arrière qui donnait dans la cuisine. Luke et le docteur se précipitèrent.

« Que s'est-il passé ? s'écria Luke en saisissant Theodora par les épaules. Pas de mal ?

– Nous étions comme fous, dit le docteur, épuisé. Nous vous avons cherchées dehors pendant des heures.

– Il y avait un pique-nique. » Eleanor s'était effondrée sur une chaise et regardait ses mains, griffées et écorchées, qui tremblaient de façon incontrôlable. « Nous avons essayé de partir, reprit-elle en tendant ses mains vers eux pour les montrer. C'était un pique-nique. Les enfants… »

Theodora partit d'un rire aigu, mêlé de sanglots, qui n'en finissait pas. « Je me suis retournée, j'ai regardé derrière nous… » Elle riait toujours.

« Des enfants… Un jeune chien…

– Eleanor. » Affolée, Theodora vint poser sa tête contre l'épaule d'Eleanor. « Eleanor. Eleanor. »

Eleanor la prit dans ses bras et leva les yeux vers Luke et le docteur. La pièce se mit à tournoyer follement, et le temps, celui qu'elle connaissait depuis toujours, s'arrêta.

7

L'après-midi où Mrs. Montague était attendue à Hill House, Eleanor partit toute seule dans les collines. Elle n'avait aucun but particulier, ne se souciait même pas du chemin qu'elle empruntait ni du lieu où la conduirait sa promenade. Elle voulait simplement se retirer en secret et, surtout, échapper aux sombres boiseries de la maison. Découvrant un repli de terrain où l'herbe était douce et sèche, elle s'y allongea. Depuis combien d'années ne s'était-elle pas couchée dans l'herbe pour être seule et réfléchir ? Tout autour, les arbres et les fleurs se tournèrent vers elle, attentifs, avec cet air étrangement gracieux que prennent les choses de la nature lorsqu'on les interrompt soudain au milieu des pressantes occupations que sont la croissance et la mort. La végétation semblait tenue de se montrer bienveillante envers une pauvre créature, terne et insignifiante, qui avait le malheur de ne pas être enracinée dans la terre mais devait sans cesse se déplacer d'un endroit à l'autre.

Eleanor cueillit distraitement une marguerite sauvage, puis, étendue dans l'herbe, contempla la fleur qui mourait entre ses doigts. Elle ne ressentait rien, sinon un bonheur d'une farouche intensité. Arrachant un à un les pétales de la marguerite, elle se demanda en souriant :

Qu'est-ce que je vais faire ? Qu'est-ce que je vais bien pouvoir *faire* ?

« Déposez les bagages dans le vestibule, Arthur, ordonna Mrs. Montague. N'y a-t-il donc personne pour nous aider à ouvrir cette porte ? Il faudra pourtant que *quelqu'un* monte les bagages. John ? John ?

– Ma chérie... » Le Dr Montague déboucha dans le vestibule, sa serviette à la main. Docilement, il posa un baiser sur la joue que sa femme lui tendait. « Je suis content que vous soyez enfin arrivée. Nous commencions à désespérer.

– J'avais *dit* que je viendrais aujourd'hui, n'est-ce pas ? Ai-je l'habitude de ne pas venir lorsque j'ai *dit* que je viendrais ? J'ai amené Arthur.

– Arthur, dit le docteur sans enthousiasme.

– *Qui d'autre* aurait pu tenir le volant ? Vous vous imaginiez peut-être que j'allais conduire si longtemps ! Vous savez que cela me fatigue. Enchantée. »

Le docteur se retourna et sourit à Eleanor, Theodora, et Luke, qui hésitaient sur le seuil d'une porte. « Ma chérie, voici mes amis qui ont passé ces quelques jours avec moi à Hill House. Theodora. Eleanor Vance. Luke Sanderson. »

Theodora, Eleanor et Luke émirent un murmure poli auquel Mrs. Montague répondit d'un hochement de tête. « Je vois que vous n'avez pas jugé utile de nous attendre pour le dîner, fit-elle remarquer.

– Nous ne pensions plus que vous arriveriez aujourd'hui.

– J'avais dit *aujourd'hui*, pourtant. Bien entendu, il est tout à fait possible que je me trompe, mais je *crois* m'en souvenir. Je suis sûre que j'apprendrai vite à connaître vos noms. Je vous présente Arthur Parker, qui m'a amenée jusqu'ici parce que j'ai horreur de conduire.

Arthur, voici les amis de John. Quelqu'un peut-il se charger de nos bagages ? »

Le docteur et Luke s'avancèrent.

« Bien entendu, je désire être installée dans votre chambre la plus hantée. Arthur dormira n'importe où. La valise bleue est à moi, jeune homme, ainsi que le petit attaché-case. »

Le docteur répondit au regard interrogateur de Luke. « La nursery, je pense. J'ai tout lieu de croire que la nursery est une pièce assez active », ajouta-t-il à l'intention de sa femme.

Elle poussa un soupir d'irritation. « Il me semble que vous auriez pu vous montrer plus méthodique. Voilà près d'une semaine que vous êtes ici, et je présume que vous n'avez encore rien fait à la planchette ? Ni à l'écriture automatique ? Je suppose aussi qu'aucune de ces deux jeunes femmes ne possède le moindre don médiumnique ? Ces valises-là sont celles d'Arthur. Il a emporté ses clubs de golf, au cas où.

– Au cas où quoi ? » demanda Theodora.

Mrs. Montague se tourna vers elle pour lui décocher un regard glacial.

« Je m'en voudrais d'interrompre votre dîner, finit-elle par dire.

– Il y a une barrière de froid juste devant la porte de la nursery, expliqua le docteur, espérant visiblement contenter son épouse.

– Parfait, mon ami. Ce jeune homme ne va-t-il pas monter les bagages d'Arthur à l'étage ? J'avoue que vous m'avez l'air passablement égaré. Presque une semaine que vous êtes ici… Je m'attendais à découvrir un semblant d'organisation. Des résultats ?

– Il y a eu des manifestations très claires…

– Eh bien, à présent que je suis là, nous allons progresser. Où Arthur peut-il ranger la voiture ?

– Il y a une écurie vide à l'arrière de la maison, où nous avons déjà garé les nôtres. Il pourra l'emmener demain matin.

– Absurde. Je n'aime pas remettre les choses à plus tard, John, vous le savez. Arthur aura beaucoup à faire demain matin, inutile d'y ajouter encore ce qu'il peut régler ce soir. Il doit déplacer la voiture immédiatement.

– Il fait noir, dehors, dit le docteur en hésitant.

– John, vous me surprenez. Croyez-vous que j'ignore qu'il fait noir dehors, *la nuit* ? La voiture est équipée de phares, John. Ce jeune homme n'aura qu'à accompagner Arthur pour lui montrer le chemin.

– Merci bien, dit Luke en grimaçant. Nous avons pour politique commune de ne pas sortir dans l'obscurité. Arthur peut y aller s'il le souhaite, bien sûr, mais sans moi.

– Les jeunes dames ont vécu une expérience..., commença le docteur.

– Quel poltron », coupa Arthur. Il se tenait debout aux côtés de Mrs. Montague, après avoir sorti de la voiture les valises, sacs, paniers et matériel de golf. Il avait le visage rouge, les cheveux blancs, et toisait Luke avec dédain. « Vous devriez avoir honte devant les dames.

– Les dames, comme vous dites, ont tout aussi peur que moi, répliqua Luke, froissé.

– C'est exact, intervint le docteur en posant une main apaisante sur l'épaule d'Arthur. Quand vous aurez passé quelque temps ici, Arthur, vous comprendrez que Luke se comporte en homme sensé, non en poltron. Nous veillons à ne pas nous séparer après la tombée de la nuit.

– Je dois reconnaître, John, que je ne m'attendais guère à vous trouver tous aussi *anxieux*, déclara Mrs. Montague. La peur est une chose que je déplore dans ces affaires-là. » Elle tapa du pied avec irritation. « Vous savez très bien, John, que ceux qui sont passés dans l'au-delà *souhaitent* nous voir heureux et souriants. Ils *veulent* que nous pensions à eux en termes affectueux. Les esprits qui occupent cette demeure *souffrent*, peut-être, parce qu'ils se rendent compte que vous avez peur d'eux.

– Nous parlerons de cela plus tard, dit le docteur avec lassitude. Si nous terminions d'abord notre repas ?

– Certainement. » Mrs. Montague lança un bref regard à Theodora et à Eleanor. « Je suis désolée de vous avoir interrompus.

– Avez-vous dîné ?

– Bien sûr que non, John. Nous n'avons pas dîné. J'ai *dit* que nous serions là pour le dîner, n'est-ce pas ? Ou bien ma mémoire me trompe-t-elle de nouveau ?

– Quoi qu'il en soit, j'ai prévenu Mrs. Dudley de votre arrivée, dit le docteur en ouvrant la porte de la salle de jeux, derrière laquelle se trouvait la salle à manger. Elle nous a laissé un festin. »

Pauvre Dr Montague, pensa Eleanor en s'effaçant pour permettre au docteur de conduire sa femme à la salle à manger. Il est tellement mal à l'aise. Je me demande combien de temps elle va rester.

« Je me demande combien de temps elle va rester, lui souffla Theodora à l'oreille.

– Peut-être que sa valise est remplie d'ectoplasmes, répondit Eleanor.

– Et combien de temps pourrez-vous rester ? interrogea le docteur lorsqu'il eut pris place en tête de table, avec sa femme assise tout près de lui.

– Eh bien, mon ami… » Mrs. Montague goûta prudemment à la sauce aux câpres de Mrs. Dudley. « Je vois que vous avez déniché une excellente cuisinière… Vous savez qu'Arthur doit retourner à son école. Arthur est directeur d'école, expliqua-t-elle à la tablée, et il a eu la générosité d'annuler ses rendez-vous de lundi. Nous partirons donc lundi après-midi, afin qu'il puisse assurer ses obligations mardi.

– J'imagine la joie de ses élèves, chuchota Luke à Theodora.

– Mais nous ne sommes que samedi, lui répondit-elle.

– Ce menu ne me déplaît point, John, déclara Mrs. Montague. Je parlerai à votre cuisinière demain matin.

– Mrs. Dudley est une femme admirable, dit le docteur avec circonspection.

– Ses plats sont un peu trop *sophistiqués*, selon moi », dit Arthur. Il ajouta, en se tournant vers Theodora : « Voyez-vous, je suis un homme aux goûts simples. Je ne bois pas, je ne fume pas, je ne lis pas de littérature de bas étage. C'est un mauvais exemple pour les gamins de l'école. Car il ne faut pas croire qu'ils ne vous observent pas.

– Je suis sûre qu'ils prennent tous modèle sur vous », dit Theodora d'une voix neutre.

Arthur secoua la tête. « Nous avons bien quelques poules mouillées aussi… Qui n'aiment pas le sport, restent assis dans leur coin et pleurent pour un rien. Mais nous les remettons vite dans le droit chemin ! »

Il tendit le bras vers le beurrier.

Comme Arthur était assis plus loin de son côté de la table, Mrs. Montague se pencha en avant pour le regarder.

« Mangez légèrement, Arthur, lui recommanda-t-elle. Nous avons une nuit chargée devant nous.

– Qu'avez-vous donc prévu ? demanda le docteur.

– *Vous*, bien sûr, vous ne concevriez pas d'aborder ces choses-là de manière systématique. Reconnaissez tout de même que j'en ai une meilleure compréhension, plus intuitive. L'intuition est le propre des femmes, ne l'oubliez pas, John. Du moins, de *certaines* femmes. » Elle s'interrompit pour examiner Eleanor et Theodora d'un regard acéré. « Pas de *celles-ci*, oserais-je dire. À moins que je ne me trompe encore ? Vous aimez tant souligner mes erreurs, John.

– Ma chère amie…

– Je ne *supporte pas* le travail bâclé, dans aucun domaine. Arthur patrouillera, bien entendu. C'est dans cette intention que je l'ai amené. Il est tellement rare, expliqua-t-elle en se tournant vers Luke, qui était son autre voisin, de rencontrer parmi les enseignants des personnes qui sont intéressées par l'au-delà. Vous verrez qu'Arthur est étonnamment bien informé. J'irai m'étendre dans votre chambre hantée en ne laissant qu'une veilleuse allumée et je tâcherai d'entrer en contact avec les éléments qui perturbent cette maison. Je ne dors jamais quand il y a des esprits troublés dans les environs. »

Muet, Luke acquiesça.

« Du bon sens, dit Arthur. Aborder les choses de la manière correcte. On n'est jamais récompensé si l'on vise trop bas. C'est ce que j'apprends à mes gamins.

– Je pense que nous commencerons par une petite séance avec la planchette après le dîner, déclara Mrs. Montague. Rien qu'Arthur et moi, bien entendu. Vous autres, je vois bien que vous n'êtes pas encore prêts.

Vous ne feriez qu'effaroucher les esprits. Il nous faudra une pièce tranquille…

– La bibliothèque, suggéra poliment Luke.

– La bibliothèque ? Cela pourrait convenir. Les livres, comme vous le savez, sont généralement de bons intermédiaires. Les matérialisations les plus réussies se produisent souvent dans des endroits pourvus de livres. Et je ne connais aucun cas où elles aient été freinées par leur présence. Je présume que la bibliothèque a été époussetée ? Arthur est quelquefois sujet à des éternuements.

– Mrs. Dudley maintient toute la maison en parfait état, dit le docteur.

– Je veux décidément parler à cette Mrs. Dudley demain matin. Conduisez-nous donc à la bibliothèque, John, tandis que ce jeune homme ira chercher ma valise. Attention, pas la *grande* valise. La petite. Apportez-la-moi à la bibliothèque… Nous vous rejoindrons plus tard. Après une séance avec la planchette, j'ai besoin d'un verre de lait accompagné éventuellement d'un morceau de gâteau. Des biscuits secs feront l'affaire s'ils ne sont pas trop salés. Une conversation paisible, en outre, avec des gens sympathiques, peut s'avérer tout à fait bénéfique, surtout si je dois être réceptive pendant la nuit. L'esprit humain est un instrument de grande précision que l'on ne traitera jamais avec trop d'égards. Arthur ? » Après un vague signe de tête à l'adresse d'Eleanor et de Theodora, elle sortit, escortée par Arthur, Luke et son mari.

Au bout d'une minute, Theodora lâcha : « Je crois que je vais adorer Mrs. Montague. »

Eleanor réservait encore son opinion. « Je ne sais pas… Arthur me plaît davantage. Et, *moi aussi*, je trouve que Luke est un poltron.

– Pauvre Luke, dit Theodora. Il n'a jamais eu de mère. »

Levant les yeux, Eleanor s'aperçut que Theodora l'observait avec un sourire troublant. Elle quitta la table avec une telle brusquerie qu'un verre se renversa.

« Nous ne devrions pas rester seules, dit-elle, en proie à un étrange essoufflement. Allons retrouver les autres. » Elle sortit presque en courant de la salle à manger. Theodora la suivit en riant dans le couloir, jusqu'au petit boudoir où Luke et le docteur les attendaient, debout devant le feu.

« Qu'est-ce que c'est donc que cette planchette ? » demanda Luke.

Le docteur soupira avec irritation. « Les imbéciles ! » Puis, se reprenant aussitôt : « Pardon. L'idée m'agace, mais puisqu'elle lui plaît à *elle*... » Il se détourna et entreprit de tisonner les braises. « La planchette, poursuivit-il au bout d'un moment, sur le mode du *oui-ja*, est un dispositif qui permet de pratiquer une sorte d'écriture automatique. Une méthode de communication avec... des êtres immatériels, disons. Mais selon moi, les seuls êtres immatériels que l'on parvient à contacter par l'intermédiaire de ce genre d'instrument sont les imaginations des gens qui les manipulent. Passons. La planchette est un petit morceau de bois léger, généralement en forme de cœur ou de triangle. Un crayon est fixé du côté de la pointe, et, de l'autre côté, on cale un objet sur deux petites roues capables de glisser facilement sur le papier. Deux personnes posent les doigts sur l'objet et l'interrogent. L'objet se met alors en mouvement, obéissant à une force dont nous ne discuterons pas ici la nature, et écrit des réponses. Dans le cas d'un *oui-ja*, l'objet se déplace vers des lettres tracées sur un tableau.

Un verre à vin ordinaire peut d'ailleurs s'utiliser de la même façon. J'ai même déjà assisté à une expérience avec un jouet d'enfant à roulettes – ce qui était assez ridicule, croyez-moi. Chacune des deux personnes pose le bout des doigts d'une seule main sur l'objet, afin de garder l'autre main disponible pour noter les questions et les réponses. Les réponses sont dépourvues de toute signification, j'en suis persuadé. Mais, bien entendu, ma femme vous assurera le contraire. Ce sont des balivernes. » Il se tourna de nouveau vers le feu. « Des histoires d'écolières. De la superstition. »

*

« Ma petite Planchette a été très gentille, ce soir, dit Mrs. Montague. John, il y a effectivement des éléments étrangers présents dans cette maison.

– C'était une séance exceptionnelle, renchérit Arthur en brandissant triomphalement une liasse de feuillets.

– Nous avons quantité d'informations pour vous, reprit Mrs. Montague. Surtout, Planchette n'a pas cessé de mentionner une religieuse. Savez-vous quoi que ce soit à ce sujet, John ?

– Une religieuse, à Hill House ? C'est peu probable.

– Pourtant, Planchette semblait très sûre d'elle. Peut-être a-t-on vu dans le voisinage quelque chose d'approchant ? Une vague silhouette sombre qui terrifierait les villageois lorsqu'ils rentrent chez eux tard le soir ?

– Le personnage de la religieuse est assez répandu dans…

– John, je vous en *prie*. Insinuez-vous que je me trompe ? Ou que *Planchette* pourrait se tromper ? Je vous affirme – et si ma parole ne vous suffit pas, vous devez au moins en croire Planchette – que les allusions à cette religieuse étaient des plus claires.

– Je cherche seulement à vous faire remarquer, ma chère, que le spectre de la religieuse est de très loin le phénomène le plus courant en matière de revenants. Il n'en a jamais été question à propos de Hill House, mais dans presque toutes les…

– John, je vous en *prie*. Me laisserez-vous poursuivre ? Ou bien comptez-vous éconduire Planchette sans même l'avoir entendue ? Merci. » Mrs. Montague marqua une pause pour se composer un visage plus calme. « Il y a aussi un nom, reprit-elle, orthographié différemment d'une fois à l'autre : Helen, Helene ou Elena. De qui pourrait-il s'agir ?

– Ma chère amie, de nombreuses personnes ont habité…

– Helen nous a mis en garde contre un moine mystérieux. Or, quand un moine et une religieuse apparaissent *tous deux* dans une même maison…

– Sauf que cette maison a été construite sur un site plus ancien, dit Arthur. Des influences prédominantes… On observe parfois que des influences plus anciennes continuent à s'exercer, ajouta-t-il pour clarifier son propos.

– On peut penser à une rupture de vœux, n'est-ce pas ? Oui, tout à fait.

– C'était fréquent à l'époque, vous savez. La tentation, sans doute…

– Je ne crois pas que…, commença le docteur.

– J'avancerais qu'elle a été emmurée vive, dit Mrs. Montague. Je parle de la religieuse. En effet, c'était une pratique courante. Vous n'avez pas idée du nombre de messages que j'ai déjà reçus de religieuses qui ont fini ainsi.

– Il n'existe *aucun* document permettant d'établir…

– John. Je vous le répète, *moi* qui vous parle, j'ai reçu des messages provenant de ces religieuses. Vous croyez que j'affabule, John ? Ou bien pensez-vous qu'une religieuse puisse *délibérément* faire mine d'avoir subi pareil traitement, alors que ce n'est pas la vérité ? Est-il possible que je me trompe encore, John ?

– Certainement pas, ma chère, répondit le Dr Montague en poussant un soupir de lassitude.

– Avec une seule bougie et une croûte de pain, dit Arthur à Theodora. C'est abominable, quand on y pense.

– Aucune religieuse n'a jamais été emmurée vive », dit le docteur d'un ton maussade. Puis, élevant légèrement la voix : « C'est une légende. Une histoire. Une calomnie répandue par…

– Très bien, John. Nous ne nous querellerons pas à ce sujet. Comprenez seulement que les opinions purement matérialistes doivent parfois s'incliner devant les *faits*. En l'occurrence, il est prouvé que, parmi les revenants qui troublent cette maison, il y a une religieuse et un…

– Quoi d'autre ? demanda vivement Luke. Je suis *très* impatient d'entendre ce que, euh… Planchette a révélé. »

Mrs. Montague leva le doigt d'un air malicieux : « Rien qui vous concerne, *vous*, jeune homme. Par contre, l'une des jeunes femmes ici présentes pourrait apprendre quelque chose d'intéressant. »

Quelle femme impossible, songea Eleanor. Vulgaire, possessive.

« Helen nous demande de chercher un vieux puits dans la cave, reprit Mrs. Montague.

– Ne me dites pas qu'*Helen* a été emmurée vive, elle aussi, dit le docteur.

– Je ne crois pas, John, non. Je suis convaincue qu'elle l'aurait mentionné, le cas échéant. En fait, Helen s'est montrée assez vague quant à ce que nous sommes *censés* découvrir dans ce puits. Mais je doute qu'il s'agisse d'un trésor. Il est tellement rare de tomber sur un *vrai* trésor en pareilles circonstances. Il s'agira plus probablement d'un élément concernant la religieuse disparue.

– Ou, plus probablement encore, de détritus accumulés depuis quatre-vingts ans.

– John, je ne *comprends* pas un tel scepticisme, surtout de votre part. Après tout, vous êtes venu dans cette maison pour rassembler des preuves d'une activité surnaturelle, et maintenant que je vous fournis un compte rendu des *causes* et une piste pour débuter nos recherches, vous adoptez une attitude franchement méprisante.

– Nous ne sommes pas habilités à creuser dans la cave.

– Arthur pourrait… », commença Mrs. Montague, pleine d'espoir.

Le docteur l'interrompit d'un ton péremptoire : « Non. Mon contrat de location interdit formellement que l'on touche à la maison. Il n'est pas question de creuser dans les caves, d'arracher des lambris ou de soulever des planchers. Hill House reste une propriété qui a de la valeur et nous sommes des chercheurs, non des vandales.

– Je vous croyais attaché à découvrir la *vérité*, John.

– C'est mon vœu le plus cher. »

Le Dr Montague traversa le boudoir à grandes enjambées et, s'arrêtant devant l'échiquier, empoigna un cavalier qu'il observa longuement, comme pour se calmer en comptant jusqu'à cent.

« Bonté divine, soupira Mrs. Montague, quelle patience il faut parfois. Néanmoins, je tiens à vous lire le petit passage que nous avons reçu vers la fin. Arthur, vous l'avez ? »

Arthur feuilleta sa liasse de papiers.

« C'était juste après le message au sujet des fleurs que vous devez envoyer à votre tante, dit Mrs. Montague. Planchette a un esprit contrôleur qui s'appelle Merrigot, expliqua-t-elle. Et Merrigot s'intéresse tout particulièrement à Arthur : il lui donne des nouvelles de sa famille, par exemple.

– Ce n'est pas une maladie très grave, dit Arthur avec sérieux. Je dois lui envoyer des fleurs, bien sûr, mais Merrigot ne semblait pas inquiet. »

Mrs. Montague avait sélectionné plusieurs feuillets, couverts de mots épars, griffonnés au crayon. Elle les parcourut rapidement, les sourcils froncés, en laissant courir son doigt le long des pages. « Voilà, dit-elle enfin. Arthur, vous lirez les questions et je lirai les réponses. Cela paraîtra plus naturel.

– Allons-y », dit Arthur avec enthousiasme. Il se pencha par-dessus l'épaule de Mrs. Montague. « Voyons… Je commence à peu près ici ?

– Commencez à “Qui êtes-vous ?”

– Bien. “Qui êtes-vous ?”

– “Nell” », lut Mrs. Montague de sa voix tranchante.

Eleanor, Theodora, Luke et le docteur se tournèrent vers elle, l'oreille aux aguets.

« “Nell comment ?”

– “Eleanor Nellie Nell Nell.” Ils font cela de temps en temps, expliqua Mrs. Montague. Ils répètent plusieurs fois un même mot pour s'assurer qu'il est bien compris. »

Arthur s'éclaircit la voix. « "Que voulez-vous ?"
– "Maison."
– "Vous voulez rentrer à la maison ?" »
Theodora haussa les épaules en regardant Eleanor avec une moue ironique.
« "Être à la maison."
– "Que faites-vous ici ?"
– "J'attends."
– "Vous attendez quoi ?"
– "Maison." » À son tour, Arthur expliqua en hochant gravement la tête : « Quand ils aiment bien un mot, aussi, ils l'utilisent à répétition. Pour le simple plaisir de l'entendre.
– En général, nous ne demandons jamais *pourquoi*, dit Mrs. Montague, parce que cela a tendance à embrouiller Planchette. Mais cette fois, nous avons pris le risque. Arthur ?
– "Pourquoi ?" lut Arthur.
– "Maman", lut Mrs. Montague. Vous voyez, nous avons bien fait de poser la question, ici, puisque Planchette s'est sentie libre de répondre.
– "Est-ce que Hill House est votre maison ?" poursuivit Arthur d'un ton neutre.
– "Maison." »
Le docteur soupira.
« "Souffrez-vous ?" demanda Arthur.
– Pas de réponse », dit Mrs. Montague. Elle rassura son auditoire d'un signe de tête. « Parfois, ils répugnent à avouer leurs souffrances. Pour ne pas décourager ceux d'entre nous qui sont encore dans ce monde, sans doute. Comme la tante d'Arthur, par exemple, qui ne reconnaîtra *jamais* qu'elle est malade. Heureusement,

Merrigot ne manque jamais de nous en informer… Après leur mort, c'est encore pire.

– Ils sont stoïques », confirma Arthur. Et il reprit sa lecture : « "Pouvons-nous vous aider ?"

– "Non."

– "Y a-t-il quoi que ce soit que nous puissions faire pour vous ?"

– "Non. Perdue. Perdue, Perdue." » Mrs. Montague leva les yeux : « Vous voyez ? Un mot, encore, et encore. Ils *adorent* se répéter. Il m'est arrivé de noter un seul et même mot sur toute une page.

– "Que voulez-vous ?" lut Arthur.

– "Maman."

– "Pourquoi ?"

– "Enfant."

– "Où est votre mère ?"

– "Maison."

– "Où est votre maison ?"

– "Perdue. Perdue. Perdue." » Mrs. Montague replia vivement la feuille. « Ensuite, nous n'avons plus obtenu que du charabia.

– *Jamais* je n'ai vu planchette aussi coopérante, confia Arthur à Theodora. Une expérience incroyable, vraiment.

– Mais pourquoi s'en prendre à Nell ? demanda Theodora, agacée. Votre stupide Planchette n'a pas le droit d'envoyer des messages aux gens sans permission ou…

– Vous n'arriverez à rien en l'insultant…, » commença Arthur.

Mrs. Montague l'interrompit en se tournant brusquement vers Eleanor. « C'est *vous*, Nell ? » demanda-t-elle.

Puis, regardant Theodora : « Nous pensions que c'était *vous*.

– Et alors ? jeta Theodora avec insolence.

– Cela n'affecte en rien les messages, bien entendu, dit Mrs. Montague en tapotant son papier avec irritation. Il est regrettable que nous n'ayons pas été présentées de manière *correcte,* mais je suis certaine que Planchette, *elle*, vous différenciait parfaitement l'une de l'autre. C'est moi qui ai été induite en erreur.

– Ne vous sentez pas délaissée, dit Luke à Theodora. Nous vous enterrerons vivante.

– Quand ce truc-là m'enverra un message, répliqua Theodora, j'espère bien qu'il s'agira d'un trésor caché. Pas question de me faire envoyer des fleurs à ma tante. »

Ils évitent tous soigneusement de me regarder, pensa Eleanor. Une fois de plus, c'est moi qui me retrouve mise à part, et par gentillesse, ils se comportent comme si cela n'avait aucune importance.

« Pourquoi m'adresse-t-on ce message, d'après vous ? demanda-t-elle, désemparée.

– En vérité, mon enfant, répondit Mrs. Montague en posant ses feuillets sur la table basse, je n'en ai pas *la moindre* idée. Vous n'êtes d'ailleurs plus *vraiment* une enfant, n'est-ce pas ? Peut-être, sans le savoir, êtes-vous particulièrement réceptive aux manifestations parapsychiques ? Auquel cas, ajouta-t-elle en se détournant avec indifférence, comment pouvez-vous avoir passé *une semaine* dans cette maison sans capter aucun message de l'au-delà ?... Quelqu'un devrait attiser ce feu.

– Nell n'a aucune envie de recevoir des messages de l'au-delà, dit Theodora d'une voix réconfortante, en prenant la main glacée d'Eleanor entre les siennes. Tout ce qu'elle veut, c'est dormir un peu dans son lit bien chaud. »

La paix, pensa Eleanor. Ce que je désire le plus au monde, c'est la paix. Un endroit calme où m'allonger pour réfléchir. Un lieu tranquille, au milieu des fleurs, où rêver et me raconter de jolies histoires.

*

« Je prendrai mes quartiers dans la petite chambre voisine de la nursery, déclara pompeusement Arthur, afin d'entendre les cris. J'aurai préparé mon revolver – n'ayez crainte, mesdames, je suis un excellent tireur –, ainsi qu'une lampe de poche et un sifflet des plus puissants. Il me sera très facile de vous prévenir si je remarque quoi que ce soit qui mérite votre attention, ou si j'ai besoin… de compagnie. Vous pouvez tous dormir sur vos deux oreilles.

– Arthur patrouillera dans la maison, expliqua Mrs. Montague. Toutes les heures, régulièrement, il fera une ronde au premier étage. Je ne crois pas qu'il soit nécessaire de se préoccuper des pièces du rez-de-chaussée ce soir, puisque *je* serai là-haut. Nous avons déjà souvent procédé de la sorte. Venez. »

Sans un mot, ils lui emboîtèrent le pas dans l'escalier, tandis qu'elle distribuait de petites tapes affectueuses à la rampe et aux moulures sur les murs.

« C'est un tel bonheur, continua-t-elle, de savoir que les êtres qui peuplent cette demeure attendent de pouvoir enfin raconter leur histoire et se libérer de leur douloureux fardeau. Bien… Arthur va d'abord inspecter les chambres à coucher. Arthur ? »

Arthur ouvrit la porte de la chambre bleue qu'Eleanor et Theodora partageaient. « Avec votre permission, mesdames… Quel endroit charmant, ajouta-t-il d'une voix suave. Idéal, pour deux ravissantes jeunes femmes. Si vous le voulez bien, je vous épargnerai la peine de regarder dans l'armoire et sous le lit. »

Arthur se mit à quatre pattes pour jeter un coup d'œil sous les lits. Il se releva en se frottant les mains. « Aucun danger.

– Parfait, dit Mrs. Montague. À présent, où dois-je m'installer, moi ? Où ce jeune homme a-t-il emporté mes affaires ?

– Là-bas…, dit le docteur. Tout au bout du couloir. »

Suivie d'Arthur, Mrs. Montague partit d'un pas ferme vers la nursery. Elle frissonna en traversant la barrière de froid.

« Il me faudra des couvertures supplémentaires, déclara-t-elle. Demandez au jeune homme d'aller m'en chercher dans l'une des autres chambres. » Après avoir ouvert la porte, elle considéra la pièce d'un œil approbateur. « Le lit est fait, apparemment, mais la chambre a-t-elle été aérée ?

– J'ai demandé à Mrs. Dudley de s'en occuper, dit le docteur.

– Elle sent le renfermé. Arthur, vous serez obligé d'ouvrir la fenêtre, en dépit du froid. »

Sur les murs de la nursery, les animaux surveillaient Mrs. Montague d'un air lugubre.

« Êtes-vous certaine que… », commença le docteur. Il hésita et jeta un regard inquiet aux deux têtes grimaçantes qui surmontaient la porte. Je me demande si vous ne devriez pas avoir quelqu'un ici avec vous.

– Mon ami ! » Réjouie par la présence de ceux qui avaient trépassé, Mrs. Montague retrouvait sa bonne humeur. « Combien d'heures – combien d'heures *innombrables* – ne suis-je pas restée, pleine d'amour et de compassion, seule dans une pièce, sans pourtant être seule ? Mon cher ami, comment puis-je vous faire comprendre qu'il n'y a aucun danger là où ne résident qu'amour total et indulgence ? Je suis ici pour *aider* ces êtres infortunés. Pour leur tendre une main sincère et affectueuse, leur dire qu'il existe encore des gens qui se *souviennent* et sont prêts à les écouter et à pleurer sur leurs malheurs. Leur solitude touche à sa fin, et je…

– Oui, dit le docteur. Mais laissez la porte ouverte.

– Je ne la fermerai pas à clé puisque vous insistez, concéda Mrs. Montague, décidément magnanime.

– Je suis un peu plus loin dans le couloir… Je ne me propose pas pour patrouiller, il est clair qu'Arthur en assume la responsabilité, mais si vous avez besoin de quelque chose, je vous entendrai. »

Mrs. Montague rit en agitant la main. « Les autres ont bien plus besoin que moi de votre protection. Je ferai mon possible, bien sûr. Mais ils sont *tellement* vulnérables, avec leurs cœurs endurcis et leurs yeux qui ne voient rien. »

Suivi de Luke, qui semblait beaucoup s'amuser, Arthur revenait justement de sa tournée d'inspection dans les autres chambres de l'étage. Il adressa un bref signe de tête au docteur. « Tout est en ordre, dit-il. Vous pouvez aller vous coucher en toute sécurité.

– Merci. » Le docteur se tourna ensuite vers sa femme : « Bonne nuit. Soyez prudente.

– Bonne nuit, répondit Mrs. Montague en souriant au groupe. Je vous en prie, n'ayez pas peur. Quoi qu'il arrive, n'oubliez pas que je suis là.

– Bonne nuit, dit Theodora.

– Bonne nuit », dit Luke.

Talonnées par Arthur qui répétait encore une fois qu'elles pouvaient dormir en toute quiétude et leur rappelait de ne pas s'alarmer si elles entendaient des coups de feu, précisant qu'il commencerait son premier tour de ronde à minuit, Eleanor et Theodora gagnèrent leur chambre, tandis que Luke se retirait dans la sienne. Le docteur les imita bientôt, après s'être éloigné à contrecœur de la porte de la nursery refermée par sa femme.

« Attendez, dit Theodora à Eleanor, une fois qu'elles furent entrées. Luke a dit que nous devions les rejoindre dans la chambre du docteur. Ne vous déshabillez pas, et taisez-vous... » Entrouvrant la porte, elle souffla pardessus son épaule : « Je parie que cette vieille sorcière va finir par faire exploser la baraque avec ses histoires d'amour *total.* S'il y a un endroit au monde qui n'a pas besoin d'amour total, c'est bien Hill House. Vite... Arthur a refermé sa porte. Venez ! »

À pas feutrés, courant en silence sur le tapis du couloir, elles se hâtèrent vers la chambre du docteur. Celui-ci ouvrit la porte, juste assez pour les laisser passer.

« Dépêchez-vous..., chuchota-t-il. Pas de bruit !

– C'est dangereux », dit Luke. Il repoussa le battant, en le laissant légèrement entrebâillé, et vint s'asseoir par terre avec les autres. « Ce type risque de tuer quelqu'un. »

Le docteur était soucieux. « Je n'aime pas cela... Luke et moi allons monter la garde. Et je voudrais que vous restiez ici toutes les deux, pour que nous puissions garder un œil sur vous. Il va arriver quelque chose. Je n'aime pas cela du tout.

– J'espère qu'elle n'a pas tout déréglé avec sa planchette, dit Theodora. Excusez-moi, Dr Montague, j'ai l'air de manquer de respect... »

Le docteur se mit à rire, mais il ne quittait pas la porte des yeux. « Au départ, elle avait l'intention de m'accompagner durant la totalité du séjour. Sauf qu'elle s'était inscrite à un cours de yoga et ne voulait pas manquer les séances. C'est une excellente femme à maints égards, ajouta-t-il en les considérant avec sérieux. Une parfaite épouse, qui s'occupe de moi à merveille. Oui, elle fait vraiment très bien les choses. Elle recoud mes boutons de chemises. Cette... » Il désigna vaguement le couloir. « ... Cette *pratique* est quasiment son seul et unique vice.

– Elle a peut-être l'impression de vous aider dans votre travail », dit Eleanor.

Le docteur fit la grimace et réprima un frisson. Au même instant, la porte s'ouvrit tout grand, puis claqua violemment. Dans le silence, ils entendirent un bruissement qui enflait peu à peu, comme si un vent d'une force inouïe se levait dans le couloir. Ils échangèrent des regards furtifs en s'efforçant de sourire et de paraître courageux. Un froid irréel s'infiltrait dans la chambre, tandis qu'au milieu des hurlements du vent, ils percevaient les coups frappés sur les portes du rez-de-chaussée. Sans un mot, Theodora attrapa l'édredon au pied du lit du docteur et l'enroula autour d'Eleanor et d'elle-même. Eleanor avait beau se cramponner à Theodora qui l'étreignait, elle était glacée. *Ils* connaissent mon nom, se disait-elle. Cette fois, ils connaissent mon nom. Le vacarme remontait à présent l'escalier, en martelant les marches l'une après l'autre. Luke rejoignit le docteur qui se tenait sur le qui-vive, debout à la porte.

« Ça ne se passe pas du tout du côté de la nursery, dit-il en l'empêchant d'ouvrir le battant.

– Je dois avouer que ce boucan devient lassant, à la longue, ironisa Theodora. L'été prochain, j'irai ailleurs.

– Aucun endroit n'est parfait, répliqua Luke. Dans la région des lacs, il y a des moustiques.

– Se pourrait-il que nous ayons épuisé le répertoire de Hill House ? demanda Theodora, faussement désinvolte, mais la voix tremblante. Nous avons déjà entendu ça. Faut-il s'attendre à une suite identique, ou y aura-t-il une variante ? »

Le tapage retentissait au fond du couloir, du côté opposé à la nursery. Le docteur, tendu à l'extrême, secoua la tête avec anxiété.

« Je vais devoir sortir, dit-il. Elle a peut-être peur. »

Pressée contre Theodora, Eleanor se balançait au rythme des coups qui lui paraissaient jaillir à l'intérieur de sa tête autant que dans le couloir.

« Ils savent où nous sommes », dit-elle.

Croyant qu'elle parlait d'Arthur et de Mrs. Montague, les autres acquiescèrent, l'oreille toujours aux aguets. Le vacarme va remonter tout le long du couloir, pensa Eleanor en vacillant d'un côté à l'autre, les mains sur les yeux. Il va aller jusqu'au bout, et là, il fera demi-tour et reviendra, puis il continuera encore et encore, comme la dernière fois, et puis il s'arrêtera. Alors, nous nous regarderons en riant, nous oublierons combien nous avons eu froid, et, après un dernier frisson de peur qui nous parcourra le dos, ce sera fini.

« Nous n'avons jamais été menacés, dit Theodora au docteur pendant une pause. Pourquoi seraient-ils en danger, *eux* ?

– J'espère qu'elle n'essaiera pas de *faire* quelque chose », dit le docteur d'un air sévère. Il était toujours debout devant la porte, mais semblait incapable de l'ouvrir à cause du bruit effroyable qui montait de l'autre côté.

« Je me sens comme un vétéran, dit Theodora à Eleanor. Rapprochez-vous, Nell. Restez bien au chaud. » Elle attira Eleanor plus près encore sous la couverture. Le froid immonde se refermait autour d'elles.

Soudain, le calme retomba. Le silence mystérieux et effrayant dont ils se souvenaient tous. Retenant leur souffle, ils se regardèrent. Le docteur agrippa la poignée de la porte et Luke, le visage livide et la voix tremblante, lâcha d'un ton badin : « Qui veut un petit brandy ? Ma passion pour les spiritueux…

– Ce n'est pas le moment de faire des jeux de mots[1], dit Theodora en pouffant d'un rire nerveux.

– Excusez-moi. Vous ne me croirez peut-être pas, mais je n'y voyais aucun jeu de mots. » Le goulot de la bouteille tremblait au bord du verre tandis qu'il essayait de servir un brandy. « Voilà comment on perd son sens de l'humour en vivant dans une maison hantée », ajouta-t-il.

Serrant le verre entre ses mains, il s'approcha du lit où Theodora et Eleanor étaient blotties l'une contre l'autre. Theodora sortit une main pour prendre le verre. « Buvez », dit-elle en le présentant à Eleanor.

Eleanor avala une petite gorgée qui ne la réchauffa guère. Nous sommes dans l'œil du cyclone, pensa-t-elle.

---

1. En anglais, *spirits* signifie « esprits » ou « spiritueux ».

Nous n'avons plus beaucoup de temps. Elle regarda Luke qui apportait avec précaution un verre de brandy au docteur. Le verre glissa soudain entre ses doigts et tomba par terre. Sans qu'il y eût le moindre bruit, la porte fut agitée d'une violente secousse. Luke tira le docteur en arrière. En silence, le battant subissait un assaut effroyable qui semblait sur le point de l'arracher à ses gonds, les laissant tous à découvert. Luke et le docteur reculèrent, anxieux et impuissants.

« Ils ne peuvent pas entrer, murmurait Theodora, les yeux fixés sur la porte. Il ne faut pas qu'ils entrent, ne les laissez pas entrer, ils ne peuvent pas entrer... »

La porte cessa de trembler. Une main furtive parut alors envelopper la poignée, prodiguant tout d'abord des caresses douces et légères, puis, la porte étant verrouillée, des attouchements et de petites tapes sur le chambranle. On aurait dit que quelque chose cherchait à s'introduire à l'intérieur à force de cajoleries.

« Ils savent que nous sommes ici », souffla Eleanor.

Luke se retourna vivement et lui intima de se taire.

Eleanor se sentait comme une enfant. J'ai tellement froid... Jamais plus je ne pourrai dormir, avec tout ce bruit dans ma tête. Comment les autres peuvent-ils l'entendre, alors qu'il sort de ma tête ? Je suis en train de me fondre dans cette maison. Je me désintègre petit à petit, car ce vacarme me brise. Mais *les autres*, pourquoi sont-ils effrayés aussi ?

Elle eut conscience que le martèlement avait repris. Le fracas se doublait à présent d'une consonance métallique et la submergeait par vagues. Elle porta ses mains glacées à sa bouche pour palper son visage. Oui, il était toujours là. J'en ai assez, pensa-t-elle, j'ai vraiment trop froid.

Luke éleva la voix pour couvrir le bruit. « C'est à la porte de la nursery… Non, s'écria-t-il en retenant le docteur d'une main.

– L'amour pur, dit Theodora avec une joie hystérique. L'amour total. » Et elle se remit à rire.

« S'ils n'ouvrent pas leurs portes… », dit Luke au docteur, qui avait posé l'oreille contre le battant.

Cela va changer. Nous allons entendre autre chose…, pensa Eleanor en écoutant l'intérieur de sa tête. Les coups s'étaient tus, comme s'ils avaient compris qu'ils ne servaient à rien. On aurait cru maintenant qu'un animal courait d'un bout à l'autre du couloir, bouillant d'impatience, observant une porte après l'autre, guettant le moindre mouvement dans l'une des chambres. Puis recommença le marmonnement dont Eleanor se souvenait. Est-ce moi qui parle ainsi ? se demanda-t-elle un instant. Est-ce *moi* ? Et elle entendit derrière la porte le rire ténu qui se moquait d'elle.

« Attention, les enfants, j'arrive… » chuchota Theodora.

Le rire enfla et devint un hurlement. Il est à l'intérieur de ma tête, se dit Eleanor en se cachant la figure dans les mains. Il est à l'intérieur de ma tête et il en sort, il en sort…

À présent, la maison tout entière tremblait et s'ébrouait. Les rideaux fouettaient les vitres, les meubles valsaient, et, dans le couloir, le vacarme atteignait une violence telle qu'il semblait repousser les murs. Ils entendaient du verre voler en éclats – les gravures du couloir, précipitées par terre, et peut-être également une fenêtre qui explosait. Luke et le docteur pesaient de toutes leurs forces sur la porte pour tenter désespérément de la maintenir fermée. Le sol ondulait sous leurs pieds. Nous partons, nous partons, pensa Eleanor, et elle entendit au loin la voix de Theodora, calme, au-delà de la peur. « La maison s'écroule », disait-elle.

Cramponnée au lit, ballottée, secouée, Eleanor baissa la tête, ferma les yeux et se mordit les lèvres pour résister au froid. Son cœur se souleva : la chambre chavirait, puis, une fois stabilisée, elle se mit à tourbillonner à un rythme d'enfer.

« Dieu tout-puissant », dit Theodora.

Loin, très loin dans la vision d'Eleanor, Luke rattrapa le docteur qui chancelait. « Ça va ? lui cria-t-il, arcbouté contre la porte, en le soutenant par les épaules. Et vous, Theo, ça va ?

– Je tiens le coup, répondit Theodora. Mais Nell, je ne sais pas…

– Réchauffez-la. Nous ne sommes pas au bout de nos peines… »

Sa voix se perdit. Eleanor voyait Luke, le docteur et Theodora dans une chambre infiniment lointaine. Au sein des ténèbres chaotiques où elle tombait sans fin, rien n'avait plus de réalité, sauf ses mains, blanches, refermées autour du pied du lit. Elles lui apparaissaient toutes petites, de plus en plus crispées à mesure que le lit basculait, que le mur s'inclinait, que la porte se tordait. Quelque part, quelque chose de gigantesque s'effondra dans un immense craquement. C'est certainement la tour, pensa Eleanor. Et moi qui croyais qu'elle resterait debout pendant des années. Nous sommes perdus, perdus. La maison est en train de se détruire d'elle-même. Au milieu de la tempête, elle entendait toujours le rire, d'abord léger et fantasque, puis s'élevant jusqu'à la folie. Non, se dit-elle. Pour moi, c'est fini. C'en est trop. Je renonce à garder possession de moi-même, j'abdique, je renonce à cet être que je suis, et dont je n'ai jamais voulu, après tout. Quoi qu'ils veuillent de moi, ils peuvent le prendre.

« J'arrive », dit-elle à voix haute. Et elle s'aperçut qu'elle avait parlé à Theodora, penchée sur elle. Un calme absolu régnait dans la chambre. Entre les rideaux immobiles, elle voyait la lumière du soleil. Luke était assis près de la fenêtre, le visage contusionné, la chemise déchirée. Il buvait du brandy. Assis dans un autre fauteuil, les cheveux bien peignés, l'air propre et pimpant, le docteur semblait en pleine possession de ses moyens.

« Je crois qu'elle va mieux », dit Theodora.

Eleanor s'assit et secoua la tête, les yeux écarquillés. Tout autour, la maison se tenait comme une personne bien élevée, tranquille et sereine. Rien n'avait bougé.

« Qu'est-ce que… », balbutia Eleanor.

Les trois autres rirent. Le docteur déclara, d'une voix lasse qui contrastait avec sa mise : « Encore une journée qui s'est écoulée… Et encore une nuit.

– Comme j'ai essayé de le faire remarquer tout à l'heure, dit Luke, on perd complètement son sens de l'humour en vivant dans une maison hantée. Mon intention n'était pas de risquer un jeu de mots interdit, Theodora.

– Comment… comment vont-ils ? » demanda Eleanor. Elle avait la bouche ankylosée et les mots sortaient difficilement.

– Ils dorment tous les deux comme des bébés, répondit le docteur. Non, je ne peux pas croire que ma femme ait déclenché une telle tourmente, ajouta-t-il, comme s'il poursuivait une conversation commencée pendant qu'Eleanor dormait, mais j'avoue que si j'entends encore parler d'amour total…

– Que s'est-il passé ? » J'ai dû grincer des dents toute la nuit, pensa Eleanor, vu l'état dans lequel se trouve ma bouche.

« Hill House est allée danser, expliqua Theodora, et elle nous a entraînés dans une folle sarabande. Enfin, je *crois* qu'elle dansait. À moins qu'elle n'ait voulu exécuter une série de sauts périlleux.

– Il est presque neuf heures, annonça le docteur. Quand Eleanor sera prête…

– Venez, petite chérie, dit Theodora. Theo va vous laver la frimousse et vous faire toute belle pour le petit déjeuner. »

8

« Quelqu'un les a-t-il prévenus que Mrs. Dudley débarrasse à dix heures ? » demanda Theodora en contemplant la cafetière d'un air songeur.

Le docteur hésita. « Je ne voudrais pas les réveiller, après une nuit pareille…

– Mais Mrs. Dudley débarrasse à dix heures.

– Ils arrivent, dit Eleanor. Je les entends dans l'escalier. » J'entends tout ce qui se passe dans la maison, faillit-elle ajouter.

Bientôt leur parvint la voix agacée de Mrs. Montague.

« Bon sang ! s'écria Luke. Évidemment, ils ne trouvent pas la salle à manger. » Et il se précipita pour leur ouvrir les portes.

« … convenablement aérée. » Mrs. Montague entra en coup de vent et prit place à table, après avoir salué son mari d'une petite tape sur l'épaule et les autres d'un simple hochement de tête. Elle ouvrit aussitôt le feu. « Vous auriez tout de même pu nous appeler pour le petit déjeuner. J'imagine que tout est froid, à présent ? Le café est-il buvable ?

– Bonjour », grommela Arthur en s'asseyant, maussade.

Dans sa hâte à servir Mrs. Montague, Theodora manqua de renverser la cafetière.

« Il est encore chaud, *apparemment*, continua Mrs. Montague. Mais je parlerai à votre Mrs. Dudley dès ce matin. Cette chambre doit être aérée.

– Et votre nuit… ? demanda timidement le docteur. Avez-vous passé une nuit, euh… reposante ?

– Vous voulez savoir si j'ai bien dormi, John ? Alors, pourquoi ne pas poser franchement la question ? Eh bien, non, sachez que je n'ai *pas* fermé l'œil. Cette chambre est infâme.

– Quel boucan dans ces vieilles maisons, n'est-ce pas ? dit Arthur. Une branche a cogné toute la nuit contre ma vitre. J'ai bien cru devenir fou.

– Même avec les fenêtres ouvertes, cette pièce empeste le renfermé. Le café de Mrs. Dudley ne laisse pas autant à désirer que sa conception du ménage. Encore une tasse, je vous prie… John, je m'étonne que vous m'ayez installée dans une chambre qui n'est pas convenablement aérée. Si l'on veut établir une quelconque communication avec l'au-delà, il faut au moins veiller à ce que l'air circule. J'avais les narines pleines de cette odeur de poussière.

– Je ne vous comprends pas, dit Arthur au docteur. Qu'y a-t-il de si *inquiétant* ici ? J'ai attendu toute la nuit avec mon revolver et rien n'a bronché, pas même une souris. À part cette branche infernale qui frappait à mes fenêtres… Elle a bien failli me rendre fou, confia-t-il à Theodora.

– Nous ne perdons pas espoir, bien entendu, déclara Mrs. Montague en défiant son mari du regard. Quelque chose se manifestera peut-être ce soir. »

*

« Theo ? » dit Eleanor en posant son bloc-notes.

Theodora, qui griffonnait consciencieusement sur le sien, leva le nez en fronçant les sourcils.

« J'ai pensé à quelque chose, reprit Eleanor.

– Je *déteste* être obligée de rédiger ces comptes rendus, dit Theodora. Je me sens complètement crétine à vouloir décrire ces histoires de fous.

– Je me demandais…

– Oui ? » Theodora esquissa un sourire. « Vous avez l'air tellement grave. Auriez-vous pris une grande décision ?

– Oui, dit Eleanor, en se jetant à l'eau. À propos de ce que je ferai après. Quand nous quitterons Hill House.

– Eh bien ?

– J'irai avec vous.

– Où irez-vous avec moi ?

– Chez vous. Je… » Eleanor eut un sourire gêné. « Je vous accompagnerai chez vous. »

Theodora ouvrit de grands yeux. « Pourquoi ? demanda-t-elle abruptement.

– Je n'ai jamais eu personne à aimer, répondit Eleanor, tout en se demandant où elle avait déjà entendu quelqu'un prononcer une phrase semblable. Je veux avoir une place quelque part.

– Je n'ai pas pour habitude de recueillir les chats perdus », répliqua Theodora avec un petit rire.

Eleanor rit à son tour. « C'est *vrai*. Je suis une sorte de chat perdu, n'est-ce pas ? »

Theodora se pencha à nouveau sur son bloc-notes. « Vous avez votre propre foyer, dit-elle. Vous serez ravie d'y retourner le moment venu, ma petite Nell. J'imagine que nous serons tous bien contents de nous retrouver chez nous… Qu'est-ce que vous écrivez, vous, sur ces bruits de la nuit dernière ? Moi, je *n'arrive pas* à les décrire.

– Je viendrai, vous savez, insista Eleanor.

– Oh, Nellie. » Theodora rit encore. « Ce ne sont que des vacances. Quelques semaines dans une charmante maison de campagne. Vous avez votre vie, chez vous, et moi j'ai *ma* vie. Quand l'été sera fini, chacun rentrera chez soi. Nous nous écrirons, bien sûr, et peut-être même nous rendrons-nous visite, mais Hill House ne peut pas durer éternellement, vous savez.

– Je trouverai du travail. Je ne serai pas une charge pour vous.

– Je ne comprends pas. » Theodora posa son crayon avec exaspération. « Vous allez *toujours* là où on ne veut pas de vous ? »

Eleanor sourit placidement. « On n'a jamais voulu de moi *nulle part* », dit-elle.

*

« C'est tellement maternel, dit Luke. Tout est si doux, si capitonné. De vastes fauteuils, de larges canapés qui vous tendent les bras, puis se révèlent durs et inhospitaliers quand vous vous asseyez et vous rejettent aussitôt…

– Theo ? » interrogea doucement Eleanor.

Theodora la regarda et, incrédule, secoua la tête.

« … et des mains, partout. De douces petites mains de verre qui vous invitent…

– Theo ? répéta Eleanor.

– Non, répondit Theodora. Je ne veux pas de vous. Et je ne veux plus en parler.

– Le plus répugnant, peut-être, continua Luke en se tournant vers elles, c'est l'accent qui est mis sur l'aspect *globe*. Veuillez considérer avec impartialité cet abat-jour composé de minuscules débris de verre collés les uns aux autres. Ou bien les grandes boules du lustre qui éclaire l'escalier. Ou encore, derrière le coude de Theo, cette bonbonnière striée de couleurs irisées. Dans la salle à manger, il y a un bol particulièrement hideux, en verre jaune, présenté sur les mains d'un enfant, et aussi un œuf de Pâques en sucre dans lequel on voit des petits bergers qui dansent. La rampe de l'escalier repose sur la tête d'une femme à grosse poitrine, et dans le grand salon, sous une cloche de verre….

– Nellie, laissez-moi tranquille. Allons nous promener. Au ruisseau, par exemple.

– … il y a une tête d'enfant au point de croix. Nell, ne prenez donc pas cet air méfiant. Theo propose simplement une promenade jusqu'au ruisseau. Si vous voulez, je vous accompagne.

– N'importe où, dit Theodora.

– Pour faire peur aux lapins. Je pourrais emporter un bâton… Ou bien, je ne viens pas. Theo, vous n'avez qu'un mot à dire. »

Theodora rit. « Nell préfère peut-être rester ici pour écrire sur les murs.

– Quelle méchanceté, observa Luke. Vous n'avez pas de cœur, Theo.

– J'ai envie d'entendre la suite de l'histoire des bergers qui dansent dans l'œuf de Pâques.

– Tout un monde, enfermé dans le sucre. Il y a six bergers minuscules qui dansent, admirés par une bergère en rose et bleu allongée sur un talus de mousse. Il y a des fleurs, des arbres, des moutons. Et un vieux chevrier qui joue de la cornemuse. Je crois que j'aurais bien voulu être chevrier.

– Si vous n'étiez pas boxeur, dit Theodora.

– Si je n'étais pas boxeur, en effet. Quant à Nell, n'oubliez pas qu'on ne parle que de ses amours dans tous les cafés.

– Vous devriez vivre dans un arbre, Luke. Comme Pan.

– Nell, dit Luke, vous n'écoutez pas.

– Je crois que vous lui faites peur, Luke.

– Parce qu'un jour Hill House m'appartiendra, avec ses trésors cachés et ses coussins ? Je ne suis pas tendre avec les maisons, Nell. Peut-être qu'un jour, pris d'un accès de colère, je briserai l'œuf de Pâques en sucre ou les mains du petit enfant, ou bien je me précipiterai comme un fou dans l'escalier et je donnerai des coups de canne dans les boules de verre et sur la femme aux gros seins qui porte la rampe sur sa tête. Et peut-être que…

– Vous voyez ? Vous lui faites peur.

– C'est vrai, dit Luke. Nell, je plaisante.

– À mon avis, il n'a même pas de canne, dit Theodora.

– Il se trouve que, si, j'en ai une. Mais je *plaisante*, Nell. À quoi pense-t-elle, Theo ?

– Elle voudrait que je l'emmène chez moi quand nous quitterons Hill House, répondit posément Theodora. Et moi, je ne veux pas. »

Luke s'esclaffa. « Pauvre petite Nell. Les voyages s'achèvent quand les amants se rencontrent. Venez, allons au ruisseau. »

« Une maison-mère, dit Luke en descendant les marches de la galerie. Une maison-maîtresse. Une maîtresse-femme.

Une maîtresse de maison. Je suis sûr que je serai un piètre maître, comme Arthur, quand Hill House m'appartiendra.

– Je ne comprends pas qu'on puisse avoir envie de devenir propriétaire de Hill House », fit remarquer Theodora.

Se retournant, Luke jeta un regard amusé vers la maison.

« On ne sait jamais exactement de quoi on aura envie, avant de le voir, répliqua-t-il. S'il n'était pas prévu que Hill House me revienne, je penserais peut-être tout à fait autrement. Qu'est-ce que les gens attendent les uns des autres ? comme Nell me l'a un jour demandé. À quoi servent les autres ?

– C'est ma faute si ma mère est morte, dit Eleanor. Elle a frappé au mur et m'a appelée, plusieurs fois, et moi je ne me suis pas réveillée. J'aurais dû lui apporter son médicament, comme je le faisais toujours. Mais cette fois, elle m'a appelée et je ne me suis pas réveillée.

– Il est largement temps d'oublier tout cela, dit Theodora.

– Depuis, je ne cesse de me demander si je ne me suis pas réveillée, en fait. Je me suis réveillée, je l'ai entendue et je me suis rendormie. Ç'aurait été facile. Cette question me hante.

– Par là, dit Luke, si nous voulons aller au ruisseau.

– Vous vous faites trop de souci, Nell. Vous *aimez* croire, sans doute, que c'était votre faute.

– Cela devait arriver tôt ou tard, bien sûr. Mais de toute façon, j'aurais quand même été fautive.

– Si ce n'était pas arrivé, vous ne seriez jamais venue à Hill House.

– Continuons en file indienne à partir d'ici, dit Luke. Nell, passez devant. »

Souriante, Eleanor s'engagea d'un pas assuré sur le sentier. Maintenant, je sais où je vais aller, pensa-t-elle. Elle est au courant, pour ma mère, donc *tout va bien*. Je dénicherai une petite maison, ou un appartement comme le sien. Je la verrai tous les jours et nous chercherons ensemble de jolies choses. Des assiettes à filet doré, un chat blanc, un œuf de Pâques en sucre, une tasse aux étoiles. Je ne serai plus jamais seule. Je n'aurai plus jamais peur. Je me ferai appeler *Eleanor* tout court.

« C'est de moi que vous parlez ? » demanda-t-elle par-dessus son épaule.

Au bout d'un moment, Luke répondit poliment : « Le bien et le mal se disputent l'âme de Nell. Mais je suppose que je vais devoir être Dieu.

– Sauf que, bien sûr, elle ne *peut pas* nous faire confiance ni à l'un ni à l'autre, dit Theodora sur un ton léger.

– Pas à moi, en tout cas.

– D'ailleurs, Nell, nous ne parlions pas du tout de vous. Comme si j'étais la maîtresse du jeu », ajouta Theodora, à demi fâchée, en regardant Luke.

Il y a tellement longtemps que j'attends, pensa Eleanor. J'ai enfin gagné mon bonheur.

Menant toujours la marche, elle arriva au sommet de la colline et contempla l'étroite bande de terrain boisé qu'il fallait traverser pour atteindre le ruisseau. Comme les arbres se découpent joliment contre le ciel, se dit-elle. Ils sont si droits, si libres. Luke a tort, tout n'est pas doux ici : les arbres sont très durs. Les deux autres sont toujours en train de parler de moi. Ils pensent que, maintenant que j'ai rencontré Theodora à Hill House, je ne veux plus la lâcher. Elle entendait derrière elle le murmure de leurs voix, parfois teintées de malice, parfois plus franchement moqueuses, ou entrecoupées d'un rire de connivence. Sans cesser d'avancer, toute à ses pensées, elle perçut au crissement sous leurs pieds qu'ils s'engageaient à leur tour dans l'herbe haute. Une sauterelle fit un grand bond effarouché.

Je l'aiderais dans son magasin. Elle aime les belles choses, je les chercherais avec elle. Nous serions libres d'aller où bon nous semble. Au bout du monde, si tel était notre désir. Et nous reviendrions quand nous le déciderions. Maintenant, il est en train de lui dire ce qu'il sait de moi. Que je ne me laisse pas rouler si facilement, que j'avais un mur de lauriers roses autour de moi. Et elle rit, parce que je ne serai plus seule. Ils se ressemblent tous les deux et ils sont très gentils. En vérité, je ne m'attendais pas à ce qu'ils me donnent autant. J'ai bien fait de venir, car les voyages s'achèvent quand les amants se rencontrent.

Elle était parvenue sous les solides branches des arbres, où l'ombre était délicieusement fraîche après la chaleur du soleil sur le sentier. À partir de là, le chemin descendait en pente raide et elle devait veiller à ne pas trébucher sur les pierres et les racines. Leurs voix derrière elle continuaient à se faire entendre, claires et rapides, puis plus lentes, mêlées de rires. Je ne me retourne pas, se dit-elle joyeusement, sinon ils sauront à quoi je pense. Nous en parlerons un autre jour, Theo et moi, quand nous aurons tout le temps. Elle déboucha d'entre les arbres et aborda le dernier tronçon du sentier, qui plongeait tout droit vers le ruisseau. Quelle curieuse sensation, songea-t-elle. Je me sens comme émerveillée, calme et heureuse. Je ne me retournerai pas avant d'avoir atteint le bord du ruisseau, là où elle a failli tomber le jour de notre arrivée. Je lui rappellerai le poisson d'or au fond de l'eau, et notre pique-nique.

Elle s'assit sur l'étroite rive plantée d'herbe et posa le menton sur ses genoux. Je n'oublierai jamais cet instant de ma vie, se promit-elle en écoutant leurs voix et leurs pas qui se rapprochaient.

« Dépêchez-vous, dit-elle en tournant la tête pour chercher Theodora du regard. Je… » Et elle se tut.

Il n'y avait personne dans la pente. Seulement un bruit de pas et des rires moqueurs.

« Qui… ? souffla-t-elle. Qui ? »

Elle voyait l'herbe foulée aux pieds. Une autre sauterelle fit un bond d'effroi. Un galet roula plus loin. Les pas s'approchaient encore, distinctement. Se relevant, elle recula dos au talus et entendit le rire, tout proche, cette fois.

« Eleanor, Eleanor. » Elle entendit l'appel autant à l'intérieur qu'à l'extérieur de sa tête. C'était une voix qu'elle avait écoutée toute sa vie.

Les pas s'arrêtèrent et elle fut prise au cœur d'un tourbillon d'air si puissant qu'elle tituba, cernée de toutes parts. Eleanor, Eleanor, entendait-elle dans le vent qui lui sifflait aux oreilles. Eleanor, Eleanor. Elle était solidement entourée, protégée. Il ne fait pas froid, se dit-elle, pas froid du tout. Fermant les yeux, elle s'abandonna et pensa : Ne me lâchez pas. Restez… Mais ce qui l'enveloppait, déjà, s'évanouissait et la quittait. Eleanor, Eleanor, entendit-elle encore une fois, et elle était debout au bord de l'eau, frissonnant comme si le soleil avait disparu, observant sans étonnement les pas mystérieux qui provoquaient de fines vaguelettes en traversant le ruisseau. Ils gagnèrent l'autre rive, puis, fendant l'herbe à la manière d'une lente caresse, gravirent la colline et disparurent.

Revenez, faillit-elle lancer, toujours tremblante au bord de l'eau. Ensuite, tournant les talons, elle s'enfuit à toutes jambes et remonta la pente en criant et en appelant : « Theo ? Luke ? »

Elle les trouva dans un petit bosquet, adossés à un tronc d'arbre, en train de deviser tranquillement. En la voyant accourir, ils se tournèrent vers elle d'un air surpris. Theodora semblait presque fâchée. « Au nom du ciel, que voulez-vous encore ? demanda-t-elle.

– Je vous attendais près du ruisseau.

– Nous avons préféré rester ici, au frais, répondit Theodora. Nous pensions que vous nous aviez entendus vous appeler, n'est-ce pas, Luke ?

– Oh, oui, dit Luke, gêné. Nous étions certains que vous aviez entendu.

– De toute façon, ajouta Theodora, nous allions vous rejoindre d'une minute à l'autre. N'est-ce pas, Luke ?

– Oh, oui », répéta Luke avec un large sourire.

*

« Des eaux souterraines, décréta le docteur en agitant sa fourchette.

– Absurde. Est-ce Mrs. Dudley qui cuisine tous vos repas ? Ces asperges sont tout à fait correctes. Arthur, demandez à ce jeune homme de vous servir.

– Ma chère amie, dit le docteur en enveloppant sa femme d'un regard affectueux. Nous avons pris l'habitude de nous reposer pendant une petite heure après le déjeuner. Si vous…

– Certainement pas. J'ai bien trop à faire. Je dois aller voir votre cuisinière, exiger qu'on aère ma chambre, préparer Planchette en vue d'une autre séance, ce soir… Et Arthur doit nettoyer son revolver.

– C'est le propre du bon combattant, déclara Arthur. Des armes à feu toujours en parfait état.

– Mais *vous*, bien sûr, et vos *jeunes amis*, vous pouvez aller vous reposer. Sans doute ne ressentez-vous pas, comme moi, un pressant désir d'aider les malheureuses âmes qui errent ici. Peut-être me trouvez-vous folle d'avoir pitié d'elles ; ridicule, même, de pleurer pour une pauvre âme perdue, vers qui ne se tend aucune main secourable. L'amour total…

– Une partie de croquet ? » proposa vivement Luke, la mine réjouie. Il sollicita les membres de la tablée l'un après l'autre. « Un badminton ? Ou un croquet ?

– Et *pas* de sauces sophistiquées pour moi, continua Arthur avec fermeté. Comme je le dis toujours à mes élèves, c'est le propre des cuistres. » Il considéra Luke avec insistance. « Oui, le propre des cuistres. Aimer les sauces sophistiquées et se faire servir par les femmes. Moi, mes élèves se servent *eux-mêmes*. C'est le propre des hommes, glissa-t-il à Theodora.

– Que leur enseignez-vous encore ? demanda-t-elle poliment.

– Ce que je leur enseigne ? Vous voulez savoir s'ils apprennent quelque chose ? Par exemple, l'algèbre ? Le latin ? Bien entendu. » Arthur se renversa en arrière contre le dossier de sa chaise. « Mais tout cela, je le laisse aux professeurs.

– Et combien d'élèves y a-t-il dans votre école ? » interrogea Theodora, penchée en avant, feignant de s'intéresser. Arthur se rengorgea, tandis qu'au bout de la table, Mrs. Montague fronçait les sourcils et pianotait sur la nappe avec impatience.

« Combien ? Nous avons une excellente équipe de tennis, vous savez. » Le visage d'Arthur était rayonnant. « Grandiose. Absolument extraordinaire. Combien ? Sans compter les poules mouillées ?

– Sans compter les poules mouillées, répondit Theodora.

– Ah. Tennis, golf, base-ball, athlétisme, criquet… » Il eut un sourire narquois. « Le criquet, je parie que ça vous étonne. Et aussi natation et volley-ball. Évidemment, certains s'inscrivent à plusieurs entraînements, précisa-t-il. Ils sont bons en tout. Bref, environ soixante-dix élèves.

– Arthur ? dit Mrs. Montague, incapable de se contenir davantage. Ce n'est pas le moment de parler affaires. Vous êtes en vacances, ne l'oubliez pas.

– Oui, suis-je bête ! » Arthur eut un bon sourire. « Allons, je dois aller inspecter mes armes.

– Il est deux heures, annonça Mrs. Dudley sur le seuil. Je débarrasse à deux heures. »

*

Theodora éclata de rire. Dissimulée dans l'ombre derrière le pavillon d'été, Eleanor pressa ses deux mains sur sa bouche pour s'empêcher de parler et de révéler sa présence. Il faut que je sache, pensa-t-elle. Il faut que je sache…

« Ça s'appelle Le Massacre de Grattan, disait Luke. C'est un morceau charmant. Je peux même vous le chanter, si vous voulez.

– C'est le propre des cuistres. » Theodora pouffa de nouveau. « Pauvre Luke. Moi, j'aurais dit "des scélérats".

– Si vous aimez mieux passer cette petite heure avec Arthur…

– Bien sûr que je préférerais la compagnie d'Arthur. Un homme cultivé, c'est toujours très appréciable. »

Luke imita le directeur d'école. « Vous n'auriez jamais cru que nous jouions également au criquet, je parie.

– Allez, chantez », dit Theodora en riant.

Luke entonna d'une voix nasillarde, en accentuant distinctement chaque mot :

« La première fut la jeune Miss Grattan,
Elle ne voulait pas le laisser entrer ;
De son grand couteau il l'a transpercée,
Et voilà comment le crime a commencé.

« Puis ce fut le tour de Grand-Mère Grattan,
Si fatiguée, si grise et si usée ;
À son agresseur elle a résisté
Mais finalement son cœur a lâché.

« Puis ce fut le tour de Grand-Père Grattan,
Près du feu bien installé ;
Derrière son dos il a rampé,
Avec un filin l'a étranglé.

« Pour en finir, le Bébé Grattan,
Au fond du berceau emmailloté ;
Dans les côtes il l'a tant frappé
Que l'enfant a trépassé.

« Et sur la douce tête blonde
Son jus de tabac il a craché. »

Quand Luke eut terminé, un silence tomba. Puis Theodora lâcha d'une voix peu enthousiaste : « C'est charmant, Luke. Absolument ravissant. Jamais plus je ne pourrai entendre cette chanson sans penser à vous.

– J'ai l'intention de la chanter à Arthur », dit Luke.

Quand donc parleront-ils de moi ? pensa Eleanor dans sa cachette.

« Je me demande à quoi ressemblera le livre du docteur, une fois qu'il l'aura écrit, reprit Luke au bout d'un moment. Vous croyez que nous y figurerons ?

– Vous apparaîtrez sans doute comme un jeune chercheur médiumnique très sérieux. Et moi, je serai une jeune femme douée, indéniablement, mais à la réputation douteuse.

– Mrs. Montague aura-t-elle droit à un chapitre pour elle seule ?

– Et Arthur ? Et Mrs. Dudley ? J'espère qu'il ne nous réduira pas tous à des chiffres sur un graphique.

– Je suis curieux de savoir..., dit Luke. Il fait chaud, cet après-midi. Que pourrions-nous faire pour nous rafraîchir ?

– Suggérer à Mrs. Dudley de nous préparer de la limonade.

– Vous savez ce dont j'ai envie ? J'ai envie de partir en exploration. Si nous remontions un peu le ruisseau, dans les collines ? Il y a peut-être un étang quelque part et nous pourrions nous baigner.

– Ou bien une cascade. Ça ressemble à un ruisseau qui provient d'une chute d'eau.

– Venez, allons-y. »

Derrière le petit pavillon, Eleanor entendit leurs rires et le bruit de leurs pas lorsqu'ils s'éloignèrent en courant.

*

« Voilà qui est fort intéressant, dit Arthur à la manière de quelqu'un qui tente vaillamment d'entretenir la conversation. Regardez... Cet ouvrage explique comment fabriquer des bougies avec de simples crayons de couleur.

– Intéressant, répondit le docteur d'une voix lasse. Vous m'excuserez, Arthur, mais j'ai énormément de notes à rédiger.

– Oui, bien sûr, docteur. Nous avons tous notre travail. Plus un mot. »

Eleanor, qui écoutait derrière la porte du boudoir, entendit l'agitation agaçante d'Arthur qui essayait de se taire.

« Il n'y a pas grand-chose à faire par ici, n'est-ce pas ? reprit-il. À quoi passez-vous votre temps, en général ?

– À travailler, répliqua sèchement le docteur.

– Vous consignez par écrit tout ce qui arrive dans la maison ?

– Oui.

– Vous parlez de moi ?

– Non.

– Vous feriez peut-être bien d'inclure les résultats de nos séances avec Planchette. Qu'est-ce que vous écrivez, là ?

– Arthur. Ne pourriez-vous pas lire, par exemple ?

– Certainement. Je ne voulais pas vous déranger. »

Eleanor entendit Arthur prendre un livre, le poser, allumer une cigarette, soupirer, remuer. Finalement, il lâcha : « Dites-moi, il n'y a vraiment *rien* à faire, ici ? Où sont donc les autres ? »

Le docteur lui répondit, avec autant d'indifférence que de patience : « Je crois que Theodora et Luke sont partis explorer les alentours du ruisseau. Et je suppose que les autres ne doivent pas être très loin. Ma femme cherchait Mrs. Dudley, me semble-t-il.

– Ah », fit Arthur. Il soupira de nouveau. « Bah, après tout, je n'ai qu'à lire. » Puis, au bout d'une minute : « Désolé de vous interrompre, docteur, mais écoutez donc ce qu'ils disent dans ce bouquin… »

*

« Non, déclara Mrs. Montague. Non, Mrs. Dudley, *moi*, je n'admets pas que l'on précipite des jeunes gens dans une telle promiscuité. Si mon époux m'avait consultée avant d'organiser ce fantasque séjour…

– Allons, voyons », répondit la voix de Mrs. Dudley. Eleanor, qui se pressait contre la porte de la salle à manger, écarquilla les yeux et resta bouche bée. « Comme je le dis toujours, Mrs. Montague, on n'est jeune qu'une fois. Ces jeunes s'amusent, et quoi de plus naturel à cet âge ?

– Mais à vivre ainsi sous le même toit…

– Ils sont bien assez adultes pour savoir se comporter convenablement. Cette jolie Theodora est capable de veiller sur elle-même, je pense, malgré les avances de Mr. Luke.

– Il me faut un torchon sec pour essuyer l'argenterie, Mrs. Dudley. Je déplore la façon dont on élève les enfants, de nos jours, sans rien leur cacher. Il devrait y avoir davantage de mystères. Davantage de choses réservées aux adultes et qu'ils n'apprennent que plus tard.

– Mais alors, ils les apprennent au cours d'expériences malheureuses. » Mrs. Dudley parlait d'une voix posée et sereine. « Dudley a apporté ces tomates du jardin, ce matin, reprit-elle. Elles ont bien donné, cette année.

– Voulez-vous que je les lave ?

– Non, oh non. Asseyez-vous là et reposez-vous. Vous en avez assez fait. Je vais mettre de l'eau à chauffer et nous prendrons une bonne tasse de thé. »

*

« Les voyages s'achèvent quand les amants se rencontrent, dit Luke en souriant à Eleanor dans le boudoir. Cette robe bleue que porte Theo est-elle vraiment la vôtre ? Je ne l'avais encore jamais vue.

– Je suis Eleanor, déclara Theodora, une lueur méchante dans les yeux, parce que j'ai une barbe.

– Heureusement que vous aviez emporté assez de vêtements pour deux, continua Luke. Theo n'aurait jamais été aussi élégante dans mon vieux blazer.

– Je suis Eleanor, dit Theodora, parce que je suis habillée en bleu. J'aime mon amour avec un E, parce qu'elle est éthérée. Elle s'appelle Eleanor et elle se nourrit d'espoir. »

Elle est dépitée, pensa Eleanor, qui avait l'impression de les observer et de les écouter de très loin. Theo est dépitée, et Luke essaie d'être gentil. Il a honte de lui parce qu'il s'est moqué de moi, et il a honte de Theo parce qu'elle se montre dépitée.

« Luke, dit Theodora en glissant un bref regard à Eleanor, venez me chanter votre chanson.

– Plus tard, répondit-il, mal à l'aise. Le docteur a disposé les pièces sur l'échiquier. » Et il se détourna aussitôt.

Vexée, Theodora appuya la tête contre le dossier de son fauteuil et ferma les yeux, manifestement déterminée à ne pas parler. Eleanor contempla ses propres mains, tout en écoutant les mille bruits de la maison. Une porte de l'étage se refermait doucement. Un oiseau effleurait la tour et repartait à tire d'aile. Dans la cuisine, le four refroidissait en émettant de légers cliquetis. Un animal – un lapin ? – traversait un fourré près du pavillon d'été. Avec cette acuité nouvelle, elle avait conscience des sons les plus infimes, même la fine poussière qui se déposait dans les greniers, le bois qui vieillissait. Seule, la bibliothèque lui demeurait fermée. Elle n'entendait ni les respirations agitées de Mrs. Montague et d'Arthur, penchés sur leur planchette, ni leurs brèves questions ; elle n'entendait pas moisir les livres, ni la rouille ronger l'escalier de fer qui montait à la tour. Ici, dans le petit boudoir, les yeux baissés, elle entendait Theodora qui pianotait avec irritation et les tranquilles déplacements des pièces d'échecs. Elle entendit la porte de la bibliothèque s'ouvrir brutalement, puis des pas pressés et furieux qui approchaient du boudoir. Un instant plus tard, toutes les têtes se tournèrent : Mrs. Montague avait ouvert la porte et faisait une entrée tonitruante.

« Je trouve absolument *inadmissible*..., commença-t-elle.

– Ma chère amie », dit le docteur en se levant.

Mais Mrs. Montague l'écarta d'un geste courroucé. « C'est un *manque* de respect... »

Arthur, qui l'avait suivie comme un petit chien, alla furtivement s'asseoir près du feu. Comme Theodora se tournait vers lui, il secoua la tête d'un air vague.

« Oui, un manque de respect *total* ! Après tout, John, j'ai fait tout ce chemin – et Arthur aussi – dans le seul but de vous venir en aide. J'avoue que je ne m'attendais pas à rencontrer un tel cynisme et une telle incrédulité, *surtout* chez vous, sans parler d'*eux*... » Elle désigna Eleanor, Theodora et Luke. « Tout ce que je demande, c'est un minimum de *confiance*, au moins une ouverture d'esprit pour accueillir mes efforts. Au lieu de quoi, vous jouez les mécréants, vous raillez, vous n'avez que moqueries et sarcasmes à la bouche. » Essoufflée, le visage congestionné, Mrs. Montague menaça son mari du doigt. « Planchette refuse de me parler ce soir, dit-elle amèrement. *Pas* un mot. Voilà le résultat de vos ricanements et de votre scepticisme. Il est tout à fait possible qu'elle cesse de communiquer avec moi pendant un certain temps. C'est déjà arrivé, alors que je l'avais exposée aux taquineries de gens incrédules. J'ai vu ma Planchette rester muette durant plusieurs semaines. La *moindre* des choses que j'espérais trouver en arrivant ici, avec les bonnes intentions qui m'animent, c'est un peu de considération ! »

Temporairement à court de paroles, elle continua d'agiter le doigt sous le nez de son mari.

« Ma chère amie, dit-il, je suis convaincu qu'aucun d'entre nous n'a sciemment cherché à perturber vos séances.

– Vous avez ri, vous vous êtes moqué, n'est-il pas vrai ? Vous êtes resté sceptique devant les réponses émises par Planchette elle-même. Et ces jeunes gens, tous plus effrontés et insolents les uns que les autres !

– Mrs. Montague, sincèrement... », dit Luke.

Mrs. Montague passa devant lui pour aller s'asseoir, les lèvres pincées, les yeux lançant des éclairs. Le docteur soupira, voulut parler, puis renonça. Il se détourna et fit signe à Luke de revenir à la table d'échecs. Celui-ci obéit, non sans appréhension, tandis qu'Arthur se tortillait sur son siège et se penchait vers Theodora pour lui chuchoter : « Je ne l'ai jamais vue dans une telle colère. Il faut avouer que c'est une terrible expérience, d'attendre en vain Planchette. Elle se vexe si facilement. Très sensible aux ambiances... »

Estimant avoir fourni une explication satisfaisante, il se rejeta en arrière dans son fauteuil avec un sourire emprunté.

Eleanor n'écoutait que d'une oreille, vaguement consciente d'un mouvement dans la pièce. Quelqu'un marche de long en large, pensa-t-elle distraitement. C'est Luke qui fait les cent pas en parlant tout seul, à voix basse. Curieuse façon de jouer aux échecs. Il fredonne ? Il chante ? À une ou deux reprises, elle crut comprendre un mot, puis Luke parla d'une voix calme : il était assis devant l'échiquier, comme de juste. Eleanor se retourna pour regarder au centre de la pièce, vide, où quelqu'un marchait en chantant doucement, et elle entendit avec une parfaite netteté :

Marchez dans la vallée,
Marchez dans la vallée,
Marchez dans la vallée,
Comme au temps passé...

Mais je connais cette mélodie, se dit-elle en écoutant, le sourire aux lèvres. Nous jouions à ce jeu-là, nous aussi, je me souviens.

« C'est un instrument extrêmement délicat, voyez-vous », expliquait Mrs. Montague à Theodora. Elle était encore fâchée, mais visiblement plus calme, grâce à l'attention indulgente que lui prêtait Theodora. « La moindre touche de scepticisme suffit à l'offenser, naturellement. *Vous aussi*, comment réagiriez-vous si les gens refusaient de croire en vous ? »

Passez par la fenêtre,
Passez par la fenêtre,
Passez par la fenêtre,
Comme au temps passé…

La voix était fluette. Peut-être celle d'un enfant qui fredonnait en prenant à peine son souffle. Eleanor souriait, plongée dans ses souvenirs. Elle entendait plus distinctement la petite chanson que les explications de Mrs. Montague à propos de sa Planchette.

Embrassez votre amour,
Embrassez votre amour,
Embrassez votre amour,
Comme au temps passé…

La mélodie s'éteignit et Eleanor sentit au mouvement de l'air que les pas s'approchaient d'elle. Quelque chose lui effleura le visage, un minuscule soupir contre sa joue. Surprise, elle tourna la tête. Luke et le docteur se concentraient sur leur échiquier, Arthur se penchait vers Theodora pour lui livrer une confidence, et Mrs. Montague parlait toujours.

Personne n'a entendu, pensa-t-elle avec joie. Personne, sauf moi.

9

Eleanor ferma doucement la porte derrière elle afin de ne pas réveiller Theodora. Même si, pensa-t-elle, le bruit d'une porte que l'on ferme ne dérangerait sans doute pas quelqu'un qui dort aussi profondément. Tandis que moi, par chance, j'ai appris à avoir un sommeil très léger pour entendre ma mère appeler. Le couloir était obscur, à peine éclairé par la veilleuse du palier. Toutes les portes étaient closes. C'est amusant, se dit-elle en avançant silencieusement, pieds nus sur le tapis du couloir. Voilà bien la seule maison que je connaisse où il ne faut pas avoir peur de faire du bruit la nuit. Parce qu'au moins, personne ne pensera que c'est vous.

Elle s'était réveillée avec l'intention de descendre à la bibliothèque, et son esprit lui avait fourni une raison : je n'arrive pas à dormir, donc je vais chercher un livre. Si quelqu'un me le demande, je répondrai que je vais chercher un livre à la bibliothèque parce que je ne peux pas dormir.

Il faisait une chaleur lourde et moite. Elle descendit le grand escalier à pas de loup, et avait déjà atteint la porte de la bibliothèque lorsqu'elle pensa : Mais, je ne peux pas entrer là-dedans. Je n'ai pas le droit. Sur le seuil, elle se figea. L'odeur de putréfaction lui donnait la nausée.

« Maman, lança-t-elle, avant de se rejeter en arrière.

– Par ici ! » répondit distinctement une voix, au premier étage.

Sans plus hésiter, Eleanor repartit en direction du grand escalier.

« Maman ? appela-t-elle doucement. Maman ? »

Un rire clair et tendre descendait vers elle. Haletante, elle gravit les marches quatre à quatre et s'arrêta sur le palier pour regarder de part et d'autre du couloir. Les portes étaient fermées.

« Tu es ici, quelque part », dit-elle. Un faible écho lui revint, porté par de légers souffles d'air : « Quelque part, répondait-il. Quelque part... »

Eleanor se mit à rire et courut sans bruit dans la direction de l'écho, vers la porte de la nursery. La barrière de froid avait disparu. Elle rit encore en regardant les deux têtes grimaçantes qui se penchaient vers elle.

« Tu es là ? chuchota-t-elle. Est-ce que tu es là ? » Et elle frappa à la porte avec ses poings.

« Oui ? fit la voix de Mrs. Montague, manifestement tirée d'un profond sommeil. Oui ? Entrez, qui que vous soyez. »

Non, non... Eleanor se retint de rire, les bras serrés autour de son corps. Elle ne peut pas être là-dedans, avec Mrs. Montague... Et elle s'esquiva, au moment où Mrs. Montague déclarait : « Je suis votre amie. Je ne vous veux aucun mal. Venez me raconter ce qui vous trouble. »

Elle n'ouvrira pas sa porte, pensa Eleanor. Elle n'a pas peur, mais elle n'ouvrira pas sa porte. Et elle alla donner du poing contre la porte d'Arthur, qu'elle entendit s'éveiller avec un sursaut.

Dansant et sautillant sur le tapis moelleux, elle arriva à la porte derrière laquelle dormait Theodora. Perfide Theo, cruelle, moqueuse Theo, réveillez-vous, réveillez-vous, réveillez-vous. Elle cogna au battant, le frappa du plat des mains en riant, agita la poignée, puis courut jusqu'à la porte de Luke où elle frappa également. Réveillez-vous. Réveillez-vous, perfide Luke. Pas un seul d'entre eux n'ouvrira… Ils resteront terrés dans leurs chambres, blottis sous les couvertures, en tremblant et en se demandant ce qui les attend ensuite. Réveillez-vous, cria-t-elle intérieurement en tambourinant à la porte du docteur. Je vous défie tous d'ouvrir votre porte et de me regarder danser dans le couloir de Hill House.

Soudain, elle sursauta en entendant Theodora s'écrier : « Nell ? Nell ? Docteur, Luke, Nell a disparu ! »

Pauvre maison… J'avais oublié Eleanor. À présent, ils seront obligés d'ouvrir leurs portes. Elle dégringola l'escalier à toute vitesse. Derrière elle s'éleva la voix angoissée du docteur, tandis que Theodora appelait encore : « Nell ? Eleanor ? »

Quels idiots. Maintenant, je vais devoir aller dans la bibliothèque. « Maman, murmura-t-elle. Maman ! » Elle s'arrêta à la porte de la bibliothèque, prise d'une nausée. Elle les entendait parler dans le couloir du premier étage. C'est drôle, pensa-t-elle, je *sens* la maison tout entière. Elle entendait même Mrs. Montague qui protestait, et Arthur, et la voix du docteur qui déclarait : « Il faut partir à sa recherche. Dépêchez-vous, tout le monde. »

Moi aussi, je peux me dépêcher. Et elle courut vers le petit boudoir. Quand elle ouvrit la porte, le feu jeta une dernière lueur. La partie d'échecs était restée telle que Luke et le docteur l'avaient abandonnée. Le foulard porté par Theodora reposait sur le dossier de son fauteuil. *Ça aussi*, je vais m'en occuper, pensa Eleanor. Les misérables atours de sa domestique… Coinçant une extrémité du foulard entre ses dents, elle le déchira, puis le lâcha en entendant que les autres descendaient l'escalier. Ils arrivaient tous ensemble, sans savoir où commencer les recherches, et appelaient à tour de rôle : « Eleanor ? Nell ? »

« Tu viens ? Tu viens ? » entendit-elle alors, très loin dans la maison. Au même instant, elle entendit aussi l'escalier qui tremblait sous leurs pas et un grillon qui s'agitait sur la pelouse. Emplie d'une joyeuse audace, elle ressortit dans le couloir et courut vers le vestibule. Elle marqua un arrêt au coin pour les observer furtivement. Ils avançaient avec prudence, en un groupe compact, veillant à ne pas s'éloigner les uns des autres. Le docteur tenait à la main une lampe de poche dont le faisceau balaya le vestibule avant de s'immobiliser sur la porte d'entrée, qui était grande ouverte. Tout à coup, d'un même élan, ils se précipitèrent en appelant : « Eleanor, *Eleanor*. »

Et ils sortirent, cherchant de tous côtés sans cesser de crier, avec le faisceau de la lampe qui s'agitait en cercles frénétiques. Appuyée au chambranle, Eleanor riait aux larmes. Quels imbéciles, pensa-t-elle. Nous les dupons si facilement ! Ils sont tellement lents, tellement sourds, et tellement *lourds* ! Ils piétinent la maison, ils fouillent et espionnent, sans aucun égard. Elle traversa le vestibule en courant, puis la salle de jeux et la salle à manger, pour arriver enfin dans la cuisine avec ses multiples portes. C'est parfait ici, songea-t-elle. Je peux filer dans n'importe quelle direction dès que je les entendrai. Lorsqu'ils revinrent dans le vestibule, tâtonnant et appelant toujours, elle sortit prestement sur la galerie et s'adossa à la porte refermée. Tandis que la fraîcheur de la nuit s'enroulait autour de ses chevilles, elle leva les yeux vers les collines noires qui paraissaient toutes proches et se dit qu'Hill House, confortablement nichée en leur sein, protégée et au chaud, avait bien de la chance.

« Eleanor ? »

Ils étaient tout près. Fuyant le long de la galerie, elle se glissa dans le grand salon. « Hugh Crain, dit-elle, voulez-vous danser avec moi ? »

Elle fit la révérence au pied de l'immense statue inclinée, dont les yeux s'éclairèrent en se fixant sur elle. De petits reflets illuminèrent les bibelots et les chaises dorées tandis qu'elle dansait gravement devant Hugh Crain, qui l'observait, le visage rayonnant.

« Passez par la fenêtre », chanta-t-elle, et elle sentit qu'on la prenait par les mains. « Passez par la fenêtre. » Sans cesser de danser, elle ressortit sur la galerie et fit le tour de la maison. Je tourne et tourne autour de Hill House, pensa-t-elle, et pas un d'entre eux ne peut me voir. Au passage, elle effleura l'une des portes de la cuisine, et, à neuf kilomètres de là, Mrs. Dudley tressaillit dans son sommeil. Elle parvint à la tour, étroitement prise dans l'étreinte de la maison, dans sa poigne autoritaire, et longea lentement le mur de pierres grises. Même l'extérieur, elle n'était pas autorisée à le toucher. Puis, au coin suivant, elle se retrouva devant la grande porte d'entrée. Celle-ci était de nouveau fermée mais, tendant la main, elle l'ouvrit sans le moindre effort. C'est ainsi que je pénètre dans Hill House... Et elle entra dans la maison comme si elle lui appartenait.

« Me voici, dit-elle à voix haute. J'ai fait tout le tour de la maison, je suis passée par les fenêtres, et j'ai dansé... »

« Eleanor ? » C'était la voix de Luke. Entre tous, c'est par lui que je voudrais le moins être attrapée. Pourvu qu'il ne me voie pas. Tournant les talons, elle se mit à courir et, sans s'arrêter, se rua dans la bibliothèque.

Et voilà, se dit-elle, je suis à l'intérieur. Il ne faisait pas du tout froid. Au contraire, la température était agréable, délicieusement tiède. Il y avait assez de lumière pour distinguer l'escalier de fer qui grimpait en colimaçon, ainsi que la petite trappe, tout en haut. Les dalles de pierre ondoyaient sous ses pieds comme une caresse, et l'air l'enveloppait avec douceur, soulevant délicatement ses cheveux, glissant entre ses doigts, effleurant ses lèvres d'une haleine diaphane, tandis qu'elle dansait et tournoyait sur elle-même. Pas de lions de pierre pour moi, songea-t-elle, et pas de lauriers roses non plus. J'ai brisé le charme de Hill House et je suis parvenue à entrer. Je suis chez moi. À cette pensée, elle s'immobilisa, stupéfaite. Je suis chez moi. Je suis chez moi. Allez, je monte.

Qu'il était grisant d'escalader l'étroit escalier de fer. Toujours plus haut, toujours plus avant dans la spirale. Elle jetait des coups d'œil vers le bas en se tenant à la mince rampe métallique. Le sol était loin, si loin. Elle pensa à l'herbe, dehors, douce et moelleuse, aux collines verdoyantes et aux arbres touffus. Puis, levant les yeux, elle pensa à la tour de Hill House, dressée triomphalement entre les arbres, dominant la route sinueuse qui traversait Hillsdale et dépassait une maisonnette blanche enfouie parmi les fleurs, puis les lauriers roses ensorcelés, les lions de pierre, et, toujours plus loin, une petite dame qui allait prier pour elle. Le temps s'arrête, maintenant, se dit-elle, tout cela est *passé*, derrière. Et cette pauvre petite dame, qui prie toujours pour moi…

« Eleanor ! »

Un bref instant, elle ne se rappela plus qui ils étaient. Avaient-ils été ses invités dans la maison aux lions de pierre ? Avaient-ils dîné avec elle autour de la longue table ornée de candélabres ? Les avait-elle rencontrés à l'auberge qui surplombait le ruisseau impétueux ? L'un d'eux était-il descendu à cheval du haut d'une verte colline, toutes bannières au vent ? L'un d'eux avait-il couru à ses côtés dans l'obscurité ? Soudain, elle retrouva la mémoire et ils reprirent place dans son souvenir. Hésitante, elle s'agrippa à la rampe. Ils étaient si petits, si ternes, là, tout en bas, sur le sol de pierre. Ils la montraient du doigt. Ils l'appelaient. Leurs voix étaient pressantes et lointaines.

« Luke », dit-elle, au moment où le nom lui revenait à l'esprit. Ils pouvaient l'entendre, car dès qu'elle se mit à parler, ils se turent. « Dr Montague, continua-t-elle. Mrs. Montague. Arthur. » Impossible de se rappeler qui était l'autre personne, debout un peu à l'écart, silencieuse.

« Eleanor, dit le Dr Montague, faites demi-tour, très prudemment, et descendez l'escalier. Allez-y très, très lentement, Eleanor. Ne lâchez pas la rampe. Tournez-vous, maintenant, et redescendez.

– Au nom du ciel, lança Mrs. Montague, que fabrique donc cette créature ? » Sa tête était couverte de bigoudis et son peignoir de bain portait un dragon à l'endroit du ventre. « Faites-la descendre, que nous puissions retourner au lit. Arthur, faites-la descendre immédiatement.

– Regardez », dit Arthur.

Luke se dirigeait vers l'escalier et commençait à grimper.

« Pour l'amour de Dieu, soyez prudent, dit le docteur, tandis que Luke s'élevait, une marche après l'autre. Cet escalier est complètement rouillé, il tient à peine au mur.

– Il ne supportera pas le poids de deux personnes, déclara Mrs. Montague. Il va nous tomber sur la tête. Arthur, venez par ici, près de la porte.

– Eleanor, reprit le docteur, pouvez-vous vous tourner et commencer à descendre tout doucement ? »

Au-dessus d'elle, il n'y avait plus que la petite trappe qui menait à la tourelle. Debout sur l'étroite plate-forme en haut de l'escalier, elle s'arc-bouta contre la trappe, mais ne parvint pas à l'ébranler. Vainement, elle la frappa de ses mains. Faites qu'elle s'ouvre, faites qu'elle s'ouvre, se répétait-elle avec désespoir. Sinon ils vont m'attraper. D'un coup d'œil lancé par-dessus son épaule, elle vit Luke qui montait vers elle, inexorablement.

« Eleanor, dit-il, restez tranquille. Ne bougez pas. » Il y avait de la peur dans sa voix.

Je ne peux pas m'échapper, songea-t-elle. En bas, elle distingua clairement l'un des visages. Le nom se présenta aussitôt à son esprit. « Theodora, dit-elle.

– Nell, je vous en prie. Faites ce qu'on vous dit.

– Theodora ? Je ne peux pas m'échapper. La trappe est clouée.

– Un peu, qu'elle est clouée ! s'exclama Luke. Et c'est heureux pour vous. » Il montait toujours, très lentement, et avait presque atteint l'étroite plate-forme. « Ne bougez pas d'un pouce.

– Ne bougez pas d'un pouce, Eleanor, répéta le docteur.

– Nell, dit Theodora, je vous en supplie. Obéissez.

– Pourquoi ? »

Au-dessous d'elle, Eleanor voyait la vertigineuse hauteur de la tour, l'escalier métallique qui se balançait sous le poids de Luke, les dalles froides au sol, et, très loin, les visages blancs levés vers elle.

« Comment puis-je descendre ? demanda-t-elle avec désarroi. Docteur, comment puis-je descendre ?

– Ne faites que des mouvements très lents. Obéissez à Luke.

– Nell, dit Theodora, n'ayez pas peur. Tout ira bien, je vous le promets.

– Évidemment que tout ira bien, grommela Luke. Il n'y aura sans doute que *moi* qui me romprai le cou dans cette histoire. Ne bougez pas, Nell. J'arrive. Je vais passer derrière vous pour que vous descendiez la première. »

Il ne semblait pas essoufflé par l'escalade, mais sa main tremblait sur la rampe et il avait le visage mouillé de sueur.

« Venez », dit-il avec autorité.

Eleanor ne bougea pas. « La dernière fois que vous m'avez dit de passer la première, vous ne m'avez pas suivie.

– Et maintenant, je vais peut-être vous pousser par-dessus la balustrade pour que vous vous écrasiez en bas. Allons, soyez raisonnable. Pas de gestes brusques. Passez devant moi et commencez à descendre. En espérant, ajouta-t-il avec rage, que je résisterai à la tentation de vous bousculer. »

Soumise, enfin, elle approcha en se plaquant contre la dure paroi de pierre. Luke se glissa derrière elle.

« Allez-y, dit-il, commencez à descendre. Je serai juste derrière vous. »

Avec d'infinies précautions, à tâtons, elle s'engagea dans l'escalier qui gémissait sous chacun de ses pas. Elle gardait les yeux fixés sur sa main, toute blanche tellement elle serrait la rampe, sur ses pieds nus qui s'avançaient l'un après l'autre, une marche à la fois, avec une prudence extrême. Doucement, se répétait-elle en s'interdisant de regarder plus bas, ne pensant à rien d'autre qu'aux marches qui semblaient plier et se dérober sous ses pieds. Dou-ce-ment…

« Continuez comme ça, dit Luke derrière son dos. Prenez votre temps, Nell. Il n'y a pas de quoi avoir peur. Nous y sommes presque. »

Le docteur et Theodora tendaient les bras dans un geste instinctif, comme s'ils se tenaient prêts à la rattraper. Tout à coup, Eleanor trébucha et manqua une marche. Elle se cramponna à la rampe, qui trembla dangereusement, et Theodora, avec un sursaut, se précipita pour stabiliser le bas de l'escalier.

« Tout va bien, Nellie, répétait-elle inlassablement. Tout va bien, tout va bien.

– Encore un tout petit peu », dit le docteur.

Eleanor continua, lentement, en tâtant une marche après l'autre. Enfin, alors qu'elle n'y croyait pas encore, elle posa le pied sur les dalles de pierre. Derrière elle, l'escalier tressaillit : Luke venait de sauter. Il traversa la pièce et alla s'effondrer dans un fauteuil où il resta immobile, tête basse, sous le choc. Eleanor se retourna pour regarder la minuscule plate-forme, tout là-haut, sur laquelle elle s'était tenue, et l'escalier de fer accroché tant bien que mal au mur de la tour.

« Je suis montée en courant, murmura-t-elle. J'ai couru jusqu'en haut... »

Mrs. Montague quitta l'embrasure de la porte où elle s'était réfugiée avec Arthur, pour le cas où l'escalier se serait écroulé, et s'avança d'un pas décidé. « Quelqu'un, ici, conviendra-t-il que cette jeune personne nous a causé suffisamment de problèmes ce soir ? dit-elle en marquant une politesse exagérée. En ce qui me concerne, j'aimerais retourner me coucher, et Arthur également.

– Hill House..., commença le docteur.

– À cause de ces caprices d'enfant gâtée, il est quasiment certain que nous n'assisterons à *aucune* manifestation, ce soir encore. Je n'imagine guère voir apparaître nos amis de l'au-delà après cette comédie *ridicule*. Aussi, si vous voulez bien m'excuser – et si vous avez fini de jouer à vos petits jeux, de vous donner en spectacle et de réveiller les gens qui travaillent –, je vous souhaite une bonne nuit. Arthur. »

Mrs. Montague sortit, tel un dragon frémissant d'indignation.

« Luke a eu peur, dit Eleanor en regardant le docteur et Theodora.

– Parfaitement, Luke a eu peur, reconnut l'intéressé derrière elle. Luke a eu tellement peur qu'il a failli ne pas réussir à descendre lui-même. Nell, quelle imbécile vous êtes.

– Je suis assez de cet avis », marmonna le docteur.

Le voyant mécontent, Eleanor se détourna et regarda Theodora.

« Je suppose que vous ne *pouviez pas* faire autrement ? dit Theodora.

– Tout va bien, maintenant. » Incapable de soutenir leurs regards, Eleanor contempla ses pieds nus, et, stupéfaite, s'aperçut qu'elle n'avait rien senti pendant qu'ils la portaient jusqu'en bas de l'escalier. Après un instant de réflexion, elle releva la tête. « J'étais venue à la bibliothèque pour prendre un livre », dit-elle.

*

Ce fut catastrophique, parfaitement humiliant. Personne ne dit rien le lendemain, au petit déjeuner. On servit à Eleanor, comme aux autres, du café, des œufs et des petits pains. Elle eut le droit de s'attarder avec eux autour de la table, de contempler le soleil qui brillait dehors, de remarquer qu'une belle journée s'annonçait. Pendant un moment, elle aurait presque pu croire qu'il ne s'était rien passé. Luke lui passa la confiture ; Theodora lui sourit, assise de l'autre côté d'Arthur ; le docteur l'accueillit par un aimable bonjour. Puis, après le petit déjeuner – quand Mrs. Dudley se fut présentée, à dix heures –, ils gagnèrent sans un mot le petit boudoir, en file indienne, et le docteur se plaça devant la cheminée. Theodora portait le chandail rouge d'Eleanor.

« Luke va amener votre voiture devant le perron », annonça gentiment le docteur. En dépit du sens de ses paroles, ses yeux étaient empreints de douceur et de bonté. « Theodora montera faire vos valises. »

Eleanor lâcha un petit rire. « Impossible. Elle n'aurait plus rien à se mettre.

– Nell… », commença Theodora. Elle s'interrompit et jeta un regard à Mrs. Montague.

Celle-ci haussa les épaules. « J'ai inspecté la chambre, dit-elle. *Naturellement*. Je ne comprends pas que vous ayez négligé de le faire.

– J'allais m'en occuper, dit le docteur en guise d'excuse. Mais j'ai pensé…

– Vous vous bornez toujours à *penser*, John, c'est là votre problème. Moi, *naturellement*, je l'ai inspectée sur-le-champ.

– La chambre de Theodora ? demanda Luke. Voilà bien un endroit où je n'aimerais pas retourner. »

Mrs. Montague s'étonna. « Je ne vois pas pourquoi. Elle n'a rien d'anormal.

– J'y suis allée moi aussi, dit Theodora au docteur, et j'ai vérifié mes vêtements. Ils sont en parfait état.

– Il y a un peu de poussière, *naturellement*, mais comment en serait-il autrement, si vous fermez la porte à clé et que Mrs. Dudley ne peut pas…

– … sachiez à quel point je suis désolé, dit le docteur, qui avait parlé en même temps que sa femme. S'il y a quoi que ce soit que je puisse faire… »

Eleanor rit. « Mais je ne peux pas partir, protesta-t-elle, en se demandant comment elle trouverait les mots pour expliquer.

– Vous êtes restée assez longtemps », dit le docteur.

Theodora regarda Eleanor droit dans les yeux et déclara calmement : « Je n'ai pas besoin de vos vêtements. Vous n'avez pas entendu ce que vient de dire Mrs. Montague ? D'ailleurs, *même* si j'en avais besoin, je ne les porterais plus à présent. Nell, vous devez vous en aller.

– Mais je ne peux pas partir, répéta Eleanor, riant toujours, parce que c'était si parfaitement impossible à expliquer.

– Vous n'êtes plus la bienvenue parmi mes invités, dit Luke d'un air sombre.

– Peut-être qu'Arthur ferait mieux de la reconduire en ville. Avec Arthur, elle arriverait saine et sauve.

– J'arriverais où ? » En secouant la tête, Eleanor sentit le poids de ses jolis cheveux autour de son visage. « J'arriverais où ? répéta-t-elle gaiement.

– Chez vous, bien sûr », dit le docteur, et Theodora enchaîna : « Dans votre petit appartement, Nell. Là où vous avez toutes vos affaires. »

Eleanor se mit à rire. « Je n'ai pas d'appartement, dit-elle à Theodora. J'ai tout inventé. Je dors sur un lit de camp chez ma sœur, dans la chambre du bébé. Je n'ai pas de chez-moi, je n'ai aucun endroit. Et je ne peux pas retourner chez ma sœur, parce que j'ai volé sa voiture. » Elle rit en entendant ses propres paroles, tellement pitoyables, tellement tristes. « Je n'ai pas de chez-moi, reprit-elle en les regardant avec espoir. Tout ce que je possède sur terre se trouve dans une boîte en carton, à l'arrière de ma voiture. C'est tout ce que j'ai. Quelques livres et quelques objets qui m'appartenaient quand j'étais petite, et une montre que ma mère m'a donnée. Vous voyez, il n'y a nulle part où vous pouvez me renvoyer. »

Bien sûr, je pourrais m'en aller et toujours continuer droit devant moi, se retint-elle d'ajouter, à la vue de leurs visages effarés. Je pourrais errer ici et là, je laisserais mes vêtements à Theodora, et je marcherais, sans but ni maison, et je reviendrais toujours ici. Ce serait tellement plus simple de me laisser rester. Tellement plus raisonnable, avait-elle envie de leur dire. Une fin tellement plus heureuse.

« Je veux rester ici, dit-elle.

– J'ai déjà parlé à la sœur, déclara Mrs. Montague d'un air important. Je dois avouer qu'elle a commencé par s'enquérir de sa voiture. Une personne assez vulgaire... Je l'ai assurée qu'elle n'avait rien à craindre. Vous avez eu grand tort, John, de la laisser voler la voiture de sa sœur pour venir ici.

– Ma chère amie, commença le Dr Montague, et il s'interrompit en ouvrant les bras dans un geste d'impuissance.

– En tout état de cause, elle est attendue. La sœur m'en a voulu, parce qu'ils avaient projeté de partir en vacances aujourd'hui. Mais de quel droit se permet-elle de me reprocher quoi que ce soit, *à moi* ? » Mrs. Montague considéra Eleanor du haut de sa grandeur. « Je répète qu'à mon avis, il vaudrait mieux la faire reconduire par quelqu'un. »

Le docteur secoua la tête. « Ce serait une erreur, dit-il lentement. Ce serait une erreur d'envoyer l'un de nous avec elle. Il faut qu'elle puisse tout oublier de cette maison, le plus rapidement possible. Nous ne pouvons pas prolonger cette association. Une fois qu'elle sera loin d'ici, et loin de nous, elle redeviendra elle-même. Vous saurez retrouver votre chemin ? demanda-t-il à Eleanor, et celle-ci s'esclaffa.

– Je monte faire ses bagages, dit Theodora. Luke, allez vérifier sa voiture et amenez-la devant la porte d'entrée. Elle n'a qu'une seule valise.

– Emmurée vive. » Eleanor rit de nouveau, en voyant leurs visages pétrifiés. « Emmurée vive. Je veux rester ici. »

*

Ils se tenaient tous de front sur une marche du perron, gardant la porte. Derrière eux, elle voyait les fenêtres qui se penchaient vers elle et la tour, confiante, dressée sur le côté. Elle aurait pleuré, si au moins elle avait su leur expliquer pourquoi. Mais elle se contenta de lever les yeux en adressant un sourire brisé à Hill House. Elle regarda sa propre fenêtre, contempla le visage amusé et calme de la maison qui l'observait en silence. La maison attend, pensa-t-elle, et c'est moi qu'elle attend. Personne d'autre ne peut la satisfaire.

« La maison veut que je reste », dit-elle au docteur.

Il était debout, raide et très digne, comme s'il espérait qu'elle le choisisse, lui, plutôt que Hill House. Comme si, après l'avoir amenée ici, il s'imaginait pouvoir lui communiquer ses instructions en sens inverse, tout annuler et la renvoyer. Il tournait franchement le dos à la maison.

« Je suis désolée, dit-elle avec sincérité. Je suis vraiment désolée.

– Suivez la route jusqu'à Hillsdale… », répondit-il d'une voix neutre. Peut-être avait-il peur d'en dire trop. Peut-être craignait-il qu'un mot gentil ou une parole compréhensive ne la ramène, telle une balle rebondissant vers lui. Le soleil brillait sur les collines, sur la maison, le jardin, la pelouse, les arbres, le ruisseau. Embrassant la vue d'un coup d'œil, Eleanor prit une profonde inspiration et se détourna.

« À Hillsdale, continua le docteur, bifurquez sur la départementale 5 en direction de l'est. Une fois à Ashton, vous trouverez la nationale 39 qui vous conduira chez vous. C'est pour votre propre sécurité, ajouta-t-il, non sans anxiété. Pour votre propre sécurité, ma chère enfant. Croyez-moi, si j'avais pu prévoir cette…

– Je suis vraiment désolée, répéta-t-elle.

– Nous ne pouvons pas prendre de risque, vous savez. *Aucun* risque. Je commence seulement à percevoir le terrible danger auquel je vous ai tous exposés. » Il soupira et hocha la tête. « Vous vous rappellerez ? Hillsdale, puis la départementale 5…

– Je n'avais pas peur », dit Eleanor. Elle se tut, afin de mieux préparer son explication. « Je n'avais pas peur, reprit-elle. Vraiment, je n'avais pas peur. Je vais très bien, maintenant. J'étais… heureuse. » Elle regarda le docteur droit dans les yeux. « *Heureuse*, répéta-t-elle. Je ne sais que dire… » De nouveau, elle craignit de se mettre à pleurer. « Je ne veux pas partir.

– Il y aura peut-être une autre fois, répliqua le docteur sans fléchir. Ne comprenez-vous pas que nous ne pouvons *absolument pas* courir un tel risque ? »

Eleanor se troubla. « Il y a quelqu'un qui prie pour moi, dit-elle à brûle-pourpoint. Une dame que j'ai rencontrée il y a longtemps.

– Vous oublierez vite. » La voix du docteur restait douce, mais il tapa du pied avec nervosité. « Vous devez tout oublier de Hill House. J'ai commis une grossière erreur en vous entraînant dans cette expérience.

– Combien de temps avons-nous passé ici ? demanda soudain Eleanor.

– Un peu plus d'une semaine. Pourquoi ?

– Il ne m'était jamais rien arrivé, avant. Cela m'a plu.

– C'est précisément pour cette raison, répondit le docteur, que vous devez partir si vite. »

Fermant les yeux, Eleanor soupira. Elle absorbait la maison par tous ses sens, par sa peau, par ses oreilles, par son nez. Un buisson en fleur, derrière la cuisine, exhalait un puissant parfum. L'eau du ruisseau courait sur les galets. Au loin, à l'étage – dans la nursery, peut-être –, un léger tourbillon d'air glissait sur le plancher en emportant un peu de poussière. L'escalier en colimaçon tremblait dans la bibliothèque, et un rayon de lumière brillait sur les yeux de marbre de Hugh Crain. Le chemisier jaune de Theodora était suspendu, propre, immaculé. Mrs. Dudley mettait la table pour cinq. Hill House, orgueilleuse et patiente, observait tout.

« Je ne partirai pas », dit Eleanor en s'adressant aux hautes fenêtres.

Le docteur laissa enfin paraître son impatience. « Vous *partez*. Immédiatement. »

Eleanor rit. Elle se tourna vers Luke, main tendue. « Luke… » Il s'approcha en silence. « Merci de m'avoir aidée à redescendre, hier soir. C'était idiot de ma part. Je m'en rends compte à présent, et vous avez été très courageux.

– En effet, répondit-il. De toute ma vie, je n'ai jamais accompli pareil acte de bravoure. Et je suis heureux que vous partiez, Nell, parce que je n'aurais *sûrement* pas le cran de recommencer.

– *Personnellement*, déclara Mrs. Montague, je ne vois pas la nécessité de s'éterniser. Je n'ai rien contre les au revoir, même s'il me semble que vous avez tous une sensibilité excessive en ce qui concerne cet endroit… Mais je pense que nous avons tous *mieux à faire* que de rester ici à discutailler, alors que tout le monde sait que vous *devez* partir. D'autant que vous avez un bout de route devant vous, et que votre sœur vous attend pour pouvoir partir en vacances. »

Arthur acquiesça. « Les adieux déchirants, ce n'est pas mon fort. »

Loin, dans le petit boudoir, les cendres retombaient doucement dans la cheminée.

« John, dit Mrs. Montague, *franchement*, ne serait-il pas préférable qu'Arthur…

– Non, coupa le docteur. Eleanor doit rentrer comme elle est venue.

– Et qui dois-je remercier pour ce délicieux séjour ? » demanda Eleanor.

Le docteur la prit par le bras et, avec Luke qui lui emboîtait le pas de l'autre côté, il la conduisit à sa voiture et ouvrit la portière. Le carton était toujours posé sur la banquette arrière, sa valise sur le plancher, son manteau et son sac sur le siège du passager. Luke avait laissé le moteur en marche.

Eleanor agrippa le docteur par sa manche. « Docteur… Docteur !

– Je regrette, dit-il. Au revoir.

– Soyez prudente, ajouta poliment Luke.

– Mais vous ne pouvez pas *m'obliger* à partir ! C'est *vous* qui m'avez fait venir ici.

– Et maintenant, je vous renvoie. Nous ne vous oublierons pas, Eleanor. Mais pour le moment la seule chose qui importe pour *vous*, c'est d'oublier Hill House et de nous oublier tous. Au revoir.

– Au revoir, lança Mrs. Montague du haut des marches.

– Au revoir, dit Arthur. Bon voyage. »

La main sur la portière, Eleanor se retourna soudain : « Theo ? »

Theodora descendit les marches en courant et se précipita vers elle. « Je croyais que vous n'alliez pas me dire au revoir, dit-elle. Oh, Nellie. Soyez heureuse. Je vous en prie, soyez heureuse. Ne m'oubliez pas *complètement*.

Un jour, tout ira *vraiment* bien, et vous m'écrirez des lettres, je vous répondrai, nous nous rendrons visite et nous évoquerons en riant toutes les folies que nous avons faites, et vues, et entendues à Hill House. Oh, Nellie ! Je croyais que vous n'alliez pas me dire au revoir.

– Au revoir, dit Eleanor.

– Nellie..., reprit timidement Theodora en tendant la main pour lui toucher la joue. Peut-être qu'un jour nous pourrons nous retrouver ici ? Et pique-niquer près du ruisseau ? Nous ne l'avons pas fait, finalement », dit-elle au docteur, et celui-ci secoua la tête en regardant Eleanor.

« Au revoir, dit Eleanor à Mrs. Montague. Au revoir, Arthur. Au revoir, docteur. J'espère que votre livre aura beaucoup de succès. Luke, au revoir. Au revoir.

– Nell, dit Theodora, je vous en prie, soyez prudente sur la route.

– Au revoir. » Eleanor eut une drôle d'impression, une impression bizarre, lorsqu'elle se glissa dans la voiture. Je suis déjà trop habituée au confort de Hill House, se dit-elle, et elle pensa aussi qu'elle ferait bien d'agiter la main par la fenêtre.

« Au revoir, cria-t-elle, en se demandant si elle n'avait jamais eu que ce mot à dire. Au revoir, au revoir. »

Maladroite, avec des gestes mal assurés, elle relâcha le frein à main et démarra lentement.

Ils agitèrent la main aussi, comme il se devait. Ils vont me regarder partir dans l'allée, jusqu'au moment où ils ne me verront plus, songea-t-elle. Par simple politesse. Et voilà, je m'en vais. Les voyages s'achèvent quand les amants se rencontrent. Mais je ne m'en irai *pas*. Elle rit tout haut. Hill House ne se laisse pas faire, *elle*. Il ne suffit pas qu'ils me disent de partir pour que je m'en aille. Pas si Hill House a décidé que je resterais.

Elle se mit à chantonner : « Va-t'en, Eleanor, va-t'en, Eleanor, nous ne voulons plus de toi dans *notre* Hill House, va-t'en, Eleanor, tu ne peux plus rester *ici*. Mais je vais rester, je vais rester, ce n'est pas *eux* qui font la loi *ici*. Ils ne peuvent pas me chasser, ni m'exclure, ni se moquer de moi, ni se cacher à ma vue. Je ne partirai pas, et Hill House est à *moi*. »

Sa ruse lui parut très habile lorsqu'elle écrasa la pédale de l'accélérateur. Cette fois, se dit-elle, ils ne seront pas assez rapides pour m'attraper, mais ils doivent commencer à se rendre compte de quelque chose. Je me demande qui comprendra le premier. Luke, sans doute. Je les entends crier, maintenant, et j'entends les petits pas qui courent dans Hill House, et le bruissement des collines qui se pressent tout autour. Je suis vraiment en train de faire ça, se dit-elle en tournant le volant pour diriger la voiture en plein sur le grand arbre, au détour de l'allée. Je suis vraiment en train de faire ça, je fais ça toute seule. Enfin. C'est moi qui fais ça. Je suis vraiment en train de faire ça toute seule.

Durant une interminable seconde, juste avant que la voiture s'écrase contre l'arbre, elle pensa en toute lucidité : *Pourquoi* est-ce que je fais ça ? Pourquoi ? Pourquoi ne m'en empêchent-ils pas ?

*

Mrs. Sanderson apprit avec un immense soulagement que le Dr Montague et ses amis avaient quitté Hill House. Elle les aurait chassés, dit-elle à son avocat, si le docteur avait manifesté la moindre intention de rester. L'amie de Theodora, radoucie et repentante, fut enchantée de la voir revenir si vite. Luke s'en fut à Paris, où sa tante espérait ardemment qu'il demeurerait un certain temps. Le Dr Montague, après l'accueil froid, presque méprisant, que rencontra l'article préliminaire dans lequel il analysait les phénomènes parapsychiques relatifs à Hill House, finit par renoncer à la poursuite de ses travaux de recherche. Quant à Hill House, seule et maladive, elle se dressait depuis quatre-vingts ans à flanc de colline, abritant en son sein des ténèbres éternelles. Les murs de brique et les planchers resteraient droits à tout jamais, un profond silence continuerait de régner entre les portes soigneusement closes. Ce qui déambulait ici, scellé dans le bois et la pierre, errait en solitaire.

Mise en pages
PCA – 44400 Rezé

Achevé d'imprimer en mai 2024
sur les presses de Normandie Roto Impression s.a.s
61250 Lonrai
pour le compte des Éditions Payot & Rivages
60/62, avenue de Saxe - 75015 Paris
N° d'imprimeur : 2402260
Dépôt légal : novembre 2016

Imprimé en France